WIE MAN EINE FEE VERFÜHRT

WINTERDORNEN

MILA YOUNG

CONTENTS

WIDMUNG

Für alle von uns, die nie erwachsen werden wollen...

WIE MAN EINE FEE VERFÜHRT

Drei gefährliche Feen, zwei Welten, die sich bekriegen, nur eine Retterin, die ihr Schicksal ändern kann...

Ich hatte meine Pflegefamilie verlassen und den ganzen Ballast meines alten Lebens hinter mir gelassen, um ein neues Leben an der Universität zu beginnen, in der Hoffnung, dass die Dinge sich endlich zum Besseren wenden würden. Dass die angsteinflößenden Alpträume, die verstörenden Visionen und die seltsamen Stimmen endlich aufhören würden. Dass ich die Chance bekommen würde, normal zu sein.

Aber es hat nicht sein sollen.

Drei der furchtbar atemberaubendsten Feenkrieger stolpern plötzlich in mein Leben und verändern mein Schicksal für immer. Wenn man ihnen Glauben schenkt, bin ich ihre Retterin.

Diese glühend heißen Prinzen bestehen darauf, dass ich mit ihnen, ihnen gehörend, in das Königreich der Irrfahrten, einem Ort, an dem die Liebe verloren ist, wo Kriege wie Gift kochen und wo einstmals mächtige Königliche gejagt und zu Tausenden abgeschlachtet werden, gehöre.

Dies ist die Welt, die ich für sie retten soll. Aber zwischen diesen Monstern kann es keine Erlösung geben. Sogar die drei Feenprinzen, die geschworen hatten, mich zu beschützen, haben dunkle Geheimnisse. Wenn ich jene nicht bald aufdecke, könnten sie meinen Tod bedeuten...

Du bist verflucht. Das warst du schon immer. Wenn du die Schwelle des Aschehofs überquerst, wirst du in einen endlosen Schlaf fallen, während dem das Blut der Feen für alle Ewigkeit vergossen wird.

1

GUEN

„Er starrt dir definitiv auf den Hintern", flüstert Nickie mir ins Ohr, während sie über ihre Schulter auf die Gruppe Jungs an der Bar sieht. „Ich könnte wetten, dass er zum Schluss deine Verabredung sein wird."

Ich atmete laut aus. „Wieso habe ich mich von dir zu einem Blind Date überreden lassen? Mit Fremden zu reden ist nicht gerade meine Stärke. Meine Zunge verselbstständigt sich dann, schwillt zu ihrer doppelten Größe an, und ich fange an zu sabbern."

„Quatsch mit Soße. Du musst nur den richtigen Kerl finden. Es gibt Jungs, die stehen drauf, wenn du sabberst." Sie streckte mir ihre Zunge heraus.

Das Schlimmste ist, dass ich denke, dass sie Recht haben könnte. Mit dem Teil, den richtigen Kerl zu finden, nicht die Sache mit dem Sabbern. Den perfekten Partner finden, und der Rest kommt von ganz alleine, oder? Außer, dass ich mir nicht sicher bin, ob ich an das Happy End wie im Märchen glaube. Dass der Prinz kommt, um mich zu holen und dass ich herausfinde, dass ich genau so wie ich bin perfekt bin. Vielleicht ist es manchen Leuten einfach nicht bestimmt, ihren Seelenverwandten zu finden oder glücklich bis ans Ende ihrer Tage zu leben.

Hinter mir räuspert sich jemand. Ich wende mich zur Organisatorin um. Sie hat einen kurzen Rock und ein Tanktop an, und steht nahe dem Durchgang zu diesem kleinen privaten Raum neben der Bar. „Meine Damen, bitte nehmen Sie Platz. Wir fangen in einer Minute an." Ihre Stimme ist streng und ich weiß, dass dies nicht ihr erstes Mal ist.

Nickie schubst mich am Rücken auf einen der zehn Zweiertische zu, die in dem runden Raum aufgebaut sind. „Es ist Showtime."

„Außerdem hörst du dich wie eine Oma an, wenn du *Quatsch mit Soße* sagst. Ich sage dir das nur als deine Freundin." Ich grinse sie an und diesmal strecke ich ihr meine Zunge heraus. Ich liebe meine beste Freundin, auch wenn sie so furchtbar aufdringlich ist. Doch sie strahlt Aufregung aus, weil sie mich auf dieses Blind Date geschleppt hat und so sehr ich es hasse, es zuzugeben, die Energie ist ansteckend. Was, wenn ich einen anständigen Kerl kennenlerne? Was, wenn ich mich dabei erwische, wie ich mühelos ein Lächeln verschenke, welches nach Aufmerksamkeit schreit? Ich habe es erlebt, wie Jungs Nickies Flirten zum Opfer fallen, vielleicht ist heute Nacht also ein guter Zeitpunkt, um es selbst einmal auszuprobieren.

„Ich mach eine Nicht-Fluchen-Diät", gibt sie zu, was mir neu ist, denn heute Morgen noch fluchte sie wie ein Rohrspatz. Sie zieht ihren engen roten Rock hinunter, der an ihren Oberschenkel hinaufgerutscht ist, aber sie könnte einen Jutesack tragen und würde immer noch

Aufmerksamkeit erregen. Sie hat genau wie ich ein blaues Band um ihr Handgelenk... diese Bar erlaubt unter Einundzwanzigjährigen den Einlass, so lange sie grelle Bänder tragen, damit uns kein Alkohol verkauft wird.

Nickie hat diese Schönheit des Mädchens von nebenan, das kaum Makeup trägt und dennoch makellose Haut hat, einen Schmollmund von Natur aus und atemberaubende rote Locken, für die ich töten würde. Ich... ich muss hart dafür arbeiten, nur halb so gut wie sie auszusehen, aber was ich an ihr liebe ist, dass wenn wir zusammen sind, sie bodenständig ist und mich nicht verurteilt.

„Außerdem liebt Jack es, wenn ich so im Schlafzimmer rede." Sie zwinkert.

„Iih, das möchte ich nicht wissen. Aber im Ernst, was zur Hölle soll ich zu meinem Date sagen? Übers Wetter reden? Fragen, was er beruflich macht? Gott, ich bin jetzt schon gelangweilt." Und ich rede zu viel, sicher ein Zeichen der Nervosität, ganz zu schweigen davon, dass meine Hände verschwitzt sind. Jetzt kann ich niemandem die Hand schütteln. Ich reibe sie mir an meinem schwarzen Kleid trocken. Es ist schlicht mit Spaghettiträgern und das Beste daran ist, dass es mir eine schlanke Taille zaubert. Es betont meine weiblichen Rundungen und Hüften, die in den meisten Kleidungsstücken untergehen.

„Übrigens siehst du in dem Kleid wirklich scharf aus, das Schwarz lässt deine blasse Haut richtig zur Geltung kommen. Wie eine dieser Porzellanpuppen."

„Ist das ein Kompliment?"

Sie verzieht ihr Gesicht und schüttelt mit dem Kopf. „Aber natürlich ist es das. Hast du nicht den letzten Schrei der Modewelt mitbekommen? Es ist nicht länger in

Mode, gebräunt zu sein." Ihre Augen schweiften im Raum umher. „Also, wenn der Glückliche eintrifft, unterhalte dich einfach ganz normal mit ihm, als wärst du auf der Uni."

„Noch nicht einmal das bekomme ich hin." Ich laufe fort, denn das wird nicht funktionieren und es war falsch, überhaupt zuzusagen.

Nickie zieht mich am Arm und schwingt mich zurück auf meinen Stuhl, an den Tisch, der eine große Sieben auf ein Blatt Papier gemalt hat.

Das ist es, worauf ich reduziert wurde. Exemplar Nummer Sieben für einen beliebigen Kerl, zu kommen und es zu versuchen, so als wäre ich Eiscreme an einem Probierstand.

„Es ist nur ein Blind Date, und es findet in der Gruppe statt, damit sich alle wohler dabei fühlen, du musst also nicht nervös sein. Wer weiß, mit all den seltsamen Träumen über Königreiche und Prinzen, die du hast, musst du mal von einem richtigen Kerl flachgelegt werden."

„Mein Bedarf wird gedeckt!", flüstere ich vielleicht ein wenig zu laut, was die Aufmerksamkeit eines hübschen rothaarigen Mädchens zwei Tische weiter auf mich lenkt, die mir zuzwinkert. Aber Nickies Worte verletzten mich, denn ich habe ihr meine Träume, die mich schon mein ganzes Leben quälen, anvertraut. Träume, von denen ich vor zwei Jahren noch hätte schwören können, dass sie real waren... Träume, an die ich mich kaum noch erinnern kann.

„Ich habe alle meine potenziellen Dates irgendwo an der Bar entdeckt, und keiner—"

„Man! Setz dich einfach auf deinen Hintern und hör auf, dir über alles den Kopf zu zerbrechen." Nickie öffnet ihre kleine silberne Handtasche und zieht ein Stück gefaltetes Papier heraus. „Ich habe hier etwas für dich, dass dir helfen wird, wenn du nicht weiter weißt, weil ich wusste, dass du Panik bekommen würdest." Sie lehnt sich zu mir herüber und drückt mir den Zettel in die Hand. „Ich bete, dass dein Date der mit dem feinen Glas Whiskey im Nadelstreifenanzug ist. Hast du gesehen, wie groß seine Füße sind? Schau dir immer die Füße eines Mannes an, dann weißt du alles über ihn, was du wissen musst. Seine Schuhe sagen dir, wie wohlhabend er ist, wie sehr er sich um die Menschen um sich herum sorgt nach dem Pflegezustand der Schuhe und wie laut er dich im Schlafzimmer schreien lassen wird."

„Wenn das nach hinten losgeht, gebe ich dir die Schuld."

„Viel Spaß", murmelt sie, bevor sie durch den Raum in Richtung der Tür schlendert, die zum Hauptbereich der Bar führt, während die Verzweifelten und Einsamen zusammengepfercht in diesem Zimmer zurückbleiben. Luftballons dekorieren die Ecken, verschleierte Lampen, die mit rotem Stoff bedeckt sind und alles in einen rötlichen Schimmer tauchen.

Ich komme mir blöd vor und unbehaglich und—

„Lasst uns anfangen." Die Organisatorin schließt die Glastür zu unserem Raum, schließt das Gequatsche aus der Bar aus und alles, was ich sehen kann, ist Nickie, die ihr Gesicht gegen die Glasscheibe presst und eine Grimasse für mich schneidet.

Ich zeige ihr den Stinkefinger und sie lacht, bevor sie sich im anderen Raum unter die Menge mischt.

Und das ist der Grund, weshalb niemand seinen Freunden erlauben sollte, sich auf ein Blind Date, oder eine Verabredung generell, einzulassen. Wobei ich gelogen hatte, als ich sagte, dass ich nicht im Geringsten neugierig war, mit wem ich zusammengesetzt werden würde, selbstverständlich nur aus rein wissenschaftlicher Neugier.

Der Mann, der an meinen Tisch kommt, schenkt mir ein freundliches Lächeln. Er ist gebräunt, hat schöne einladende grüne Augen und kurzgeschnittenes Haar. Er ist süß, nicht so heiß, dass man direkt die Hosen hinunterlassen würde, aber nett anzusehen. Wahrscheinlich ein paar Jahre älter als ich. Einundzwanzig oder zweiundzwanzig.

„Ich bin Holt. Schön dich kennenzulernen." Sein Gesichtsausdruck ist neutral. Er sieht mich an und streckt mir seine Hand entgegen, als wären wir bei einem Geschäftsabschluss, und vielleicht war das auch, wie manche diese ganze Sache mit den Blind Dates sahen. Gib deine Daten in eine Maschine ein, die dich dann der am meisten geeigneten Person zuordnet. Und wie es scheint, ist Holt dieser eine Mensch für mich, basierend auf dem, was auch immer Nickie meinem Profil hinzugefügt hatte.

„Hallo, ich heiße Guen." Ich schüttele seine Hand und er setzt sich rasch hin, mit seiner Hand auf dem Schoß. Mir entgeht nicht das flinke Abwischen seiner Handfläche an seiner Jeans.

Warum hatte ich seine Hand geschüttelt?

Mein Herz rast mit einer Million Stundenkilometern und Hitze steigt mir am Hals hinauf.

„Du siehst ein wenig anders aus, als auf dem Profilfoto, dass du eingesandt hast", sagt er ohne Umschweife, das ist also kein gutes Zeichen. „Mir war nicht klar, dass dein Haar so blond ist. Hast du es gefärbt? Nicht, dass es schlecht aussieht, ich hatte es nur nicht erwartet."

Ich versteife. Wer um alles in der Welt hatte ihn großgezogen? Wilde Hunde? Ich tue mein Bestes, um Holt nicht zu verurteilen, aber der Mist, der aus seinem Mund kommt, lässt mich die Zähne zusammenbeißen. „Das ist tatsächlich eine lustige Geschichte, meine Zimmernachbarin hat das Foto in meinem Namen eingeschickt und, nunja, ich war gerade aus der Dusche gekommen. Also war ich nicht geschminkt und hatte nur ein Handtuch um, als sie das Foto schoss. Verrückte Freunde, nicht wahr?" Ich greife nach meinem bereitgestellten Glas mit kaltem Wasser und nehme einen großen Schluck davon.

„Ich mag es lieber, wenn Frauen natürlich aussehen. Weniger Klamotten, nicht so viel Makeup, offene Haare, die nicht gefärbt sind. Warum sollen wir das, was Gott uns gegeben hat, verhunzen. Oder?" Er streckt sein Kinn und seine Brust voller Selbstgefälligkeit heraus und ich verkneife es mir, mit den Augen zu rollen.

„Das *ist* meine natürliche Haarfarbe!" Ich bin baff und schiebe mein blondes Haar zurück, in das ich den ganzen Abend versucht hatte, kleine Locken einzudrehen. Für meine Haare ist es furchtbar schwer, eine Lockenfrisur zu halten.

Er hält inne, sieht mich dann an, als wäre ich das Monster seiner Träume und die Alarmglocken fangen an in meinem Kopf zu läuten. Auf gar keinen Fall ist Holt mein perfektes Gegenstück.

In Wirklichkeit dachte ich, dass ich meine wahre Liebe vor zwei Jahren an einem anderen Ort getroffen hatte, in einer anderen Welt...

Luther.

Einer von drei Prinzen vom Schattenhof im Königreich der Irrfahrten in einer anderen Welt als der unseren.

Aber es war so viel Zeit vergangen, ich habe viele Dinge vergessen, inbegriffen derer, warum ich dachte, dass er der Eine für mich war. Ich beginne zu zweifeln, ob es nicht doch alles in meinem Kopf war, worauf auch die Psychiaterin bestand, zu der mein Arzt mich überwiesen hatte. Das ist der einzige Grund, warum ich diesem Blind Date zugestimmt habe. Als ein Weg, mit meinem Leben fortzufahren und den imaginären Mann in meinem Herzen zu vergessen. Der Mann, der versprochen hatte, zu mir zurückzukommen, was er aber nicht getan hat. Was meine Theorie bestärkt, dass es keine Märchen gibt.

Holt füllt mein Glas aus dem Wasserkrug, der auf dem Tisch steht, nach und schenkt mir ein schiefes Grinsen. „Ich wollte nicht unhöflich sein; manchmal sage ich einfach die falschen Dinge."

„Es ist in Ordnung." Nervös trinke ich mehr von meinem Wasser und mir sind bereits die Ideen für Gesprächsstoff ausgegangen.

Mir fällt Nickies Zettel wieder ein und ich öffne ihn in meinem Schoß.

„Also, was machst du gerne in deiner Freizeit?", fragt Holt und klingt dabei nicht nervös, während mir der Schweiß herunterläuft.

„Wenn ich kann, male ich gerne Landschaften." Landschaften der Welt, die früher in meinen Träumen von Schlössern zu mir kamen, von einem tödlichen Wald aus verschlungenen Bäumen und Zähnen und Klauen. „Die meiste Zeit aber mache ich Hausaufgaben. Ich studiere Kunst an der Universität hier in der Stadt. Und du?"

„Tagsüber baue ich Gerüste auf Baustellen auf. Mein aktuelles Projekt ist ein Stück die Straße entlang. Vielleicht können wir später ein Stück herumfahren, dann zeige ich es dir. Meine letzten Freundinnen wohnen auf dem Weg dorthin."

Mir fehlen komplett die Worte, unsicher darüber, was er andeutet und alles, was ich mir jetzt vorstellen kann, sind Holts Freundinnen, die in einer Reihe aufgestellt stehen, um ihm zu winken während wir vorbeifahren. Nur über meine Leiche. „Oh, das ist schön."

Er redet weiter darüber, mit wie vielen Mädchen er dieses Jahr schon aus war, weil das ja ein fantastisches Gesprächsthema für ein erstes Date ist.

Bei aller Liebe, diese Verabredung ist nur noch peinlich. Vielleicht hätte ich mich an meine Grundsätze halten sollen und Nein zu Nickie sagen sollen, als sie mir davon erzählte, dass sie dies hier für mich arrangiert hatte. Es sollte einen Fluchtknopf geben.

Mein Nacken kribbelt zur Warnung, als würde mich jemand von hinten beobachten.

Rasch blicke ich mich um und sehe, dass sich alle auf ihre Dates konzentrieren, und ich werfe einen Blick auf die Glastür, die zum Hauptteil der Bar führt. Überall sind Leute, aber keiner sieht in meine Richtung. Und trotzdem kitzelt meine Haut.

Ich schaue zurück auf meinen Zettel von Nickie.

Wenn du das liest, bist du der Verzweiflung nahe.

Wenn du ihn magst, stelle ihm Fragen über Sport oder Computerspiele oder (einsetzen je nach Interesse) und höre ihm zu.

Wenn er unheimlich ist, erzähle ihm, dass du eine Fußfetischistin bist oder etwas Widerliches und plane deinen Umzug nach Japan nächsten Monat.

Ich zerknülle das Stück Papier und zappel herum. *Wow, toller Ratschlag, Nickie.* Um uns herum kichern Frauen, flirten und ein Paar hält Händchen. Ich möchte mein Date eintauschen. Ich hatte nie Glück mit Kerlen. Damals in der Oberstufe war ich in einen Kerl verschossen, der in mir nichts weiter als eine Bekannte sah und zum Schluss mit meiner Erzfeindin ausging, während ein anderer Junge, den ich nicht ausstehen konnte, dachte, dass ich gut genug für einen aufgezwungenen One-Night Stand war. Vielleicht versucht das Universum mir etwas zu sagen. Aber es würde mir gefallen, eines Tages jemanden zu finden, der mich nicht an der Nase herumführt.

„Meine letzte Freundin hatte viele schlechte Erfahrungen mit Kerlen gemacht, die sie schlecht behandelt haben. Als ein Mann muss ich zugeben, dass viele von uns Versager sind."

„Ja, da sind wir einer Meinung. Kerle sind furchtbar." Ich würde noch weitergehen und sagen, es ist tragisch, sich zu verlieben. Ich habe miterlebt, wie schlecht es Nickie ging, nachdem ihn letzter Freund Schluss gemacht hat. Sie waren elf Monate zusammen und jetzt hoffe ich wirklich, dass es ihr mit Jack besser geht. Einmal hat sie sich zu verlieben mit russischem Roulette verglichen, bei dem der wahre Mann ihrer Träume die eine Kugel ist und die restlichen Kammern leer sind. Ich habe versucht ihr zu erklären, dass ihr Vergleich hinkte. Die eine einzige Kugel zu erwischen ist nicht das, was du beim russischen Roulette erreichen willst. Sie ließ mich abblitzen und bestand darauf, dass es in ihrem Kopf Sinn ergab.

Mein Blick suchte nach der Organisation, damit ich sie rufen konnte, um einen Ausweg zu finden, denn Holt ist meiner Meinung nach genau diese eine Kugel.

„Genau!", sagt er. „Außer ich. Du kannst alle meine Exfreundinnen fragen."

„Entschuldigst du mich bitte für einen Moment? Ich muss mal für kleine Mädchen." Noch bevor er antworten kann, springe ich auf. „Dauert nicht lange."

Ich schlendere aus dem Zimmer und mir fällt auf, dass der Kerl mit den großen Füßen eine hübsche kleine Brünette mit feinen Locken aufgerissen hat, die ihm schöne Augen macht. Nun gut, wenigstens wird heute Nacht irgendjemand vor Vergnügen schreien. Ich drücke die Tür auf und schlüpfe durch sie hindurch in den anderen Raum, wo mich Stimmen und Musik einhüllen, dann eile ich wie eine Verrückte durch die Menschenmenge.

Als ein Kerl hinter mir meinen Namen ruft, erstarre ich. Alles, woran ich denken kann, ist Holt, der mir folgt. Ich drehe mich mit einem *Fick dich* auf den Lippen herum, doch hinter mir sind nur die feiernden Leute. Seltsam. Ich schiebe mich durch die Massen bis ich endlich Nickie finde, die an einem kleinen Tisch auf dem Schoß ihres Freundes sitzt und an ihrem Drink nippt.

Ich gehe auf sie zu und rufe laut, um die Musik zu übertönen: „Ich kann das nicht!"

Nickie zuckt zusammen und verschüttet einen Teil ihres Orangensafts auf ihre Brust. „Sch… Scheibenkleister, Guen, du hast mich zu Tode erschreckt. Was machst du hier?"

Ich schüttele mit dem Kopf. „Ich hab den Durchgeknallten der Gruppe erwischt, Nickie, deine Tipps haben nichts genützt." Mit einer Handbewegung werfe ich das zusammengeknüllte Stück Papier vor ihr auf den Tisch. Ich lass mich auf die leere Ledercouch neben mir fallen und überschlage die Beine. „Er was so gruselig. Spricht die ganze Zeit von seinen Exfreundinnen und er mag Mädchen *au naturel*. Wahrscheinlich ist er ein Nudist. Warum hast du das Foto von mir im Handtuch eingesandt?"

Ihr Freund, Jack, küsste ihr Schlüsselbein und leckt das verschüttete Getränk ab. Er ist gutaussehend mit kurzem blondem Haar und er passt perfekt zu Nickie. Sie haben beide eine schrullige Art und ergänzen sich prächtig.

Sie lacht und konzentriert sich dann wieder auf mich.

„Gib ihm einfach eine Chance. Er ist nervös. Denke daran, wie nervös zu warst."

Ich vergrabe meine Fingernägel in dem Sofa. „Du wirst mich zurück dort hinein ziehen müssen, bevor ich freiwillig zurück nach Gruselshausen gehe."

Doch sie hört mich nicht, denn sie küsst Jack und ich verdrehe bloß die Augen und schaue, wie viele andere Männer in der Bar sind, die vielleicht ein besseres Date ergeben hätten. Die meisten trinken, während sie versuchen, Kontakte zu knüpfen. Vielleicht hat Nickie recht und ich habe mir über Holt zu schnell eine Urteil gebildet?

Mein Blick ruht auf der Menschenmasse, schweift dann zu einem Mann mit breiten Schultern und einem glimmernden Blick in den Augen in der Dunkelheit der Bar. Das Gerede und die Musik sind ohrenbetäubend, aber in dem Moment, als meine Augen den Fremden sehen, höre ich nichts außer meinem ständig schneller werdenden Herzschlag. Zwischen allen anderen sticht er hervor, als würde er nicht hierher gehören. Ich kann meinen Blick nicht von ihm lösen, als wäre ich in Trance. Er ist mächtig und er strahlt eine schiere Aura der Gefahr aus, die meinen Puls rasen lässt.

Ich möchte wegschauen, etwas anderes tun, als wie ein Trottel rot anzulaufen.

Er ist groß. Eins fünfundachtzig, vielleicht eins neunzig groß, sein Hemd umschmeichelt seine breiten Schultern und ihre Spannbreite. Dunkle Kleidung und kurzes schwarzes Haar mischen sich zwischen die Schatten, als wäre er ihnen entsprungen. Und dieses Gesicht— scharfe Züge und ein starker Unterkiefer, Augen grün wie Kristalle, die fast in der Dunkelheit, die sie umgibt, glühen.

Liebe Hölle, er ist kochend heiß und seine Gegenwart

erregt etwas tief in mir, etwas Ursprüngliches und Feuriges.

Ich stehe auf und fühle mich in einer lustvollen Trance zu ihm hingezogen, gegen die ich scheinbar machtlos bin. Vielleicht ist das meine Chance herauszufinden, wer er ist. Die einzige andere Person, die je solche Gefühle in mir ausgelöst hatte, war Luther, und das ist zwei Jahre her und dazu noch scheinbar Einbildung. Aber es hatte sich so echt angefühlt, besonders nachdem er mir versprochen hatte, zurückzukommen, um mich zu holen... was er aber nie getan hat.

Jemand tritt zwischen den Prachtkerl und mich, unser Blickkontakt wird unterbrochen. Ich schwärme für diesen Fremden, und als die Menschenmenge sich wieder teilt, ist er weg. Forschend streift mein Blick durch den Raum, aber ich kann ihn nirgendwo entdecken.

Nickie sagt: „Geh zurück und schnappe ihn dir."

„Ja, sicher", murmele ich, bevor ich durch das Zimmer schlendere und an die Stelle blicke, an der der Sexgott vor wenigen Sekunden noch stand.

Ich bin in Gedanken versunken, als die Organisatorin der Blind Date-Veranstaltung plötzlich vor mich tritt und in ihrem Gesichtsausdruck Enttäuschung geschrieben steht.

Mein Magen sinkt mir in die Kniekehlen und ich zerbreche mir den Kopf über die perfekte Entschuldigung, warum ich nicht zurückkommen kann, aber mir rutscht genau das Gegenteil heraus. Das Falsche zu sagen ist eines der Dinge, die ich richtig gut kann. „Oh, ich bin gerade auf dem Rückweg." Ich verpasse mir im Geiste eine Ohrfeige dafür, dass ich so schnell nachgegeben hatte. Es zählte noch nie zu meinen Stärken, *nein* zu den Leuten zu sagen. Sollte ich jemals zur Superheldin werden, wäre dies mein Kryptonit.

Ich folge ihr bereits und blicke über meine Schulter auf der Suche nach meinem geheimnisvollen Mann.

„Wenn du den Leuten keine Chance gibst, wie willst du dann je deinen perfekten Partner treffen?", weist sie mich zurecht, während wir in den Dating Raum treten und ich meinen Blick senke, innerlich verkrampfe.

„Es tut mir leid", wiederhole ich, blicke dabei in ihre sanften, haselnussbraunen Augen und entscheide, dass ich ehrlich zu Holt sein werde und dem ganzen jetzt ein Ende setzen werde.

„Es ist nicht zu spät", sagt sie mit Hoffnung in der Stimme und ich wende mich rasch herum, um mich wieder auf meinen Stuhl zu setzen, doch es ist nicht Holt, der mir gegenüber sitzt.

„Du bist es." Die Wörter gleiten mir über die Lippen.

Ich drehe mich auf dem Sitz herum, als mein Rock sich an der Ecke des Holzstuhls verfängt und ich den erst Riss ertönen höre.

Jesus, bitte nicht!

„Ist alles in Ordnung?", fragt seine tiefe, raue männliche Stimme... das komplette Gegenteil der von Holt.

Er ist derselbe Mann, den ich in der Bar erspäht hatte, mit diesen funkelnden grünen Augen, die so hell strahlten, als wären sie polierte Smaragde.

Aus der Nähe ist er noch viel attraktiver und göttlicher, und hatte ich schon *groß* erwähnt, so als hätte er Holt verspeist, um seinen Platz einzunehmen? Kurzes kastanienbraunes Haar, etwas länger oben auf dem Kopf, ein markanter Unterkiefer, eine prägnante Nase und volle Lippen. Seine Augen aber irritieren mich, als würden sie in ein anderes Gesicht gehören. Ich weiß nicht, warum ich das denken würde, aber mir fehlen die Worte.

Sein heißer Blick analysiert mich, während ich ihn

mir genauer anschaue und meine Gedanken sich darum drehen, was ich zu ihm sagen soll. Ich fühle, wie die Angst in mir hoch steigt, mein Gesicht glüht, jetzt da ich ihm so nah bin und mich wahrscheinlich zum Affen machen werde. Er sieht aus, als könnte er sich seine Mädchen aussuchen, und als ob er sich nicht großartig um ihre Aufmerksamkeit bemühen muss.

„Ich befürchte, ich habe mich an den falschen Tisch gesetzt." Meine Haut brennt zunehmend vor Scham und ich möchte gehen, doch der Riss in meinem Rock wird länger und ich könnte schreien bei dem Gedanken an ein riesiges Loch über meinem Hintern.

„Nein, es ist der richtige Tisch. Du bist Nummer Sieben. Der Junge von vorhin musste dringend gehen."

Während ich an dem Stoff meines Rocks, der sich irgendwie an diesem verfluchten Stuhl verfangen hat, herumfummele, schaue ich hoch auf den Sexgott, der mich ansieht und auf meine Antwort wartet.

„Sieben, ja, das muss ich sein." Ich ziehe an dem Stoff, um mich zu befreien, aber er steckt so fest, als hätte ihn Satan selbst an den Stuhl genäht, um mich leiden zu lassen.

„Oh, ich heiße Guen", sage ich und werde so stark rot, als würde ich verbrennen. Ich nehme mein Glas und trinke es in einem Zug leer.

„Dei—Demi", sagte er und scheint Probleme zu haben, sich an seinen Namen zu erinnern.

Ich ziehe eine Augenbraue hoch. „Demi? Wirklich?" Seine Lüge lässt mich noch fester an meinem Rock reißen, in der Hoffnung, hier herauszukommen, während ich den Mann anlächle, den meine Eierstöcke zu heiraten planen. Dann ertönt ein lautes, reißendes Geräusch. Ich falle vom Stuhl und er mit mir um.

Mein Herz schlägt mir bis zum Hals und ich sehe

mich vor meinem inneren Auge auf dem Boden liegen, mit meinem Rock hochgezogen bis zur Taille.

Starke Hände fangen mich auf und Demi ist unglaublich schnell an meiner Seite und hilft mir wieder hoch. Jetzt rast mein Herz. Ich war ja vorher schon rot, doch jetzt bin ich eine Supernova, die mit fünfhundert Grad wieder in die Erdatmosphäre eintritt.

Er kniet neben meinem Stuhl und entdeckt die Ursache für mein kleines Missgeschick.

„Es scheint, als hätte sich dein Gewand verfangen?"

Gewand? Ich schüttele meinen Kopf und sehe mich um, nur um festzustellen, dass die anderen mich angucken und ich fühle mich gedemütigt. „Es ist nichts, ehrlich. Mache dir keine Sorgen", beharre ich und lege meine Hand über das klaffende Loch, das meinen Oberschenkel bis genau unter meinen Stringtanga zeigt.

Doch er fummelt an etwas unter meinem Stuhl herum und dadurch, dass er kniet, sind wir auf Augenhöhe und mein ganzer Körper kribbelt.

Seine Finger berühren sanft die Außenseite meines Oberschenkels. Nur eine einfache Berührung, aber sie reicht, damit es mir den Atem verschlägt und meine Brustwarzen steif werden. Ich stelle mir seine Hände überall auf meinem Körper vor, wie sein Mund über meine Haut wandert, und seinen Kopf zwischen meinen Schenkeln.

Was stimmt nicht mit mir?

Er ergreift den Stoff, um mich von meinen Qualen zu befreien, was dazu führt, das elektrisierender Strom meinen Körper durchzuckt. Mein Verstand spinnt immer weiter wilde Gedanken, dass ich mich nach vorne lehnen und von den Lippen des Fremden probieren möchte. Aber in meinem Kopf tanzen die Aufruhr und die Scham miteinander.

Das Paar neben uns beobachtet uns und ich lächle nur, winke ihnen kurz zu und senke meine Hand, fühle mich dumm.

„Es steckt richtig fest dort drin", sagt Demi.

Oh, Gott!

Er reißt so plötzlich an dem feststeckenden Stoff, dass mein ganzer Körper von der Bewegung zittert. Ein höllisches Reißen ertönt und ich wäre fast gestorben.

Ich schaue herunter und sehe, wie er meinen halben Rock in seiner Hand hält und der Rest noch halbwegs meinen Stringtanga bedeckt.

Tötet mich jetzt.

Ich starre ihn intensiv an und wenn ich dazu fähig wäre, würde ich Laserstrahlen aus meinen Augen auf ihn abfeuern. „Das ist nicht dein Ernst?"

Sein Mund formt sich zu einem Lächeln. „Das hätte so nicht passieren sollen."

„Wirklich? *Was du nicht sagst?* Oh mein Gott", murmele ich und greife um mich, um festzustellen, dass mein halber Hintern blank ist, und dass mein schlimmster Alptraum wahr geworden ist. Nackt in der Öffentlichkeit zu sein. Vielleicht würde ich aufwachen und herausfinden, dass dies ein weiterer meiner verrückten Träume war. Bitte lass es das sein.

„Gott wird dir nicht helfen, aber ich." Demi knöpft sein Hemd auf, entblößt seine starke, breite Brust mit wenig Haaren, aber so vielen Muskeln.

Mein Mund steht offen, während ich den Anblick eines halbnackten, muskulösen Mannes genieße, dessen Mund selbstsicher lächelt. Feuchtes-Höschen gutaussehend... zur Hölle ja.

„Was machst du?" Meine Augen hatte ich zur doppelten Größe aufgerissen. Ich strecke die Hand aus, um schnell in sein Hemd zu schlüpfen, bevor es alle sehen und annehmen, dass wir vorhaben, etwas zu tun. Besonders wenn man bedachte, dass mir die Hälfte meines Rocks fehlt. Zum Glück ist die Beleuchtung schummrig hier drinnen.

„So sehr ich diesen Moment gerade gerne genießen würde, um deine nackte Rückseite zu bewundern, bestehe ich darauf, dass du mein Hemd nimmst." Er lässt sich das Hemd von seinen starken Oberarmen gleiten und reicht es mir.

Ich verliere keine Sekunde und streife es mir über die Arme, sein männlicher Duft hüllt meine Sinne ein. Oh, warum muss er so göttlich riechen? Das ist absolut ungerecht. Das Hemd ist mir viel zu groß und als ich endlich wieder auf den Beinen bin, gleitet mir der Stoff hinunter bis zu den Knien. Keine blanken Pobacken weit und breit.

„Dankeschön." Ich sehe zu Demi hinüber, der sich aufgerichtet hat, oben ohne da steht und das Atemberaubendste ist, was ich je gesehen habe. Muskelpäckchen und straffe Bauchmuskeln, die zu einem perfekten V zusammenkommen, an der Stelle, an der seine schwarze, maßgeschneiderte Hose tief auf seinen Hüften hängt. Meine Finger kitzeln voller Versuchung, ihn zu berühren und zu spüren, wie hart die Muskeln wirklich sind. Um ehrlich zu sein, dreht mein Kopf sich noch immer, da alles so schnell geschehen war, und ich gebe ihm, so lange ich noch wütend bin, einen Ratschlag. „Beim nächsten Mal, benutze bei einem Date deinen echten Namen und versuche nicht, dem Mädchen den Rock vom Hintern zu reißen."

„Ich habe dich gerade gerettet." Mit Vergnügen in den Augen blickt er mich an.

Eine meiner Augenbrauen hebt sich. „*Gerettet* ist aber recht weit hergeholt."

„Das werde ich wohl meinen besonderen Glückstag nennen", sinniert er mit einem Zucken auf den Lippen.

Ich möchte seinen Arm schlagen, doch bei seiner Größe, bezweifle ich, dass er es spüren würde.

„Es geschieht nicht oft, dass ich die Möglichkeit habe, einer Jungfrau zu helfen, die mir ihre wunderschöne, runde Rückseite präsentiert." Er sieht mich an und seine Mundwinkel ziehen sich nach oben.

„Rund?" Ich hatte mich geirrt, als ich dachte, er wäre sich nicht bewusst darüber, was er tat—er wusste nämlich genau, was er mit meinem Rock anstellte. „Ja, das ist dein Glückstag", sage ich. „Ich hoffe, du hast einen guten Blick erhascht, denn es war das letzte Mal, dass du etwas von meiner *Rückseite* zu Gesicht bekommen hast." Warum redete er überhaupt so seltsam?

Jemand in unserer Nähe schnappt nach Luft, dem rothaarigen Mädchen neben uns steht der Mund offen, was die Aufmerksamkeit aller auf uns zieht und wir neidische Blicke ernten.

„Zieh dir was an", faucht einer der Männer und die Organisatorin eilt herbei, ihre Augen wandern zwischen mir und dem attraktiven, halbnackten Kerl hin und her.

„Ist alles in Ordnung?" Sie keucht, ihr Blick ruht auf Demis nackter Brust.

Mein Mund öffnet sich mit einer Erklärung, doch Demi fällt mir ins Wort. „Wir hatten eine wundervolle Nacht und jetzt begleite ich die reizende Damen zu ihren Freunden." Mit seiner Hand auf meinem Rücken schiebt er mich in Richtung der Tür.

Wie wild dreht sich mein Kopf, während mein Körper kribbelt und zittert von der Berührung seiner großen Handfläche auf meinem Rücken, von jedem seiner sexy Atemzüge, die mir die Luft rauben.

Er steht zu seinem Wort und leitet mich durch die

Menschenmenge, die uns anfeuern, als hätten wir gerade Sex im Badezimmer gehabt. Die Nacht entwickelte sich von schlimm hin zu entsetzlich.

Bevor wir bei Nickie ankommen gleitet Demis Hand zu meinen Hüften, seine blanke Brust drückt sich gegen meinen Rücken und die Wärme durchströmt mich wie ein Inferno. Wir halten nahe einer ruhigen Stelle an der Wand an. Sein Atem streift meinen Hals als er tief einatmet.

„Hast du gerade an mir gerochen?", murmele ich, aber trotz, dass ich ihn von mir wegstoßen möchte, ertappe ich mich dabei, wie ich meine Oberschenkel dank der Funken, die in meinem Bauch sprühen, zusammenpresse. Etwas an der Dunkelheit der Bar, der pochenden Musik und seiner unmittelbaren Nähe lassen mich vor Lust erzittern, meine Gedanken vernebeln.

Seine Zähne berühren meinen Hals, streifen über meine Haut und es ist etwas nahezu köstlich Vertrautes an der Art, wie er dies tut.

„Hör nicht auf", kommt es mir flüsternd über die Lippen.

Intensive Atemzüge umspielen meinen Hals, ein Stöhnen entweicht mir, während der Druck in mir wächst.

„Was ist dein richtiger Name?" Ich bekomme die Wörter heraus, unsicher, von wo sie kommen. Ich versuche aus dem Nebel zu schwimmen, der meine Fähigkeit zu Denken verschlingt.

Er atmet laut aus, Erregung und Frustration schwingen mit. Dann löst er blitzschnell unsere Verbindung und tritt einen Schritt zurück. „Wir sehen uns, Guendolyn." Seine Worte verstummen.

Alles in mir kommt ruckartig zum Stillstand, als er mich bei meinem richtigen Namen nennt.

Die letzte Person, die mich so genannt hat, war...

„Luther?"

Ich wirble herum, doch er ist weg. Geblieben ist mir das Loch in meinem Herzen, von dem ich dachte, dass ich es vor zwei Jahren begraben hatte, und es war erwacht, wie ein riesiges schwarzes Loch.

2

DEIMOS

Guendolyn ist so verführend und gefährlich wie die Sieben Höllen des Königreichs der Irrfahrten.

Ihrer Energie folgte ich zu dieser Taverne, machte sie in dem gläsernen Raum ausfindig und kann meinen Blick nun nicht von ihr lösen.

Betörend.

Reizend.

Sündhaft.

Ein Blick auf sie und die Welt um mich herum löst sich auf.

Ihr schwarzes Kleid reicht halb über ihre Oberschenkel, erlaubt den Blick auf trainierte Beine und das Leibchen ist vielleicht zu eng, so wie es ihre Brüste nach oben drückt, sie zur Schau stellt. Atemberaubend, aber mich beeindruckt das Arschloch, das ihr grinsend gegenüber sitzt, nicht. Wenn sie sich also kurz entschuldigt, werde ich ihn mit etwas meiner Einfluss-Magie, mit der mich die Götter gesegnet haben, herbeizitieren und ihn zur Tür hinauswerfen. Dann nehme ich seinen Platz ein, um mit Guendolyn zu reden und um herauszufinden, an wie viel ihrer Vergangenheit sie sich erinnert. Ich wurde gewarnt, dass die Ereignisse wahrscheinlich aus ihrem Gedächtnis ausgelöscht worden waren.

Aber ich verfehle meine Mission heute Abend jämmerlich und bekomme keine Antworten, dann der Zwischenfall mit ihrem Rock, das Bild von ihrem Hintern in meinem Kopf und meine Gedanken, dass ich nicht mit ihr nach Hause zurückkehre. Das ist nicht leicht für einen Mann. Mein Stiefvater, der König des Schattenhofs, hat uns immer Standpauken gehalten, dass sich ein Mann nie von seinem Schwanz leiten lassen sollte. Ich war zu jung, um zu verstehen, wie scheinheilig diese Worte, die aus seinem Mund kamen, waren. Bis ich heranwuchs, um herauszufinden, dass ich in einem Königreich aus Lügen lebte.

Ich verdränge diese Gedanken und richte meine Aufmerksamkeit auf die schöne Guendolyn, um das Beste aus der Situation zu machen.

Bedenkt man, was sie ist, sollte ich sie nicht auf diese Weise anstarren, über all die Dinge nachdenken, die ich mit ihr anstellen möchte, doch ich tue es.

Bilder dieser Beine um meine Hüften geschlungen tauchen auf, mit zurückgeworfenem Kopf stöhnt sie, als ich in sie eindringe.

Ich nehme einen tiefen Atemzug, um die Beherrschung wieder zu erlangen. Sie hatte sich in den zwei Jahren, seit wir sie das letzte Mal gesehen haben, verändert. Ihre Kurven sind runder geworden, ihre Schönheit so strahlend wie die aufgehende Sonne. Das Mädchen, das damals ins Königreich gereist war, schien jünger zu sein, misstrauisch, dennoch schön, aber nicht auf diese Art. Nicht wie diese Frau, die ich nicht aufhören kann, anzustarren. Sie hat etwas an sich, was über ihr Haar, das perfekt auf ihre nackten Schultern fällt, diesen hypnotisierenden blauen Augen, und wie sehr ich ihr dieses Kleid vom Körper reißen will, hinausgeht.

Ich kann nicht aufhören, an unsere erste Begegnung allein zu denken, vor zwei Jahren im Königreich der Irrfahrten... unseren Tanz der Wörter, wie sie mir widerstand. Ein kleiner Biss in ihren Hals und ihr Blut floss auf meine Zunge. Guendolyn erinnert sich jetzt nicht mehr an diese Nacht, ihr Geschmack aber ist mir geblieben. Unglaubliche Süße wie Nektar und nicht zu vergleichen mit irgendeiner anderen weiblichen Fee, die ich je gekostet hatte.

Es gibt eine Kraft unter der Oberfläche ihrer Präsenz, die ich spüre. Sie ist dunkel und tödlich.

Wie Ahren, mein ältester Bruder, es einmal ausgedrückt hat: *„Jeder weiß, wer sie ist, dass ihr Name Guendolyn ist, und für was sie steht... Alle außer ihr.“* Das ist der Grund, warum ich hier bin, um sie zu holen. Um sie zurück ins Königreich der Irrfahrten zu bringen, um uns zu helfen, den Fluch zu brechen, den sie unwissentlich vor zwei Jahren ausgelöst hatte.

Nun beobachte ich sie aus dem Schutz der Schatten heraus. Mein Hemd bedeckt genug von ihr, aber es ist nicht so, als könnte ich die fließenden Kurven ihres Hinterns vergessen, und dem, was unter dem Rest ihres Kleides verborgen ist. Diese langen Beine ragen unter dem Hemd hervor und in den schwarzen Pumps füllt sie meinen Kopf mit schmutzigen Gedanken. Sie entzieht mir meinen Fokus und meine Mission. Gott, sie ist rundum perfekt, und in Kombination mit ihrem Erröten, hämmert mein

Schwanz wieder gegen meine Hose, gegen den Reißverschluss.

Sie stahl meinem älteren Bruder die Aufmerksamkeit, aber vor zwei Jahren kannte ich das Mädchen kaum... Jetzt sehe ich, was Luther meint, weshalb seine Seele für sie zerspringt.

Zur Hölle, sie ist atemberaubend.

Alles an ihr ruft nach mir. Sie ist Perfektion. Und vielleicht hat Luther Recht damit, darauf zu bestehen, dass wir kommen, um sie zu holen, und wir ihre Kraft nutzen, um unser Königreich zu retten. Sicher, seine Absicht war es, sie für sich selbst zu beanspruchen, aber jetzt... Ich atme tief aus. Jetzt muss ich mich wieder meiner Mission besinnen und an nichts anderes denken.

Ich verfolge ihre Bewegungen aus dem gläsernen Raum, in den sie gegangen ist, um nach mir zu suchen, und ihre Reaktion entzündet einen Funken der Faszination in mir. Ihr steht Verwirrung ins Gesicht geschrieben, und sie geht wieder, sucht nach ihrer Freundin und geht an zwei Männern vorbei, die sie von Kopf bis Fuß begaffen und sie ansehen, als sei sie das Mädchen, dass sie ficken und dann loswerden möchten. Sie sollte nicht an einem Ort wie diesem sein.

Mir gefällt das nicht.

Ich hätte bei ihr bleiben sollen, aber mein Kopf schwirrt in ihrer Gegenwart, und heute Nacht in ihrer Nähe zu bleiben wird dazu führen, dass ich tief im Innersten dieses kleinen Dings enden würde. Ein Zittern schüttelt mich bei diesem Gedanken durch und ich stöhne, als ein Pulsschlag durch meinen Schwanz fährt.

Die Konzentration verlässt mich, doch ich brauche sie, um Guendolyn dabei zu helfen, die Passage zwischen unseren Welten zu öffnen, damit wir zurück nach Hause kehren können, bevor sich der Fluch im Schattenhof ausbreitet und jeden tötet. Der Trick wird sein, sie dazu zu bewegen, dass sie ihre Kräfte anzapft.

Sie weiß es noch nicht, aber ich bin Experte darin, Leute dazu zu bringen, zu tun, was ich will.

Heute Nacht ist sie meine Angelegenheit, und das bedeutet, sicherzustellen, dass niemand sie anfasst.

3

GUEN

Als ich endlich im Bett liege, bin ich erschöpft. Nickie und ihr Freund sind schon in ihrem Schlafzimmer und das Klopfen ihres Kopfteils an der Wand ist ein irritierender Rhythmus. Ich greife hinüber nach meinen Kopfhörern, drücke sie in meine Ohren und suche mir eine Playlist aus—irgendeine Playlist—Hauptsache, ich höre sie nicht. Ein Popsong beginnt zu spielen und ich krabble unter meine Bettdecke. Nur der silberne Mondschein fällt durch mein großes Erkerfenster und durchflutet den Raum. Und alles, an was ich denken kann, sind diese grünen Augen.

Ich sollte nicht nach dem ersten süßen Kerl, der mir über den Weg läuft, lechzen. Ich sollte nicht endlos Tagträume über ihn haben. Ich sollte ihn mir nicht nackt vorstellen. Aber es geschah. Seine Worte klingen in meinen Ohren nach, während meine Haut bei der Erinnerung an seine Hände auf meinen Hüften, seiner breiten Brust, die sich flach gegen meinen Rücken presst, kitzelt.

Wir sehen uns, Guendolyn.

Wer um alles in der Welt ist er? Er sieht überhaupt

nicht wie Luther oder seine Brüder aus meinen Träumen aus, und doch kennt er meinen wahren Namen. Nickie schwor bei ihrem Leben, dass sie nichts damit zu tun hatte, mich mit ihm zu verkuppeln, also bin ich ratlos.

Mein Seelenklempner brauchte zwei Jahre um mich endlich davon zu überzeugen, dass die Träume alle *nur* in meinem Kopf waren. Die meisten Erinnerungen daran waren Halluzinationen, wie mein Doktor sie nannte, und waren jetzt verblasst. Sie verschwanden nachdem ich nicht länger Luthers Stimme in meinem Kopf hörte... Wörter, die wie eine Erinnerung sind, die ich nicht länger greifen kann. Alles, was mir geblieben ist, sind Erinnerungsfetzen an drei Prinzen, sehnsüchtige Emotionen und ein extravagantes Königreich.

Vielleicht ist es so das Beste... aber nach heute Nacht fließen die alten Ängste durch meine Venen.

Ich rolle in meinem Bett herum und umarme die Bettdecke fest vor meiner Brust, schließe dann meine Augen und dränge den Schlaf, mich fortzuholen.

Und doch, alles, was ich sehen kann, sind die grünen Augen, als er vor mir kniet und mich mit einem Ausdruck schierer Lust anstarrt.

Seine Hände berühren meine Knie und drücken sie auseinander.

Natürlich widerstehe ich, aber er ist zu stark, um dagegen anzukämpfen, und als seine Berührung an meinen Oberschenkeln hinauf gleitet, zittere ich und bin nicht in der Lage dazu, einen Ton von mir zu geben. Ich fürchte mich davor, dass er mein beschämendes Geheimnis entdeckt.

Seine Fingerspitzen sind zärtlich, so weich und elektrisierend auf meiner Haut. Er streift so sanft nahe an meiner Bikinizone vorbei. Nichts hält ihn auf. Er nähert sich langsam meiner Hitze, wo er feststellen wird, wie feucht ich wegen ihm bin.

Ich atme scharf ein, kann mich nicht bewegen und warte darauf, dass seine Finger in mich eindringen. Aber er macht es nicht, obwohl ich voller Verlangen pulsiere. Meine Brustwarzen werden steif und reiben gegen den Stoff meines Kleids.

„Bitte", bettele ich, mein Körper bebt voller Erregung.

Er lacht, gibt einen Ton von sich, der mir eine Gänsehaut beschert, und als er zwei Finger unter den Bund meiner Unterwäsche schiebt, schmelze ich unter seiner Berührung dahin. Meine Beine spreizen sich für ihn und er verschlingt mich mit seinen Blicken.

„Du willst mich seit dem Moment, als du mich gesehen hast, nicht wahr?"

Ich möchte antworten, aber ich kann nicht. Nicht während seine Finger hoch und runter durch meine Feuchte gleiten um dann über meinen Kitzler zu kreisen. Ich versuche den Klang meines Stöhnens zu verbergen, als mich ein Orgasmus so schnell wie ein Erdbeben durchschüttelt und mich im tiefen Inneren erzittern lässt. Meine Muskeln verkrampfen sich und ich bebe vor Vergnügen. Meine Augen sind geschlossen und alles, woran ich denken kann, ist er.

Ausgestreckt liege ich in meinem Bett und lächle wie verrückt. Während ich die Bettdecke über meine Brust ziehe, atme ich tief ein und zähle langsam bis zehn um mein rasendes Herz zu beruhigen. Es ist lange her, dass ein Mann einen solchen Effekt auf mich hatte, und kein Mann hat es je geschafft, dass ich nur bei dem Gedanken an ihn gekommen bin.

Und noch immer habe ich keine Ahnung wer er ist, oder wie er heißt.

*L*uther kroch zu mir herüber, hielt mich in seinen Armen und hatte Tränen im Gesicht. „Was hast du getan, kleiner Wolf. Ich bin noch nicht bereit, dich zu verlieren. Ich habe dich doch gerade erst gefunden."

„Ich verstehe das nicht." Ich hielt mich an ihm fest, umklammerte seinen Kragen, aber mein Innerstes wand und verknotete sich. Schatten zuckten in meinem Blick. Meine Arme wurden schwächer.

„Lass mich nicht gehen", weinte ich und Luther hielt mich fest an seine Brust gedrückt. Sein Zittern war wie eine Klinge in meinem Herzen.

Meine Hände zitterten, dieses Gefühl machte sich so schnell in mir breit und ich begann in die mir bekannte Dunkelheit zu fallen.

„Ich werde dich wiederfinden", versprach Luther mir. „Ich werde die Welt niederreißen, um dich zu finden."

Und eine Sekunde später war ich weg.

*H*ast du von dem mysteriösen Prachtkerl gehört? Ich blicke auf die Nachricht von Nickie auf meinem Handy und denke an den Orgasmus, den ich letzte Nacht erlebt hatte, als ich an ihn dachte, also ja, ich erinnere mich gut an ihn. Mein letzter Traum von Luther drängt sich auch in den Vordergrund meiner Gedanken. Es ist zwei Jahre her, seit ich das letzte Mal von ihm geträumt habe und die Erinnerung daran hinterlässt einen tiefen Schmerz in meinem Herzen, den ich nicht erklären kann. Es scheint, als könnte ich mich daran, was vor den Ereignissen aus dem Traum passiert war, oder danach nicht erinnern—nur der Herzschmerz, der in

meiner Brust sitzt, als hätte ich etwas für mich so
Wertvolles verloren, dass ich sterben könnte, wenn ich es
nicht wiederfinde.

Ich zwinkere fest um diese Gedanken zu verdrängen,
dann sehe ich auf Nickies Nachricht hinunter. Richtig. Sie
wartet auf eine Antwort.

*Du weißt, ich habe ihm nicht meine Telefonnummer
gegeben.* Ich möchte das Telefon in meine Gesäßtasche
stecken, doch dann fällt mir ein, dass ich auf der Arbeit
bin und meinen schwarzen Rock trage—knielang, haut-
eng, was es schier unmöglich macht, zu laufen und ohne
Taschen.

Malen war schon immer meine Leidenschaft,
außerdem brauchte ich einen Teilzeitjob, als mir meine
Pflegemutter also den Bewerbungsbogen für eine Anstel-
lung an der hiesigen Galerie in Hyde Park, nahe meiner
Universität, geschickt hatte, habe ich mich beworben und
wurde genommen. Die meiste meiner Arbeitszeit
verbringe ich am Empfang. Ich gestehe, Anrufe
anzunehmen macht keinen Spaß, aber Johanz, der Eigentümer, war großzügig und hatte eins meiner Bilder in der
Lobby ausgestellt. Das zaubert mir jedes Mal ein Lächeln
auf die Lippen, wenn ich hinüberschaue, wie es über dem
Sofa in der Wartehalle hängt.

Dornige Büsche und abgebrochene Bäume zieren die
Landschaft. Fetzen eines glorreichen Königreichs sind in
der Ferne zu erkennen, das die goldenen Sonnenstrahlen
reflektiert und nur über Stufen aus Stein und eine
Gewölbebrücke, die zwei Berge umspannt, zu erreichen
ist.

Ich wandere zum Schreibtisch an der Rezeption und
lasse mich in meinen Lederstuhl sinken, als auf meinem
Handy eine Nachricht eintrifft und es piepst.

Dein Aschenputtel-Mann könnte auftauchen und dich

überraschen. Er muss sich noch ein Hemd zurückholen, erinnerst du dich?

Bei der Erwähnung seines Hemds steigt mir ein Hauch seines leckeren männlichen, frischen Dufts in die Nase, fast so, als wäre er direkt neben mir. Hitze dringt bis in die letzten Ecken meiner Magengrube vor, wie schon letzte Nacht. Außer, dass ich mir nur etwas vormachte, wenn ich diesen Fremden wollte, und heute Abend werde ich mich dazu entschließen, sein Hemd in die Waschmaschine zu schmeißen, um mein Zimmer von seinem Geruch zu befreien.

Ich antworte Nickie, *wenn doch Märchen nur wahr wären.*

Die Bürotür zu meiner Rechten öffnet sich mit einem schwingenden Geräusch.

Panik bringt mich in Bewegung und ich schiebe mein Handy unter die ungeöffneten Briefe auf meinem Schreibtisch. Lächelnd hebe ich meinen Kopf und sehe, wie Johanz herauskommt. Er ist ein großer Mann, der einen marineblauen Armani Nadelstreifenanzug fast wie eine zweite Haut trägt. Johanz ist ein attraktiver Mann, für meinen Geschmack etwas zu dünn, und er trägt sein schwarzes Haar zurückgegelt, das in der Sonne leicht bläulich schimmert. Obwohl er wohlhabend ist, wuchs er nicht reich auf. Einmal gestand er mir, dass er aus einer armen Familie stammt, was meiner Meinung der Grund dafür ist, dass er so gutmütig ist.

„Guen, ich bin ein paar Stunden unterwegs. Du kommst alleine zurecht, oder? Es gibt heute keine Vorführungen." Er lächelt und alles, was ich sehen kann, sind diese strahlend perlweißen Zähne und die gebräunten Lachfalten um seinen Mund.

„Natürlich, Mr. Landstone. Ich habe alles im Griff."

Er nickt, geht durch die Glastür und läuft zu einem

schwarzes Mercedes, der direkt vor der Tür geparkt ist. Eines Tages werde ich das sein... Eigentümerin einer Galerie, die ihre eigenen Meisterwerke verkauft und das auffälligste Auto weit und breit fährt.

Ich greife nach meinem Handy als die Tür plötzlich klingelnd aufgeht.

„Hast du etwas vergessen?", frage ich, hebe meinen Kopf, aber es ist nicht mein Chef, sondern ein Mann in Jeans, Turnschuhen und einem langärmligen Hemd. Nicht das übliche Klientel, da das günstigste zum Verkauf stehende Ausstellungsstück bereits über eintausend Dollar kostet.

Der Mann mit dunklem Haar und einer großen, krummen Nase schließt die Tür, schlendert am Eingangsbereich vorbei, direkt durch den bogenförmigen Durchgang in die Galerie, ohne auch nur in meine Richtung zu blicken. Natürlich sind wir für die Öffentlichkeit zugänglich, aber ganz ehrlich, die, die uns aufsuchen, haben für gewöhnlich ein dickes Bankkonto. Es kommt nicht oft vor, dass Leute von der Straße einfach hereinkommen, und meistens gehen sie wieder recht schnell, sobald sie die Preisschilder sehen. Der Wachmann, der für gewöhnlich auf dem kleinen Podest in der Galerie sitzt, hat Mittagspause, und es ist mir bis eben nicht in dem Sinn gekommen, dass ich die Tür hätte absperren sollen, bis er zurück war, damit ich nicht alleine bin.

Aber ich bin mir sicher, dieser Herr ist auch einer von denen, die gleich wieder hinausgehen.

„Hallo, wie geht es Ihnen heute?" Ich begebe mich zum großen Ausstellungssaal und finde den Mann mit kurzem, wildem Haar auf ein Bild starrend vor, auf dem ein Zug an einem verregneten Tag durch ein altes Dorf rast. „Das ist ein Werk von Ellaine Gray. Sie ist eine ortsansässige Künstlerin." Ich liebte schon immer diese Rohheit, die dieses Bild ausstrahlte. „Erkennen Sie, wie die Nebeneinanderstellung des industriellen Zugs gegenüber den Holzhütten des kleinen Dorfs die Entwicklung der Zivilisation reflektiert und die Vergangenheit hinter sich lässt? Für mich jedenfalls. Jeder erkennt in einem Bild etwas anderes." Was auch der Grund dafür ist, warum ich sie so sehr liebe.

Als er nicht antwortet und weiter das Bild ansieht, erkenne ich, dass ich mich vielleicht in ihm geirrt habe und er doch ein Käufer ist. Ich versuche das unheimliche Gefühl, das er mir gibt, zu verdrängen und ihn wie jeden anderen Kunden auch zu behandeln. „Was gefällt Ihnen denn an dem Bild?"

„Kennen Sie diesen Ort?" Er deutet auf das Bild und ich schüttele den Kopf, obwohl er nicht in meine Richtung sieht.

„Es tut mir leid, nein, aber die Künstlerin wird nächste Woche in die Galerie kommen, dann kann ich sie fragen."

Er nickt und sieht sich nach anderen Stücken um, und er hat eine beunruhigende Eigenartigkeit an sich, die ich nicht so recht deuten kann.

Die Tür hinter mir öffnet sich und ein zweiter Herr mit dickem Hals, gebräunter Haut und kurzem, blondem Haar tritt ein. Er erinnert mich an einen Bodybuilder. Auch er ist leger gekleidet.

„Hallo", begrüße ich ihn, wie jeden, der die Galerie besucht.

Er nickt mir zu und läuft in Richtung des anderen Mannes. Er lehnt sich hinüber, sie flüstern angeregt, bevor sie beide zu mir herüber sehen.

Meine Nackenhaare stellen sich auf und mir wird übel. Ich bin alleine in der Galerie und Sorge lässt mich nach draußen blicken, um zu sehen, ob Ted, unser Wachmann, zurückgekehrt war. Ich sollte ihn anrufen, damit er zurückkommt. Ich schlucke schwer und meine Füße gleiten rückwärts, während ich mich zu meinem Schreibtisch umdrehe. Mein Handy und meine Tasche sind dort, und in der Innentasche habe Pfefferspray.

„Oh, entschuldigen Sie", fragt einer der Männer, seine Stimme ist rau, als wäre er schon sein ganzes Leben Kettenraucher. Aber der Gestank, der Rauchern normalerweise anhaftete, hing nach seiner Ankunft nicht in der Luft. „Haben Sie Bilder mit Drachen?"

Seine Frage lässt mich innehalten und ich drehe mich zu ihm. Er scheint wahrlich neugierig zu sein und ich bin mir zu Anfang nicht sicher, was ich ihm darauf antworten soll, da das Schild draußen am Gebäude klar und deutlich auf klassische Kunst hinweist.

„Bedauerlicherweise nein, aber ein paar Häuser weiter gibt es eine Galerie, die sich auf Fantasy spezialisiert hat, vielleicht finden Sie dort, wonach Sie suchen."

„Was ist mit diesem hier?" Sein Freund zeigt in die Rezeption und ich drehe mich um, um zu sehen, dass er mein Bild meint.

„Oh, auf diesem Bild sind keine Drachen."

Beide schlendert in Richtung meines Bilds, der blonde Kerl läuft so nah an mir vorbei, dass sein Arm meinen berührt.

Ich zucke von seiner unbeabsichtigten Berührung zurück, doch er läuft weiter auf das Bild zu, als wäre es bedeutungslos gewesen, dass er mich angerempelt hat. Der Typ hat Nerven.

An der Stelle seiner Berührung reibe ich meinen Arm. Die Haut fühlt sich unter meinen Fingern eiskalt an. Es ist nichts, da bin ich mir sicher, und ich reibe weiter, um die Haut meines Arms aufzuwärmen.

Beide stehen nun vor meiner Arbeit, begutachten sie,

und ich würde lügen, wenn ich nicht zugeben würde, dass es einen Moment voller Stolz war, dass zur Abwechslung jemand meinem Werk Aufmerksamkeit schenkt. Auch wenn mich die beiden Männer nervös machen. Ich bewege mich näher auf mein Bild zu, halte aber einen gesunden Abstand zu den beiden.

Der blonde Kerl rümpft die Nase und ein scharfer Schmerz durchfährt mein Herz bei dem Gedanken, dass er sich über mein Bild lustig macht, was mir meine Freude von gerade eben raubt.

„Ich empfehle Ihnen, zur anderen Galerie zu gehen, um zu finden, wonach Sie suchen." Meine Wörter klingen schärfer, als ich möchte, aber es ist mir egal und ich marschiere zu meinem Schreibtisch, doch mich verfolgen Schritte. Auf der Rückseite meiner Beine bekomme ich eine Gänsehaut und ich werde schneller.

„Das ist Ihr Bild, nicht wahr?", fragt einer von ihnen und ich habe zu viel Angst um zu unterscheiden, welcher von beiden spricht.

Ich drehe mich zu ihnen um und merke, dass sie beide keinen halben Meter von mir entfernt stehen, mich überragen und irgendwie größer auf mich wirken, als noch Sekunden vorher. In ihren dunklen Augen funkelt etwas, etwas Feuriges und Rotes.

Rückwärts stolpernd strecke ich meine Hand auf der Suche nach irgendetwas aus, was ich als Waffe verwenden könnte. Füller. Tacker. Wo zur Hölle ist meine Tasche? Alle rationellen Gedanken lösen sich in Luft auf und ich bekomme meine Füße kaum von Fußboden hoch. Mein Herz donnert noch lauter, als der Blonde einen Schritt nach vorne tut.

„Sie müssen gehen", verlange ich, als meine Finger den metallischen Brieföffner auf meinem Schreibtisch ertasten, und ich ihn fest umklammere. Er ist scharf genug, um Haut zu durchstechen und ihn ernsthaft zu verletzen, wenn er noch einen weiteren Schritt macht.

In ihren Gesichtern zeichnet sich weder Erstaunen noch Betroffenheit. Der Blonde verdreht die Augen und schaut dann auf seine Armbanduhr, so als hätte er noch einen anderen Termin mit jemand anderem, den er nervös machen wollte.

„Ist es an der Zeit?", fragt der dunkelhaarige Mann mit der schiefen Nase und die Lippen seines Freunds verziehen sich zu einem ungewissen Ausdruck.

„Hätte bereits passieren sollen. Ich habe sie berührt, also hätte das das Portal anstoßen sollen."

Ich greife nach meinem Handy, das unter den Umschlägen liegt und wähle den Notruf. „Eine Berührung und die Bullen werden in Sekundenschnelle hier sein. Verstanden? Jetzt verlasst zum Teufel die Galerie!" Ich habe keine Ahnung, wovon sie sprechen, aber ich bin dabei, wegen ihnen auszuflippen.

Eine schwere Stille macht die Luft zwischen uns dicker und ich zittere.

Die Vordertür öffnet sich und ich könnte vor Freude heulen, als Ted, unser Wachmann, mit breiten Schultern aufgebracht hineinkommt. Er hat seine schwarze Uniform an und das ist der beste Anblick der Welt. Sein Blick trifft meinen und ich versuche ihn so panisch wie möglich anzuschauen, bevor ich mit meinen Augen auf die beiden Männer in der Nähe meines Schreibtischs deute.

„Kann ich euch beiden helfen?", brummt er, kommt näher und seine Größe wirkt recht angsteinflößend.

Die beiden Idioten ziehen sich zurück, der Blonde übernimmt die Führung. „Nein, überhaupt nicht. Wir sind gerade dabei zu gehen."

„Das ist eine sehr kluge Entscheidung!", dröhnt er.

Sie spazieren aus der Galerie heraus, als würde Ted

nicht wie ein Bär aussehen, der kurz davor steht, sie in der Luft zu zerreißen. Die Bastarde haben keine Angst vor ihm, und dies zu begreifen, fühlt sich wie ein Schlag in die Magengrube an.

„Geht es dir gut, Guen?", fragt er mich mit sanfter Stimme.

Ich nicke noch bevor er ausgesprochen hat. „Nur mit den Nerven am Ende."

„Ich werden den Hintereingang und den Korridor überprüfen. Du bleibst hier." Er stürmt in die Galerie, um zur Hintertür zu gelangen.

Vom Schock bin ich wie angefroren, mein Gehirn schreit. Ich renne zur Tür, knalle sie zu und schließe sie mit zitternden Fingern ab, bis Ted zurück ist. Versteckt blicke ich durch die Glastür und Fenster nach draußen über den Bürgersteig und erwarte, dass sie zurückkommen. Die weißen Wände der Galerie fühlen sich an, als würden sie immer näher kommen und ich bekomme Schnappatmung. Wenn ich mir auf die Unterlippe beiße, spüre ich einen scharfen Schmerz. Das sagt mir, dass das gerade wirklich passiert ist. Es war Wirklichkeit.

Alles, was ich möchte, ist es, nach Hause zu gehen und mich in meinem Zimmer zu verstecken. Ich beginne, nach meiner Handtasche in der Nähe meines Schreibtischs zu suchen und sehe, dass sie hinter den Stuhl gerutscht ist.

Plötzlich ertönt ein klopfendes Geräusch vom Fenster hinter mir und ich zucke so fest zusammen, dass mir ein kurzer Schrei über die Lippen kommt. Ich schnappe mir mein Pfefferspray und wirbele herum, bereit wie verrückt in das Gesicht der Person zu sprühen, wenn sie versucht, in die Galerie einzubrechen.

4

Johanz runzelt von draußen durch das Fenster der Galerie die Stirn und ich brauche einen Moment, um meine Füße, die wie am Boden festgefroren sind, von hinter dem Schreibtisch zu lösen. Ich atme tief voller Erleichterung aus und eile zur Tür. Meine Hände zittern noch immer als ich die Tür aufsperre um meinen Chef hineinzulassen.

„Es tut mir so leid, dass ich die Tür abgeschlossen habe. Diese seltsamen Männer sind hereingekommen und... Haben Sie etwas vergessen?" Meine Atemzüge waren wie abgehackt, mein Verstand schwirrte von den Erinnerungen an den Vorfall.

„Atme durch, Guen", sagt er mit Sorge in seinen Worten und sein Blick streift durch die Galerie hinter mir. „Haben sie dir wehgetan?" Er streichelte meinen Rücken und sein Blick spiegelte dieselbe ehrliche Sorge wider, die auch meiner Pflegemutter in die Augen geschrieben stand, jedes Mal, wenn sie mich zum Seelenklempner gebracht hat. Sie hat nie die Hoffnung mit mir aufgegeben, auch wenn scheinbar alle gegen mich waren. Auch nicht, als der Doktor die Vermutung geäußert hatte, dass ich vielleicht an Schizophrenie leiden könnte.

„Ich bringe dir etwas Wasser", beharrt mein Chef. „Zum Glück bin ich zurückgekommen. Ich habe nur meine Geldbörse vergessen."

„Diese Männer sind mir wirklich nahe gekommen und haben seltsame Dinge gesagt." Ich fühle mich albern, als mir diese Worte über die Lippen kommen und dass mich das so aus der Fassung bringt. Aber es ist dieses unheimliche Gefühl, das meine Haut kribbeln lässt.

„Es war die richtige Entscheidung die Tür abzuschließen."

Ich setzte mich an meinen Schreibtisch und fühle mich, als hätte ich mehr tun können. Mein Chef läuft schnell durch den Raum und holt eine Flasche Wasser aus seinem Büro, bevor er zurückkommt. Nachdem ich einige Schlucke des kalten Wassers getrunken habe, fühle ich mich etwas ruhiger.

Ted kommt aus dem Hinterzimmer zurück, seine Wangen sind gerötet, so als wäre er gerannt. Mein Blick fällt auf seine Hände, beinahe erwarte ich Blut von einem Kampf auf ihnen zu entdecken, doch abgesehen von dem schnellen Heben und Senken seiner Brust geht es ihm gut. „Sie sind nirgendwo zu sehen."

„Komm", sagt mein Chef zu mir. „Ich werde dich nach Hause fahren, dann kannst du mir erzählen, was passiert ist. Dann nimmst du dir ein paar Tage frei, in Ordnung?"

Ich schüttele mit dem Kopf, mir dreht sich der Magen bei dem Gedanken daran um, dass er denken könnte, dass ich nicht fit genug bin, um den Empfang der Galerie zu besetzen. „Es geht mir gut, ehrlich." Ich hebe mein Kinn, räuspere mich und möchte nicht, dass er denkt, dass ich außer mir bin, wenn fremde Männer in die Galerie kommen. Ich liebe diesen Job und die Bezahlung ist einfach super. „Ich brauche das—"

Er hebt den Kopf, hartnäckig genug, um seinen Willen zu bekommen und fällt mir ins Wort. „Ich akzeptiere kein Nein als Antwort, und du wirst an diesen versäumten Tagen regulär bezahlt werden, das verspreche ich dir."

Ich nicke und greife bereits nach meiner Handtasche und meinem Handy, kämpfe aber innerlich damit zu akzeptieren, dass dies nicht mehr als ein wenig Freizeit bedeutet. „Danke."

„Es tut mir leid, dass ich dich alleine gelassen habe. Ich hätte sicherstellen sollen, dass Ted hier ist. Das ist mein Fehler."

Mein Hals schwillt von der innigen Sorge in seiner Stimme zu. „Es ist nicht Ihre Schuld, dass es Scheißkerle auf dieser Welt gibt."

Er wendet sich ab, als würde er nicht zuhören und geht auf die Tür zu. Ich nehme meinen Mantel von der Stuhllehne und eile ihm hinterher, hinaus ins kalte Wetter.

„Scheiße, Guen, du brauchst einen Baseballschläger unter deinem Schreibtisch auf der Arbeit", sagt Nickie, während sie sich ihre roten Locken in meinem Badezimmerspiegel frisiert. „Aber das Gute daran ist, dass du etwas bezahlte Freizeit bekommen hast."

„Ja, und das ist es, was mir Sorge bereitet. Dieses Wochenende findet in der Galerie eine riesige Vernissage statt. Ich werde Johanz wohl in ein paar Tagen anrufen, um ihm zu versichern, dass es mir gut geht." Mit der Schulter lehne ich mich gegen den

Türrahmen meines Badezimmers und mein Blick fällt auf meine Freundin, die rubinroten Lippenstift aufträgt. „Denkst du, dass ich vor meinem Chef überreagiert habe?" Sie trägt ein figurbetontes Kleid in Silber Metallic. Jedes Mal, wenn das Licht auf den Stoff fällt, funkelt sie. Das Kleid umschmeichelt sie vom Busen bis zum Po und der Rest ist nackte Haut. Sie sieht darin wie eine Göttin aus. Wenn ich es tragen würde, sähe ich peinlich aus.

Sie wirbelt herum und blickt mich an, ihre Augen weiten sich. „Warum sagst du so etwas? Diese beiden Vollidioten haben gesehen, dass du alleine warst und hielten es für eine gute Gelegenheit. Kranke Idioten. Entschuldige dich nicht für deine Reaktion. Dein Chef hätte sicherstellen müssen, dass der Wachmann da war." Sie legt ihren Lippenstift auf dem Waschtisch ab und kommt auf mich zu, nimmt mich in ihre Arme und drückt mich, bis ich keine Luft mehr bekommen. Trotz ihrer Stärke ist ihre Berührung warm und sie duftet wie eine Wiese voller Blumen. Es ist irgendwie überwältigend und süß. Ich mag es. „Ich bin immer für dich da, Süße."

„Danke. Das bedeutet mir sehr viel." Als ich kaum noch Luft in meine Lunge einatmen kann, befreie ich mich aus ihrer Umarmung, die der einer Anakonda gleicht. „Vielleicht sollte ich heute Abend zu Hause bleiben. Was, wenn diese Trottel auftauchen?"

„Süße, ich könnte darauf wetten, dass sie nur irgendwelche Spinner von der Straße waren und dich alleine in der Galerie gesehen und für leichte Beute gehalten haben. Nimm dir das nicht so zu Herzen. Wenn du dich aber wirklich nicht so gut fühlst, können wir hier abhängen und meinen Geburtstag zu Hause feiern." Sie lächelt ganz breit und ich weiß, dass sie es ehrlich meint, obwohl sie seit sechs Monaten davon redet, an ihrem einundzwanzigsten Geburtstag in diesen Club zu gehen. Es ist sowieso schon quasi unmöglich hineinzukommen.

Vielleicht hat sie Recht. Ich sollte diese Arschlöcher nicht so in meinen Kopf lassen. „Nein, lass uns ausgehen. Ein wenig Spaß wird mir dabei helfen, diesen scheiß Tag zu vergessen."

„Ja!" Sie hüpft auf der Stelle, betrachtet mich dann von Kopf bis Fuß und sie kneift ihre Lippen zusammen. „Also, das willst du heute Nacht anziehen?"

Ich erstarre und sehe an mir hinab auf meine blauen Skinnyjeans. Es hat geschlagene fünfzehn Minuten gedauert, um sie anzuziehen, also werde ich sie zur Hölle auf keinen Fall ausziehen. Außerdem habe ich schwarze Springerstiefel an und ein transparentes, schwarzes Hemd zum zuknöpfen und darunter trage ich einen schwarzen BH. „Ich habe mich für den lockeren, es-ist-mir-scheißegal-Look entschieden."

Sie gibt dieses summendes Geräusch von sich wie jedes Mal, wenn sie etwas nicht zustimmt.

„Die Feuerwehr wird mich aus diesen Jeans herausschneiden müssen, also bleiben sie an", sage ich.

„Ziehe wenigstens ein paar Pumps an. Ich hole dir meine."

„Nein, es ist—" Ich strecke die Hand aus, um sie aufzuhalten, doch sie stürmt zu schnell für mich aus dem Badezimmer. Sie lässt sich nicht aufhalten. Nachdem ich näher an den Spiegel herangetreten bin, streiche ich mir mit dem Finger entlang meiner Tränensäcke, wo mein Makeup leicht verschmiert ist. Diese Frau, die auf mich zurückblickt, sieht so viel selbstbewusster aus, als ich mich innerlich fühle. Blondes Haar fällt mir über die Schultern und funkelt von dem Glitzer, mit dem ich es eingesprüht habe, derselbe bunte Regenbogen, der sich auch über meine Augenlider erstreckt. Meine Lider habe ich mit Kohlekajal geschminkt, der heute Nacht besonders blau schimmert. Trotz allem regt sich innerlich Unbehagen in mir. Mein Kopf ist von einem Nebel umgeben, als ob ich nur zur Hälfte in dieser Welt leben würde. Ständig habe ich dieses Gefühl, als ob ich etwas vergessen hätte... es ist immer da, schon so lange ich zurückdenken kann.

„Bitteschön." Nickie kommt zurück und stellt die schwarz glänzenden Pumps neben meinen Füßen ab.

„Du musstest unbedingt die höchsten aussuchen, oder?"

Sie grinst mit diesem teuflischen Funkeln in ihren gelbbraunen Augen und ich sehe ihr an, dass sie es genießt. Seit wir vor zwei Jahren zusammengezogen sind, versucht sie schon, mich in ihre Klamotten zu stecken. „Süße, du siehst so geil aus in hohen Schuhen. Ziehe sie an und lass uns losgehen", befiehlt wie mir mit einem Lachen.

Als ich endlich fertig bin und die schwarzen, glänzenden Stöckelschuhe mit offener Spitze und Riemen um meine Knöchel herum anhabe, eilen wir hinaus, wo bereits ein Taxi auf uns wartet.

Die Stadt zieht verschwommen mit ihren grellen Lichtern und Autos vorbei und nach dem Vorzeigen der Eintrittskarten, die Nickie bereits vor Monaten gekauft hat, sind wir schon, bevor ich es überhaupt merke, im Club.

Stroboskoplichter durchzucken den Raum, die Leute drängen sich eng auf der runden Tanzfläche und die Bodenbretter zucken unter meinen Schuhsohlen von der donnernden Musik. Der ganze Raum fühlt sich wie ein Herzschlag an, der durch die Lautsprecher dröhnt.

„Dieser Club ist der Wahnsinn", rufe ich Nickie zu, um den Krach zu übertönen.

„Und es geht gerade erst los. Warte nur, bis die Tänzer in den Käfigen rauskommen." Sie krallt sich mein Handgelenk während sie aufgeregt kichert und wir schieben uns durch die Masse näher in Richtung der Bar, doch dann lässt sie mich los. Ich stecke auf dem riesigen Podest in der Mitte der Tanzfläche fest, mit Leuten, die für alle hier tanzen. Um uns herum bricht großer Jubel aus und als ich meinen Kopf hebe, sehe ich, wie sich vier große Vogelkäfige von der Decke absenken. Auf der Hälfte der Strecke halten sie an und in jedem von ihnen befindet sich eine Frau in funkelndem, pinken Bikini, die an den Gitterstäben einen Poledance hinlegt.

Menschen drängen sich an uns vorbei hinein in die Masse und ich habe noch nie einen so verrückten Ort gesehen. Ich liebe es, wie mein Puls in meinen Adern tanzt. Alles in diesem Club belebt dich, sobald du ihn betrittst.

Nickie drückt mir ein Glas mit einer grünen Flüssigkeit in die Hand und sie riecht wie Midori, ein Melonenlikör. „Das ist ja eine schnelle Bedienung", sage ich zu ihr, bevor ich ihn zügig austrinke, da er so süß ist. Genau das, was ich brauche, um den Tag zu vergessen und um eine ausgelassene Nacht zu haben.

„Ein Kerl an der Bar hat sie uns ausgegeben. Großzügig oder?" Sie nippte an ihrem und betrachtete die Menschenmenge.

Ich zwinkere kritisch. „Moment, du nimmst einen Drink von einem Fremden an? Er könnte was hineingemischt haben." Oh Herrje, ich habe meinen gerade ausgetrunken, als ob er Zuckerwasser wäre. Wenn ich mich selbst zum Erbrechen bringe, würde dass etwaige Drogen aus meinem Kreislauf befördern?

Meine Brust schnürt sich zusammen, als ich meinen Kopf in Richtung der Bar drehe. So viele Menschen drängen sich an dem Tresen aneinander. „Wo ist er?", frage ich.

„Es ist in Ordnung, Süße", versichert sie mir, indem sie sich mit ihrem Arm an mich schmeichelt. „Ich habe ihn direkt vom Barkeeper entgegen genommen, der Kerl hat bloß bezahlt. Er bestand darauf, dass es für uns beide sein soll. Er war ein verdammt heißes Biest."

„Wirklich? Heißes Biest, sagst du?" Ich blicke mich um.

Nachdem wir unsere Drinks ausgetrunken haben, nähert sich Nickie ein Mann in seinen Mittzwanzigern mit kurzem, strohblondem Haar und gebräunter Haut. Er hat ein glänzendes blaues Hemd an und schwarze Hosen, und trägt einen Mittelscheitel. Meiner Meinung nach nicht sonderlich attraktiv. Obwohl sie so nahe bei mir stehen, kann ich bei dem Lärm hier ihr Geflüster nicht verstehen. Ist er das heiße Biest? Für meinen Geschmack ist er zu dünn.

Als Nächstes greift Nickie nach meinem Arm und zieht mich in Richtung der Tanzfläche. Vorwärts gezogen stolpere ich ihr auf meinen Absätzen hinterher, überzeugt davon, dass ich gerade ein halbes Dutzend Zehen auf meinem Weg umgebracht habe. Rasch schiebe ich die leeren Plastikbecher von Nickie und mir auf einen Tisch, an dem wir vorbeikommen.

Um uns herum schwanken die Körper umher. Es ist elektrisierend, von so vielen tanzenden Menschen umgeben zu sein und ich genieße jeden einzelnen Augenblick davon. Irgendwie sind wir direkt in die Mitte nahe dem Podest gelangt. Ich weiß nicht mehr, wie lange wir schon getanzt haben, als mir jemand mitten in der Masse ins Auge fällt. Mir bekannt vorkommendes schwarzes Haar und eine krumme Nase. Neben ihm steht der Blonde, der andere Stalker aus der Galerie.

Die Luft entweicht meinen Lungen und ich fühle mich, als ob ich plötzlich ertrinke.

Meine Füße gleiten rückwärts. Nein, das kann nicht wahr sein. Es ist unmöglich, dass sie es sind.

Panik breitet sich in meiner Brust aus.

Renne weg.

Das ist alles, woran ich denken kann.

Nickie. Sie befindet sich in der Menschenmasse direkt rechts von mir. „Nickie", rufe ich laut, um die Musik zu übertönen, doch es ist unmöglich, hier drinnen irgendetwas zu hören. Ich dränge mich durch das Getümmel um sie zu erreichen, als ein neuer Song aufgelegt wird und die Menge vor Aufregung durchdreht. Das Schreien und Schubsen nimmt zu, als noch mehr Menschen auf die Tanzfläche strömen.

Angerempelt und mit Ellbogen in der Seite stolpere ich herum und verliere Nickie aus den Augen. Die Stalker sind ebenfalls verschwunden.

Ich quetsche mich in dieselbe Richtung, wo Nickie vor wenigen Sekunden noch war, während ich versuche, mein Handy aus meiner Gesäßtasche zu bekommen. Dass andere mit mir zusammenstoßen, hält mich nicht davon ab.

„Pass auf, du Schlampe", knurrt mich jemand an und eine weitere Person stößt gegen meinen Rücken.

Mein Herz hämmert gegen meinen Brustkorb mit dem Verlangen, zu fliehen.

Mein Handy wackelt in meinen zitternden Händen, während ich panisch Nickies Nummer wähle. Ich drücke es gegen mein Ohr, dränge mich durch die Massen und sehe mich um, kann meine Verfolger aber nicht entdecken.

Vor Angst schnürt sich meine Brust zu. Alles, was ich

tun möchte, ist es, nach Hilfe zu rufen, doch ich kann kaum meine eigenen Gedanken hören.

„Hallo", antwortet Nickie. Ihre Stimme kommt kaum bei mir an.

„Wo zur Hölle bist du?" Mein Blick schweift über die Menschenmasse und ich rufe, damit sie mich hört.

„Wenn ich nicht abgenommen habe, heißt das, dass ich aus bin, um Spaß zu haben. Hinterlasse eine Nachricht."

„Scheiße", murmele ich leise, während ich auflege und mein Handy in meine Gesäßtasche stopfe.

Am Ende der Tanzfläche ist ein riesiger Kerl in einem schwarzen T-Shirt. Instinktiv steure ich auf ihn zu. „Entschuldigung, bist du der Rausschmeißer hier?", frage ich, doch er scheint mich nicht zu hören und drängt sich an mir vorbei.

Ein wenig unhöflich?

Ich weiche zurück und bewege mich vorwärts.

Überall sind Menschen und mein Herz pocht wie wild. Ich weiß nicht, wo ich suchen soll. Alle brechen in Applaus für den Song aus. Ich kenne das Lieb nicht, und es ist mir egal. Die Leute schieben sich an mir vorbei und ich möchte mich irgendwo verstecken. Ich habe einen riesigen Kloß im Hals—wäre ich doch zu Hause geblieben, ich hätte meiner Intuition folgen sollen.

Jemand ergreift meinen Arm, ich wirbele herum und meine Haut prickelt vor Furcht.

Mich begrüßt das schiefe Lächeln des Blonden. Er sagt etwas, doch ich kann ihn nicht hören.

Ich denke nicht nach, sondern wehre mich, trete ihn und versuche meinen Arm aus seinem Griff zu befreien, doch es ist zwecklos und er lacht mich nur aus. Mit einem flinken Ruck stolpere ich ihm hinterher in Richtung der hinteren, dunklen Ecke des Clubs.

„Helft mir", bekomme ich heraus, während ich nach den Leuten greife. Ich klammere mich an ihren Hemden, Armen und Taschen fest, allem, doch sie schütteln mich alle ab, scheren sich noch nicht einmal, den Typ anzusehen, der mich genau vor ihren Augen entführt.

Die Angst raubt mir die Luft als der andere Kerl auftaucht. Dunkle Haare. Krumme Nase.

„Lasst mich los!", brülle ich, doch es ist zu laut hier drin.

Sie grinsen mich anzüglich an und ich fühle mich missbraucht, noch bevor sie mir überhaupt wehgetan haben. Schwärze durchzuckt jeden Zentimeter in mir, raubt mir jeden Funken Hoffnung. Der Blonde packt meinen Arm, knallt mich mit dem Rücken gegen eine Wand und mein Schädel knallt hart dagegen. Ich sehe Sterne und Schmerz schießt mir in den Kopf.

Mir gefriert mein Blut in den Adern als er sich gegen mich drückt, mit seinem Gesicht vor meinem und alles, was ich riechen kann, ist faulige Verwesung. Es läuft mir kalt den Rücken herab.

Ich kenne diese Männer nicht, doch ich verabscheue sie. Ich hasse die Angst, die in meiner Brust tobt. Hasse es, wie versteinert ich mich fühle bei jedem Atemzug, den ich tätige. Ich will, dass sie vor Schmerzen schreien.

Ich starre in das Gesicht aus meinem Alptraum und kämpfe gegen ihn an, prügle auf ihn ein und schreie ihn an. Er bewegt sich so rasch, ich sehe seine Hand nicht kommen bis sie mich am Hals packt, mich vom Boden hochhebt und ich auf Zehenspitzen stehe, während er mich gegen die Wand presst.

Die Geräusche um mich herum scheinen zu verblassen, der Nachtclub verschwindet in die Ferne.

„Dein Schicksal ist der Tod, Guendolyn", knurrt er.

Große braune Augen und buschige Augenbrauen sind alles, was ich sehen kann.

Ich weiß nicht, woher er meinen richtigen Namen kennt, doch mich widert sein Klang auf seinen Lippen an. Ich verabscheue seine Art, mich wie ein Stück Dreck zu betrachten.

Seine Finger drücken fester zu und ich ersticke, meine Lungen ringen um Luft. Mein Herz donnert in meiner Brust, schneller und schneller, bis die Dunkelheit Besitz von den Rändern meines Blickfelds ergreift.

Plötzlich wird er zurückgeschleudert, mir entrissen.

Meine Knie geben nach und ich sinke zu Boden, als mir ein Luftschwall entgegen kommt. Ich sauge Luftzüge in meine ausgehungerten Lungen, versuche mein Bestes, um durch die Tränen und die Düsterheit des Clubs zu blicken.

Eine große Figur taucht aus den Schatten auf und kommt auf mich zu. Doch ich bin zu weit weg.

Die Dunkelheit übernimmt und entzieht mich diesem Schrecken.

5

GUEN

Ich öffne meine Augen und sehe eine weiße Decke und einen runden Kronleuchter, geschmückt mit vielen Kristallen. Es kommt mir nicht bekannt vor. Das ist nicht im Club und auch nicht in meiner Wohnung, und ein Hauch Angst kriecht durch mich hindurch, als ich versuche, mich daran zu erinnern, wie ich hier hin gekommen bin.

Summ... Summ... Summ... Meine Tasche vibriert.

Ich erhebe mich von dem schwarzen Ledersofa und ziehe mein Handy aus meiner Gesäßtasche. Nebel hüllt meinen Verstand ein und ich warte darauf, dass die Zahnräder in meinem Gehirn neu starten. Um sich daran zu erinnern, wo ich bin. Es gab viele Male, dass ich aufwachte und mich nicht an mein eigenes Schlafzimmer erinnern konnte, als würde ich nicht dorthin gehören, als wäre es nicht mein Zimmer. Es ängstigte mich zu Tode, mich so verloren zu fühlen, mich zu fühlen, als wäre mein Leben ein Labyrinth, dem ich nicht entkommen konnte. Ich fragte mich, ob ich eines Tages aufwachen würde und mich nicht daran erinnern würde, wer ich war. Ich verdränge diese Gedanken, konzentriere mich auf das Jetzt, auf die Gedanken, die sich ihren Weg suchen.

Ein luxuriöser, offener Raum umgibt mich. Weiße Wände, Gemälde von prachtvollen Landschaften und Frauen in goldenen Bilderrahmen. Ein erloschener Kamin befindet sich vor mir und eine gewaltige Essecke zu meiner Rechten ist mit einem riesengroßen Fernseher an der Wand ausgestattet. Es gibt einen Flur, der zu weiteren Zimmern führt, ich drehe meinen Kopf, um hinter mir ein deckenhohes Fenster zu erblicken. Ich springe auf die Füße und starre auf die hellen Lichter draußen bei Nacht.

Ich muss schlucken und drehe mich schnell wieder um. Jemand hat mich in ein Hotel gebracht. Der Vorfall im Club wird kristallklar. Ich sacke mit dem Rücken gegen das Fenster zusammen und ringe nach Luft.

Gedanken verschwimmen in meinem von Angst erfüllten Verstand, doch ich will nicht eine dieser Frauen sein, die sich zusammenkauern und schreien. Ich muss das durchdenken und zur Hölle hier rauskommen. Ich fange an, durch das Zimmer in Richtung der Tür zu laufen.

So viele Dinge ergeben keinen Sinn, wie zum Beispiel warum ich in einem solch prachtvollen Hotel bin. Wenn diese Stalker mich entführt haben, warum hier und nicht in einem schäbigen Keller? Jemand musste gesehen haben, wie ich bewusstlos hier herauf getragen wurde. Vielleicht waren es nicht sie, die mich hier hin gebracht haben?

Mein Telefon vibriert erneut und ich schaue auf das Display, wer mich anruft. *Nickie.* Ich gehe dran.

„Heilige Scheiße, wo bist du? Ich versuche seit Stunden dich anzurufen, weil ich mir Sorgen mache. Wo bist du?" Ihre Panik ist ansteckend und jetzt laufe ich noch schneller auf die Tür zu.

„I-Ich weiß nicht, wo ich bin." Furcht steigt in mir auf, schwere und erdrückende Furcht, die mir sagt, dass ich entführt worden bin. Welche andere Erklärung gibt es sonst? „Ich bin in einem Hotelzimmer, vielleicht ein Penthouse, irgendwo mitten in der Stadt."

„Verdammt, warum hast du mir nicht gesagt, dass du gehst? Wir hatten eine Vereinbarung."

„Nickie, ich wurde entführt. Ruf die verdammten Bullen an."

„Scheiße. Lauf. Verschwinde von dort. Nein, warte. Zuerst sagst du mir, wo du bist."

Ich bin außer mir, mein Blick schweift von links nach rechts und fällt auf ein Telefon neben einem Notizblock des Hotels. Gerade will ich darauf zu rennen als die Vordertür aufgeschlossen wird und sich öffnet.

Mein Herz erstarrt in meiner Brust zu Eis und ich versuche die Richtung zu ändern, um mich zu verstecken. Doch ich bin zu langsam und ein Mann tritt bereits ein.

Ich wirbele herum, um wegzurennen, doch dann erhasche ich einen Blick auf sein Gesicht und ich bin zutiefst geschockt. Meine Füße verfangen sich in dem flauschigen weißen Teppich unter mir und ich falle hin, noch bevor ich mich abfangen kann.

Bums. Ich knalle mit der Hüfte auf den Teppich und raffe mich wieder auf, während aus meinem Mund ertönt: „Demi?"

Er sieht mich an, als wäre er verwirrt, doch dann zeichnet sich Verständnis auf seinem Gesicht ab, als er sich klar an seinen ausgedachten Namen erinnert. Spinner.

„Was zur Hölle geht hier vor sich?", brülle ich ihn an.

Sein verständnisvoller Blick fällt auf mich, dann lächelt er.

„Guen, was ist da los?", schreit Nickie aus dem Handy in meiner Hand.

Demi schließt die Tür und steht da, groß und höllisch sexy, trägt schwarze Jeans und ein dazu passendes Hemd. Er hält eine Plastiktüte mit drei großen Colaflaschen in der Hand. Serienmörder tragen schwarz, oder, doch was will er mit der Limonade? Er läuft am Kamin vorbei und stellt die Plastiktüte ab.

Kalter Schweiß strömt über meine Haut und ich fühle mich, als ob ich in Tausend Teile zerbreche, bei dem Gedanken daran, dass dieser Mann mich schon wer weiß wie lange stalkt. Und jetzt hat er mich dort, wo er mich haben wollte. Das machen Serienmörder so. Sie folgen ihrer Beute, haben eine Wand voller Fotos ihrer Opfer, bis sie zuschlagen. Und sein Plan muss ein Penthouse beinhalten, aus Gründen, die ich nicht verstehe.

„Ich werde dir nicht wehtun, Guendolyn. Ich bin hier um dich zu beschützen." Er kommt näher. „Jetzt gib mir dein Handy."

„H-Hilf mir?", stottere ich. Mir stockt der Atem.

Ich renne zu Tür, umklammere den Griff, rüttele daran, doch sie öffnet sich nicht.

„Abgeschlossen", sagt er.

Mit dem Handy am Ohr atme ich nun schwer und schaue wieder zu dem Notizblock mit dem Namen des Hotels hinüber.

Ein Schatten legt sich über mich.

Er reißt mir das Handy aus der Hand.

Ich mache ihm einen Satz hinterher, doch er wirft das Handy auf den Fußboden, tritt mit der Ferse darauf und macht es kaputt.

Ich brülle und schlage auf seinen Arm ein. „Warum hast du das getan? Ich bezahle es immer noch ab."

Gleichgültig spaziert er davon und nimmt seine Tüte mit der Limonade, um sie auf dem Tisch abzustellen. Ich falle auf die Knie.

Die Vorderseite meines Handys ist komplett zersprungen, seine Ferse hat es komplett zerstört. Da ist nichts mehr zu retten. Als ich auf den Startknopf drücke, passiert nichts. *Hurensohn.*

„Fick dich! Du kaufst mir ein Neues", knurre ich ihn an, obwohl ich innerlich zittere. Wenn er mir nichts tun will, warum sperrt er mich dann hier ein und macht mein Handy kaputt?

Er ist am Tisch und öffnet eine der Flaschen. Dann kippt er den Großteil des Inhalts mit einem Mal hinunter. Ist dies Teil meiner Qualen? Dass ich ihm zuhören muss, wie er ohne Ende rülpst?

Wie aufs Stichwort lässt er einen Rülpser los, der es mit Godzillas Gebrüll aufnehmen konnte.

„Das ist widerlich, und warum säufst du diesen Mist?", rufe ich.

„Wir haben zu Hause nicht solch süßes, blubberndes Wasser." Er greift nach der zweiten Flasche.

„Das Zeug wird dich umbringen", merke ich an.

Er hält mit der Flasche an seine Lippen gepresst inne und senkt sie dann. „Ist es giftig?"

„Irgendwie schon. Wenn du zu viel davon trinkst."

Er sieht wahrlich verwirrt aus und zwinkert hektisch, während er die Flasche studiert. „Warum trinkt ihr Leute das dann?" Er stellt sie ab und wischt sich seinen Mund mit dem Handrücken ab.

Ich hebe eine Augenbraue während ich aufstehe. „*Wir Leute?* Wie auch immer! Lass mich hier heraus, bevor ich so laut schreie, dass es das ganze Hotel hören wird."

„Wird nicht passieren, also mache es dir gemütlich. Ich habe dir einiges zu erzählen." Er nimmt die Speisekarte des Hotels und wirft sie mir zu. Sie trifft mich am Bauch und fällt zu Boden. „Bestelle uns ein Festmahl. Ich verhungere."

Einen Moment lang denke ich, dass er sich über mich stellen wird, um sicherzustellen, dass ich ihm Essen bestelle, doch er schlendert auf den Kamin zu. Während ich in Versuchung bin, ihm die Speisekarte gegen den Hinterkopf zu schleudern, spiele ich mit.

„Aber sicher doch, Arschloch."

Seine Lippen formen sich zu einem Lächeln als er mich über seine Schulter hinweg anblickt. Seine Zähne sind perfekt. Alles an ihm ist perfekt. Und wenn er sich ein Penthouse leisten kann, warum mich dann entführen? Hätte er mich bezirzt, wäre ich wahrscheinlich aus eigenen Stücken mit ihm hier her gekommen. Etwas ergab an diesem ganzen Szenario keinen Sinn. Ich kann mir nicht helfen und fühle mich so, als ob mir ein Streich gespielt wird.

Ich nehme den Hörer vom Telefon auf dem kleinen Tisch nahe dem Fensters ab und drücke die Taste für die Rezeption.

„Hallo, wie kann ich Ihnen helfen?", fragt eine weibliche Stimme.

„Ja, rufen Sie die Polizei. Ich wurde entführt. Er hat mich im Penthouse eingesperrt." Meine Worte klingen hastig und ich werfe einen Blick auf den Idioten, der den Kamin anzündet und für sich selbst kichert.

„Fräulein, ich kann Ihnen versichern, dass Sie sich in besten Händen befinden. Mr. Lorcayn ist hochangesehen hier und er hat uns darüber informiert, dass sie uns möglicherweise anrufen werden. Guendolyn, wenn ich Sie so nennen darf, Sie können sich glücklich schätzen.

Ich werde mich darum kümmern, dass Ihnen Champagner und Erdbeeren für Ihre Flitterwochen nach oben geschickt werden.“

„Nein, warten Sie... Was?“

Sie legt auf und ich fletsche die Zähne.

Ich knalle den Hörer auf und Fragen schießen mir durch den Kopf. Auf mein Unterbewusstsein hörend nehme ich ihn wieder ab und wähle den Notruf.

Die Verbindung bricht sofort ab und als ich hinauf blicke, sehe ich, wie das Arschloch am anderen Ende des Sofas steht mit der durchschnittenen Telefonleitung in der einen Hand und einer *Klinge* in der anderen.

Angst breitet ihre teuflischen Flügel aus und das Essen, welches ich während des Tages gegessen habe, dreht sich mir im Magen um. Doch ich werde kein Opfer sein und ihm nicht zeigen, dass ich mich fürchte. Ich schlucke die Verzweiflung, die in mir aufsteigt, hinunter und hebe mein Kinn.

„Nun, ist Lorcayn überhaupt dein richtiger Nachname oder eine weitere Lüge?“

Er antwortet nicht direkt, stattdessen höre ich, wie er scharf einatmet. „Ich hätte es bevorzugt, wenn du uns etwas zu Essen bestellt hättest.“ Er steckt sein Messer zurück in seinen Stiefel und lässt sich in den Couchsessel fallen.

„Ich will nichts essen. Wer bist du? Folgst du mir? Und woher weißt du und diese unheimlichen Typen aus dem Club meinen richtigen Namen? Und warum bin ich hier?“ Noch ein halbes Dutzend weitere Fragen kommen mir in den Sinn, doch bei dem amüsierten Ausdruck seines Blicks kann ich mich glücklich schätzen, wenn er nur eine beantwortet.

Mein Leben war schon beschissen genug wie es war. Mit Halluzinationen aufzuwachsen, Träumen, die sich real anfühlten, Stimmen eines Prinzen in meinem Kopf und jetzt dies. Ich war bereits zerbrochen. Nach dem Mist hier würde ich bis an mein Lebensende Therapie brauchen.

Mut vortäuschend verschränke ich meine Arme vor meiner Brust und drücke meine Hüfte gegen die Seite des Sofas. Alles was ich sehen kann sind diese grünen Augen. Er sieht mich an, als sollte ich mich bei ihm für etwas entschuldigen. Es könnte etwas damit zu tun haben, wie sich mein Körper in seiner Gegenwart verhält, wie ich mir seine Hände auf mir und uns nackt vorstelle. Gedanken, die nicht in meinen Kopf gehören, da ich seine Gefangene bin.

Wir starren uns gegenseitig an. Ich bete, dass Nickie schlau genug ist, um die Polizei anzurufen, und dass die Kavallerie bald eintrifft.

Augen in der Farbe eines stürmischen Ozeans, grün mit Nuancen von Blau und Grau wie Gusseisen studieren mich. Er fläzt in seinem Sessel und die Muskelstränge in seinem Hals zucken. Sein Hemd sitzt etwas zu straff, auf eine herrliche Art jedoch. Ich kann meinen Blick nicht von seinen vollen und ausdrucksvollen Lippen lösen. Die Aufrichtigkeit in seinen dunklen Augen verwirrt mich.

„Wirst du mich nur anstarren oder mir sagen, was hier los ist?", weise ich ihn zurecht mit der Absicht, ihn in ein Gespräch zu verwickeln, bis Hilfe eintrifft.

Sein Gesicht wirkt festlich während er spricht. „Deimos Lorcayn ist mein wahrer Name. Ich bin gekommen, um dich zu holen, damit du mir hilfst, meine Familie zu retten, obwohl es scheint, als ob du zuerst *meine* Hilfe benötigst. Und das könnte teilweise meine Schuld sein."

Alles, woran ich mich erinnern kann, ist sein Name.

„Deimos?", wiederhole ich. „Warum klingst das so vertraut?"

„Weil wir uns begegnet sind, als dich mein Bruder, Luther, vor zwei Jahren in das Königreich der Irrfahrten gebracht hat." Er zwinkert mich diesen vollen Wimpern, für die die meisten Mädchen töten würden.

Ungläubigkeit bricht über mich herein und je länger ich diesen Mann ansehe, desto mehr erinnere ich mich nicht daran, ihn schon einmal gesehen zu haben. „Luther hatte zwei unhöfliche Brüder... aber... Moment. Woher...? Wenn Du..." Ich rieb mir die Augen und mein Gehirn war wie aufgequollen vor lauter Verwirrung.

Irgendetwas läuft verdammt schief hier.

Meine Träume sind nicht real. Das hat meine Seelenklempnerin gesagt.

Zwei Jahre ohne Träume.

Zwei Jahre ohne Luther in meinem Kopf.

Zwei Jahre ohne Erinnerungen.

„Bitte erzähle mir nicht, dass du mir gefolgt bist und aus dem Unterlagen meines Seelenklempners von meiner Vergangenheit erfahren hast? Ernsthaft, dann würde ich ohne Ende ausflippen."

„Seelenklempner? Und ich bin nicht unhöflich. Nur ehrlich." Ein Funken Vergnügen schimmerte in seinen Augen.

„Du *bist* unhöflich", korrigiere ich ihn, als er versucht, mir zuzusetzen. „Warum hast du beim letzten Mal nicht deinen wirklichen Namen benutzt, wenn du die Wahrheit erzählst?"

„Ich musste sichergehen, dass du es warst, und als ich... nunja..." Er leckt sich über die Lippen. „Es gab Ablenkungen, die mich eiskalt erwischt haben. Wie, als dein Rock zerriss."

Er scheint wieder zu Atem zu kommen.

„*Du* hast ihn mir vom Leib gerissen, schon vergessen? ", fauche ich ihn an und bei der Erinnerung daran erröten meine Wangen.

Er antwortet mit einem Grinsen, das mir sagt, dass er nichts bereut.

„Ich glaube dir nicht, im Übrigen", erwidere ich.

„Nennst du mich einen Lügner?"

„Wenn der Schuh passt."

Sein Blick ruht auf mir.

Etwas an der Art, wie er mich ansieht, schürt ein Verlangen, dass in meinem Herzen singt, ein Gefühl, welches mich verfolgt und doch habe ich keine Erinnerung daran, weshalb.

„Guendolyn, du gehörst hier nicht hin. Ich bin gekommen, um dich nach Hause zu holen, bevor es zu spät ist. Und vielleicht kommen deine Erinnerungen daran, was vor zwei Jahren passiert ist, zurück, sobald wir diesen Ort verlassen und in unser Königreich zurückkehren."

Es dauert einen Moment, bis ich seine Worte realisiere. *Nach Hause.* Ich habe mich bisher noch nirgendwo so richtig zu Hause gefühlt, aber in Anbetracht zu ziehen, dass sich mein Zuhause in einem anderen Königreich befindet, fühlt sich seltsam an. Vor zwei Jahren, glaubte ich an das andere Königreich, die Reiche und die Feen, die dort lebten. Die Fantasie eines Kinds, so nannte es mein Psychiater. Jetzt kämpfte mein Verstand gegen seine Worte an und ihren Konsequenzen. Es dauerte zwei Jahre um endlich halbwegs normal zu werden. Und jetzt widerstand mein Gehirn der Möglichkeit, dass ich die ganze Zeit Recht gehabt hatte. Das kann nicht sein.

„Was ist mit mir passiert?", kommt es mir über die Lippen.

Man kann Mitgefühl in seinen Augen erkennen, als ich die Frage stelle, doch ich bereite mich schon auf die

Antwort vor, die Wahrheit zu hören, die ich mein ganzes Leben vermisst habe. Er zögert, ist es also so schlimm?

Ich zwinkere langsam, versuche trotz meines schnellerwerdenden Herzschlags ruhig zu bleiben.

„Es ist kompliziert", sagt er. „Die Hälfte dessen, was ich gehört habe, stammt aus Legenden."

„Legenden?" Okay, seine Unklarheit ist ein klares Zeichen dafür, dass er Geschichten erfindet. Ich kann nicht leugnen, dass ein Schmerz mein Herz durchfährt, denn für einige Sekunden habe ich geglaubt, dass dies hier wahr sein könnte.

Ich blicke hinüber auf mein Handy auf dem Boden, zersprungen in Tausend Stücke, dann zurück zu Deimos. Es macht mich nervös, zu sehen, wie zurückgelehnt und entspannt dieser Mann dort sitzt. So sollten sich Entführer nicht verhalten. Nunja, zumindest nach dem, was ich aus Büchern und Filmen weiß.

Klopf. Klopf. Klopf.

Ich zucke zusammen und richte meine Aufmerksamkeit auf die Tür.

In Deimos Unterkiefer zuckt ein Muskel.

Meine Hände sind vom Schweiß benetzt und ich weiche zurück. Die Kavallerie ist eingetroffen.

Im selben Moment fliegt die Tür aus ihren Scharnieren. In Stücke gerissen, Holzsplitter fliegen in alle Richtungen.

Ein zitternder Schrei kommt mir über die Lippen. Ich lasse mich auf den Boden fallen. Mit meinen Armen über dem Kopf ducke ich mich nahe dem Sofa um Schutz zu finden.

Mein Herz rast.

Die Polizei lässt sich nicht lumpen.

Eine Explosion von Geräuschen erschüttert den Raum. Knurren und Schreie. Ich sehe gerade hoch, als das kleine Sofa durch das Zimmer geschleudert wird. Es knallt gegen den Tisch und bleibt liegen. Colaflaschen explodieren, so, als wären sie geschüttelt worden. Ein Feuerwerk aus schäumender Limonade sprüht durch die Luft.

Furcht durchzuckt mich. Ich spähe hinter dem Sofa hervor, mein Magen ist ganz verkrampft.

Deimos wirft eine Faust in das Gesicht eines Mannes und schickt ihn mit unglaublicher Kraft fliegend gegen eine Wand. Der blonde Kerl stöhnt noch nicht einmal und drückt sich selbst aus dem Loch in der Wand heraus. Er knurrt, seine Augen sind rot wie Blut und ich kenne ihn.

Oh, scheiße. Er ist der Stalker aus der Galerie und aus dem Nachtclub. Ich bin zu verängstigt, um klar denken zu können und um herauszufinden, warum er mich ständig verfolgt. Doch es ist offensichtlich, dass er nicht mit Deimos zusammenarbeitet.

Sein Mund verformt sich zu einem Grinsen. Scharfe Reißzähne kommen zum Vorschein und pressen sich über seine Unterlippe. Er wirft sich auf Deimos und beide donnern auf den Fußboden in einer Welle aus heftigen Faustschlägen und Hieben.

Alles ist zu schnell... und zu viel. Vielleicht kann ich nicht klar sehen, denn dies ist nicht richtig.

Mein Blick fällt auf die zertrümmerte Tür, die nun offensteht und ich stoße mich vom Boden ab und renne. Der Kampf entfacht erneut, während der entfernte Heulton einer Sirene in der Ferne ertönt.

„Guendolyn!", brüllt Deimos von irgendwo hinter mir.

Ich schaue nicht zurück als ich hinausstürme.

Mein Instinkt führt mich heraus in den kleinen Flur, der zu einem Aufzug führt.

Schritte donnern hinter mir auf den Boden.

Ich flippe aus, meine Hand streckt sich nach dem Aufzugknopf aus.

Ein Luftrausch prallt gegen meinen Rücken und lässt mich vorne über stolpern.

Wilde Hände packen mich an den Haaren und zerren mich rückwärts. Meine Beine geben unter mir nach. Ich schreie und meine Arme versuchen irgendetwas zu greifen zu bekommen. Eine Schüssel mit Äpfeln steht auf einem kleinen Tischchen an der Wand. Meine Finger krallen sich an der Kante fest und ich bekomme sie zu fassen. Ich schleudere die Schale und knalle sie gegen den Kopf meines Verfolgers.

Krach!

Er lässt von mir ab und ich stolpere fort. Ich zittere und mein ganzer Körper wird von Angst beherrscht. Mit dem Rücken gegen die Aufzugtüren aus Metall gepresst haue ich wie eine Wahnsinnige auf den Knopf des Lifts. *Komm schon. Komm schon. Komm schon. Geh endlich auf.*

Ich blicke geradewegs auf den kolossalen Kerl mit der krummen Nase. Mit ihm stimmt etwas nicht. Sein Rücken ist nach vorne gebogen, Augen aus verwischtem Rot und Schwarz. Reißzähne blitzen unter seiner verzogen Oberlippe hervor. Er bewegt sich mit nach vorne gezogenen Schultern voran, ein Knurren entweicht seiner bebenden Brust. Er kommt näher.

Das kann unmöglich real sein. Es kann nicht wahr sein.

Durch blasse Lippen zischt er: „Verdammte Scheußlichkeit. Heute Nacht werden wir dich zurückholen, damit du dich deinem Urteil stellst."

„Hey, das ist ein bisschen viel verlangt." Ich habe keine Ahnung, wovon er spricht, doch ich kann nicht aufhören, zu zittern.

Deimos wird aus der Hoteltür geschleudert und kracht in einen Spiegel, der an der Wand im Flur hängt.

Scherben brechen über ihn herein. Hunderte Stückchen fallen auf seinen Kopf herab. Ich fahre aus der Haut, als ich sehe, wie er mit einem lauten Grunzen auf den Boden rutscht.

Doch das Monster vor mir stürzt sich auf mich.

Ich schreie, gerade als die Fahrstuhltüren bimmeln und sich mit einem *zischenden* Geräusch öffnen.

Er rempelt gegen mich.

Wir stolpern hinein, mein Kopf knallt krachend auf den Boden. Schmerz durchzieht meinen Schädel. Ich kämpfe bei dieser Rauferei um mein Leben, Dunkelheit umhüllt mich von allen Seiten und verschlingt mich.

Klauen und Zähne verletzen meine Haut. Sein Körper drängt sich auf meinen, sein Gewicht fühlt sich wie ein Berg an. Stinkender Atem überströmt mich.

Meine Furcht nimmt zu. Ich stemme mich gegen ihn, Hände und Beine stoßen ihn weg, mit allem was ich zu geben habe, um ihn von mir herunter zu bekommen. Meine Atemzüge sind rau und schwer. Ich schlage aus und zerkratze sein Gesicht. Doch die Angst prügelt weiter auf meinen Körper ein.

Wellen erfrierender Kälte durchströmen mich, schneller und schneller. Die Welt um mich herum verschwimmt immer weiter.

Mein ganzer Körper krampft. Nein, nein, nein. So schlecht ging es mir die letzten beiden Jahre nicht. Angst legt meine Brust in Ketten. Ich kann nicht atmen und mich kaum bewegen. Ein bitterer Geruch von Elektrizität liegt in der Luft.

Ich weiß was passiert. Der Tod kommt, um mich zu holen. Das Wort hallt in meinem Verstand wider. *Tod.*

Der Fahrstuhl schleudert gewaltig hin und her. Ein angsteinflößendes Geräusch von Metall, das nachgibt, brüllt wie ein Drachen.

Mit diesen verschissenen, toten Augen, die mich anstarren, ruft die Dunkelheit nach mir.

Die Welt weicht in Sekundenschnelle zurück... weg ist der Fahrstuhl. Bäume und die Nacht umgeben uns. Bittere Kälte zieht vorbei und vergräbt ihre Fangzähne in meinem Fleisch.

Ich schreie und diese seltsame Welt wird mir entrissen. Sekundenbruchteile später sind wir wieder im Fahrstuhl.

Das Arschloch auf mir erstarrt mit wilden Augen. „Da bist du... Da bist du verflucht noch einmal! Ich wusste, dass du das Portal für uns öffnen würdest. Jetzt mache es noch einmal!", brüllt er. „Der König des Aschehofs hat nach dir gerufen."

Sein Mund steht mit entblößten Fangzähnen offen.

Schreie kommen mir über die Lippen und ich kann nur das nahende Ende sehen.

6

DEIMOS

Ich schlage wie ein nasser Sack auf dem Boden auf, zerbrochenes Glas regnet auf meinen Kopf und meine Schultern nieder. Scharfe Kanten schneiden ins Fleisch. Doch es ist mir egal. Ich bin mir scheiß egal. In Sekundenschnelle kämpfe ich mich wieder auf die Beine, als sich die Haare auf meinem Körper aufstellen.

Magie.

Sie kitzelt auf meiner Haut und umgibt mein Innerstes wie ein tobendes Meer. Beißend und scharfkantig schwappt es in meine Brust über und umfließt mein Herz. Dunkle Magie, dieselbe, die das Königreich der Irrfahrten entzweit hat.

Kraft strömt aus dem Aufzug heraus... Ich fühle mich zu ihr hingezogen. Guendolyn und dieser Blutverfluchte verschwinden vor meinen Augen und sekundenschnell erscheinen sie danach wieder.

Sie hat das Portal geöffnet. Verdammte Scheiße, sie hat es geöffnet, kann es aber nicht lange offen halten. Egal. Diese Zeitspanne genügt, damit wir in unser Königreich zurückkehren können.

Dieser Hurensohn schmeißt sich auf sie und meine Muskeln spannen sich an, meine Nasenflügel beben.

Ich presche voran, während Staub von der wackelnden Decke und den zuckenden Wänden fällt. Die Türen des Aufzugs schließen sich und die Furcht erdrosselt mein Herz. Ich werfe mich zwischen sie genau in dem Moment, als sie gegen meine Schultern knallen und sie öffnen sich direkt wieder.

Adrenalin pulsiert durch meine Venen in einem donnernden Rhythmus.

Sie schreit und sieht mich unter dem Blutsauger liegend an, ihr scharfer Blick schneidet wie eine Glasscherbe durch mich.

Ich kralle mir die Rückseite seines Hemds und ziehe ihn von ihr hinunter, um ihn dann aus dem Lift zu schleifen. Doch ein weiterer Blutverfluchte stürzt sich direkt wie aus dem Nichts auf mich.

Seine Faust trifft die Seite meines Gesichts. Ich stolpere rückwärts, als er mich angreift. Mein Rücken knallt wieder zurück gegen die Wand des Aufzugs und mein Kopf explodiert vor Schmerzen.

Scheiße!

Ich schlage auf seinen Hals ein, doch der Bastard kommt kaum ins Wanken.

Guendolyn kauert sich in der Ecke zusammen, umklammert ihre Knie und murmelt Dinge, die ich nicht verstehe.

Der verdammte Blutverfluchte stürzt sich auf mich mit seinen Krallen und Zähnen. Ich versuche, seinem Angriff in dem engen Aufzug auszuweichen und wirbele dann herum. Meine Finger vergraben sich in seinen Haaren und dem Rückenteil seines Oberteils, dann werfe ich ihn so fest hinaus wie auch schon seinen Freund. Er fliegt durch den Flur und knallt in den anderen Idioten, der gerade versucht, aufzustehen.

Bleib unten!

Mit einem Klingeln schließen sich die Türen des Aufzugs und wir fahren hinab. Ich wende mich Guendolyn zu und greife nach ihrem Arm. „Steh auf." Ich ziehe sie auf die Füße und mein Herz donnert. „Öffne das Portal jetzt!"

Sie haut mir mit der Hand gegen die Brust und befreit sich aus meinem Griff. „Geh verdammt noch einmal weg von mir!"

„Ich werde dir nicht wehtun, doch du musst die Passage jetzt öffnen, bevor sie zurückkommen. Sie werden nie aufhören, dich zu jagen, verstehst du das?", knurre ich sie an.

Doch sie schüttelt den Kopf und sieht verloren aus. Ihre Augen sind weit aufgerissen. Sie ist verängstigt. „Was geht hier vor sich?"

„Du bist vor wenigen Sekunden mit einem Blutverfluchten verschwunden und dann wieder aufgetaucht. Was auch immer du in diesem Moment getan hast, tue es noch einmal."

Sie legt die Arme um sich, während sie sich in die Ecke drängt, als würde sie gleich verschwinden. „Ich weiß nicht, wie ich das gemacht habe."

Meine Gedanken sind zu zerstreut und ich habe nicht die Zeit, um ihr in der Kürze beizubringen, wie sie ihre Kräfte nutzen kann, noch dazu, wenn sie verängstigt ist.

Der Aufzug klingelt und ich wirbele herum. Instinktiv ergreift meine Hand sie und ich schleife sie hinter mir her, als ich sehe, dass sich im Foyer des Hotels keine Blutsauger befinden. Nur ein weiterer Gast ist mit zwei Angestellten am Empfang. Ich winke ihnen zu, während Guendolyn um Hilfe ruft.

Alle Feen haben eine einzigartige Kraft in sich. Mein Bruder kann hellsehen und sich in der Verstand einer anderen Person einklinken, auch wenn es in unseren Königreich verboten ist. Ich habe die Kraft der Überzeugung durch den Klang meiner Stimme. Es ist nicht narrensicher, funktioniert auch nicht jedes Mal, aber es hat mir ein kostenloses Hotelzimmer verschafft und hielt die Rezeptionistin davon ab, Guendolyn zu glauben, als sie dort angerufen hat. Sie ist sehr berechenbar.

Die zwei Damen hinter dem Empfang lächeln mich an, ihre Augen sind voller Lust, wie so viele Weiblichen in dieser Welt.

Ich eile mit Guendolyn im Schlepptau nach draußen.

Sie schreit und wir ziehen noch mehr Aufmerksamkeit auf uns.

Meine Muskeln spannen sich an. Ich kann nicht die gesamte Menschenmenge überzeugen.

„Lass mich gehen!" Sie schlägt mit der Faust auf meinen Arm ein und mir ist so halbwegs danach, sie über meine Schulter zu werfen und loszurennen. Doch Luther hat mir erzählt, solche Dinge tun sie hier nicht. Zusammen mit einem Vortrag über alles, worüber Menschliche alles nachdenken könnten. Ich habe das Wissen, ich weiß viele Dinge, diese Welt aber selbst zu erleben ist etwas ganz Anderes.

„Ruhig!" Ich entblöße aus purer Frustration meine Fangzähne. „Glaube mir doch, ich helfe dir."

Ihr Weinen verstummt, doch jetzt prügelt sie auf mich ein und tritt mir gegen das Bein. Und ich blicke durch die Glastüren zurück in Richtung des Foyers, damit rechnend, dass diese beiden Blutverfluchten uns nachjagen. Zum Glück sind sie nirgendwo zu sehen. Obwohl ich nicht damit rechne, dass es lange so bleiben wird.

Zu meiner Rechten erspähe ich den jungen Hotelangestellten, mit dem ich gesprochen hatte, als ich zum ersten Mal hier im Hotel eingecheckt habe. Der große und schlaksige Kerl hat einen schlechtsitzenden blauen Anzug an und sein Haar ist seitlich aus dem Gesicht gekämmt.

„Guten Tag mein Herr." Sein Blick fällt auf eine wilde Guendolyn. Ich ziehe sie nah an mich heran, mein Arm legt sich um ihre Seite, drückt ihre Arme nach unten und ich gebe vor, ihr eine Haarsträhne aus dem Gesicht zu streichen, während ich ihr den Mund zuhalte.

„Geht es ihr gut?", fragt er mit gerunzelter Stirn.

„Ja, natürlich", brumme ich. „Sie hatte ihren Schönheitsschlaf nicht, daher ist sie schlechtgelaunt. Nun bringe mir deine schnellste Kutsche her. Beeile dich."

„Kutsche? Sie meinen, Auto? Darf ich ihr Ticket bitte sehen?"

Ich atme laut aus. Es wird immer schwerer ruhig zu bleiben, da Guendolyn sich wehrt und versucht, mir in die Hand zu beißen. Ich starre ich die Augen des Mannes. „Hole mir das schnellste Auto das du hast—jetzt!" Ein Hauch von Magie schwebt auf meinem Atem und der junge Kerl erstarrt direkt.

„Auf der Stelle, mein Herr." Er rennt die Auffahrt entlang.

Bitte lasse zur Abwechslung mal etwas nach Plan laufen.

Gehe einfach zur Erde, sagte Luther. *Es wird ganz einfach sein. Finde Guendolyn und sie wird das Portal für dich öffnen.*

Ich schäume vor Wut, da alles schief gelaufen ist. Zur Hölle, zwei Blutverfluchte haben sich durch das Portal geschlichen, als ich vor ein paar Tagen hindurch gegangen bin und nun kann ich keine Magie anwenden, um zurückzukehren, und Guendolyn hat weder eine Ahnung, wer sie ist, noch kann sie ein Portal öffnen.

Mit einem Blick nach unten nehme ich meine Hand von ihrem Mund. Sie ringt um Luft.

„Versuchst du mich umzubringen? Was zur Hölle stimmt mit dir nicht?" Ihre Worte sind bitterböse und trotz dieser beschissenen Nacht sind diese vollen Lippen, und wie sie süß sie aussieht, wenn sie wütend ist, alles, auf was ich starren kann.

Ich sehe zum Hotel Foyer. Im Moment ist alles ruhig.

Ein stürmisches Geräusch ertönt hinter uns und ich wirbele mit Guendolyn herum, halte sie noch immer fest an mich gedrückt.

Rot ist alles, was ich sehen kann. Funkelnd und im Licht scheinend. Ein Auto kommt vor uns zum Stehen und die Fahrertür öffnet sich nach oben hin weg, es erinnert mich an den Flügel eines Schmetterlings.

Der Mitarbeiter des Parkservices steigt aus dem Auto und rennt zu mir, während der Motor noch läuft.

„Hier mein Herr. Ihr Wagen ist bereit zur Abfahrt."

„Was ist das?" Ich glotze das Auto mit dem goldenen Bullen auf dem Kühlergrill an. „Warum ist es so tief am Boden? Ich wollte das schnellste Auto und eins, in das ich auch hineinpasse."

„Dies ist der schnellste Wagen mein Herr." Er sieht mich einfach nur an mit glasigen Augen.

Ich rolle mit den Augen. „Hilf mir, sie ins Auto zu bekommen."

Er eilt herum um die Tür zu öffnen.

„Nein, du bleibst hier", schluchze ich. Dieser Drachen windet sich aus meinem Griff und ich springe ihr nach. Nachdem ich sie um die Hüfte gepackt habe, hebe ich sie von den Füßen, obwohl sie schreit und tritt, dann stopfe ich sie irgendwie auf den Beifahrersitz und schlage rasch die Tür zu.

Sie fummelt an der Tür herum, scheint aber nicht in der Lage zu sein, sie zu öffnen. „Gut. Bleib da drin."

Ich schieße ums Auto herum, als ich sehe, wie die Blutverfluchten durch das Foyer stürmen. Mein Magen sackt mir in die Knie. Schnell lasse ich mich in den Fahrersitz fallen und ziehe dann die Tür zu.

„Sie werden dich verhaften und lebenslänglich ins Gefängnis sperren. Ein hübscher Kerl wie du wird ein begehrtes Stück Fleisch dort drinnen sein." Sie brüllt mich an, aber ich habe keine Ahnung, wovon sie spricht. Ich versuche mich stattdessen an alle Anweisungen von Luther zu erinnern, wie man ein Auto fährt.

Warum muss dieses hier so gut ausgestattet sein?

Ich schalte in den ersten Gang, ein Fuß drückt die Kupplung durch, etwas woran ich mich von Luthers Worten erinnere. Dann drücke ich die Handbremse in der Mittelkonsole nach unten. Aber sie lässt sich nicht lösen und ich haue mit meiner Faust darauf. *Komm schon du Bastard, geh nach unten.*

„Meine Güte!"

Dann sehe ich das Knöpfchen am Ende der Handbremse, den man drücken muss. Wie zu den Sieben Höllen konnte ich das übersehen? Ich drücke drauf und presse das gesamte Ding nach unten.

Wir setzen uns in Bewegung als ich beide Pedale bediene. Das ganze Auto wackelt und der Motor heult auf. Scheiße, was würde ich jetzt für ein Pferd und eine Kutsche geben.

Bums.

Die Tür wackelt und Guendolyn schreit in ohrenbetäubender Lautstärke.

Ich drehe meinen Kopf und sehe, wie sich ein Blutverfluchter gegen ihr Fenster geworfen hat und sich daran festklammert, beim Versuch, nach innen zu dringen.

„Los! Tritt aufs Gas!", brüllt sie.

Ich drücke auf einen Knopf und Wischer gleiten über die Windschutzscheibe. Ein weiterer Knopf und ein klickendes Geräusch ertönt um uns herum.

„Das Gas, das Gas, das lange Pedal auf der rechten Seite."

Ich trete mit dem Fuß fest auf das Ding und wir bewegen uns nach vorne. Die Reifen quietschen in der nächsten Kurve, die ich etwas zu schnell genommen habe.

Wir starten durch, als würden uns dreißig galoppierende Pferde ziehen. Ich werde in meinen Sitz gepresst. Der Motor heult und der Bastard wird vom Wagen geschleudert. Das Fahrzeug hat Dampf.

„Wohin fahren wir?", fragt sie, während sie nach hinten blickt, zurück auf das Hotel.

„Keine Ahnung, einfach so weit weg von ihnen wie möglich."

„Gut, dann sag mir jetzt, was hier los ist."

Das Auto macht ein schrilles Geräusch. „Was jetzt?"

„Du musst schalten", weist sie mich an.

„Richtig." Luther hat mir davon erzählt, aber ich habe es vergessen.

Ich bediene den Schalthebel und ein schreckliches, ratterndes Geräusch kommt aus dem Motorraum.

„Du machst es kaputt", zischt sie. „Weißt du überhaupt, wie man einen Sportwagen fährt?"

„Ja, natürlich weiß ich das." Ich lüge, noch nie zuvor habe ich etwas wie dies gefahren. Aber ich bin schlau und ich lerne schnell. Beim Versuch, den Gang einzulegen, weigert er sich zu Beginn. Ich gehe vom Gas und trete das andere Pedal. Dieses Mal rutscht der Gang hinein. Und wir fahren geschmeidig weiter.

„Wo soll ich anfangen?", sage ich, während ich auf die

Autobahn auffahre, auf der es kaum Autos gibt, und das ist gut so. Kein Verkehr.

Zwischen uns herrscht Stille.

„Okay, wo soll ich anfangen?", wiederhole ich mich. „Die beiden, die dich verfolgen, sind Blutverfluchte. Es ist eine lange Geschichte, aber um es kurz zu machen, sie sind verfluchte Feen, die aus dem Königreich verstoßen wurden und nach Blut süchtig sind. Die Sache ist die, dass sie vor zwei Jahren noch wild wie Tiere waren, an nichts anderes als ihren Blutdurst denken konnten. Doch jetzt ähneln sie den Kreaturen von zu Hause überhaupt nicht mehr. Sie sind intelligent, daher weiß ich nicht, was vor sich geht. Aber ich weiß, dass sie dich durch deinen Duft ausfindig machen."

Sie starrt mich einfach nur an und ich kann nicht deuten, ob das ein Zeichen dafür ist, dass sie die Dinge begreift.

„Mein was?"

Ich erhasche einen kurzen Blick der Ungläublichkeit, die sich in ihrem Gesicht widerspiegelt. Ihr Mund spitzt sich. Ich hatte mehr Protest oder so erwartet, doch sie sagt nichts weiter. Also fahre ich fort.

„Es ist etwas, das eine Fee absondert, auf Grund der Magie, die wir anwenden. Dadurch sind wir leichte Ziele, weshalb wir Verhüllungstränke nutzen. Manchmal bedarf es nur einer Berührung, um den Duft auszulösen."

Ich warte darauf, dass sie etwas sagt, doch als sie stumm bleibt, erzähle ich weiter. „Nach dir wird im Königreich der Irrfahrten heftig gefahndet und es ist an der Zeit, dass du nach Hause zurückkehrst, damit wir dich beschützen können."

„Warum?"

Dieses eine Wort scheint auf alles zuzutreffen und ich weiß, dass sie es auch so meint.

„Weil du eine Fee bist, wie auch ich. Wegen dem Blut in deinen Venen, und deiner Magie. Denn wenn sie dich töten, kann der Fluch nie ausgelöscht werden."

Sie spielt mit ihren Händen in ihrem Schoß. „Du erzählst mir also, dass ich in diesem Königreich geboren wurde, weil ich eine Fee bin und irgendwie bei den Menschen gelandet bin? Und jetzt willst du, dass ich dort hin zurückgehe, wo die ausgeflippten Vampire frei herum laufen? Oh, und ich kann zaubern? So wie Harry Potter?"

Ich sehe sie an, meine Augen verengen sich voller Unsicherheit, was sie mich da gerade gefragt hat. „Was die Vampire oder Harry Potter angeht, bin ich mir nicht so sicher, aber ja." Ich schenke ihr ein Lächeln, doch es scheint ihr nicht aufzufallen, denn sie starrt geradewegs nach draußen auf die Straße. Die Stadt und ihre grellen Neonlichter verschwimmen hinter uns.

Ich kann ihren Blick auf mir spüren, wie sie mich studiert und versucht, allem einen Sinn zu verleihen. Das alles wäre so viel einfacher, wenn sie ihre Erinnerungen noch hätte, wenn Luther es mit mir durch das Portal geschafft hätte.

„Du sagst also, dass ich eine Fee bin?" Sie verschluckt sich an einem aufgesetzten Lachen.

„Es gibt gute und böse Feen. Die bösen Feen sind blut-saugenden Parasiten, die sich von Gehirnen und Augen ernähren, also nein, du bist keine dieser bösen Feen."

Sie schluckt laut und betrachtet mich, als ob ich lügen könnte.

Zu Hause im Königreich der Irrfahrten wurden meine beiden Brüder und ich im Wald überfallen, während wir einen Trank anwendeten, um das Portal zwischen unserer Welt und der Erde zu öffnen. Die Blutverfluchten haben sich zu Tausenden gegen uns gestellt, so viele getötet und ihr Virus verbreitet. Ich habe es hinüber in dieses Königreich geschafft und als ich zurück sah, gab es einen Ansturm von Blutverfluchten auf meine Brüder. Dann schloss sich das Portal. Ich bete, dass meine beiden Brüder überlebt haben. Wir haben alles riskiert, um Guendolyn zu finden, denn die einzige Person, die den Fluch in unserem Land aufhalten kann, ist jene, die ihn ausgelöst hat. Sie.

In diese Welt zu kommen ist unsere Überlebenschance... Guendolyn ist unsere letzte Hoffnung. Sie ist so viel mehr, als ihr bewusst ist.

Ich erhasche einen Blick von ihr auf dem Beifahrersitz und in ihren Augenwinkeln zuckt Frustration. Sie hat ihre Füße auf dem Sitz an sich gezogen, mit den Knien an der Brust und lehnt sich gegen die Tür, so weit weg von mir wie nur möglich. Sie ist klein, und doch, die Macht in ihren Venen kann so vieles richtigstellen... und so vieles falsch machen. Sie bringt brutale Erinnerungen mit sich, deren Preis wir vor zwei Jahren bezahlt haben. Ein Schmerz nistet sich unter meinen Rippen ein. Ein Schmerz, der so tief einschneidet, bei den Verlusten in unseren Familien, und dem Fluch, der auf das Königreich der Irrfahrten losgelassen wurde.

„Es gibt so viel mehr, was ich dir erzählen möchte, jedoch nicht heute Nacht. Versuche etwas zur Ruhe zu kommen."

Sie antwortet nicht. Sie starrt einfach nur hinaus in die Nacht.

Es gibt einen Grund dafür, warum ich nie vorhatte, zu heiraten. Das Leben, und hauptsächlich die Fehler aller anderen zu mitzubekommen, hat mir beigebracht, Bindungen oder alles andere Langfristige zu vermeiden. Diese Dinge machen dich schwach... etwas, das mir mein Stiefvater, der König des Schattenhofs, ständig sagte. Das könnte der Grund dafür sein, dass er kaum Zeit mit uns verbrachte; aber gut, unser leiblicher Vater ließ uns sitzen, um eine Feenprinzessin zu heiraten, die jung genug war, um seine Tochter zu sein. Dieser Schwachsinn lässt dich die Werte der Ehe in Frage stellen.

7

GUEN

Der Wind strömt durch das geöffnete Fenster des Lamborghinis, spielt mit meinen Haaren und pustet mir ins Gesicht. Die Nacht verschlingt alles, so weit mein Blick reicht. Es ist ja nicht so, als ob ich von der Autobahn aus viel erkennen könnte. Seit Stunden fahren wir schon ohne anzuhalten und ich versuche noch immer, alles zu verarbeiten, was Deimos mir erzählt hat...

Deimos Lorcayn, um es genau zu nehmen. Mein Verstand ist noch immer vernebelt von den Ereignissen vor zwei Jahren, doch ich erinnere mich daran, dass er der jüngste von den drei Prinzen des Schattenhofs ist. Luther ist der mittlere Sohn und Ahren ist der älteste und der Thronerbe.

Ganz gleich, wie sehr ich mein Gehirn malträtiere, weitere Details wollen mir nicht einfallen. Ich knirsche mit den Zähnen, frustriert im Wissen darüber, dass die Erinnerungen dort sind. Ich kann sie fühlen, aber ich bekomme sie nicht zu greifen. Der Mann, der den Wagen fährt, sieht nicht ansatzweise nach dem Prinzen aus, den ich vor zwei Jahren kennengelernt habe. Panik durchströmt mich, als mir klar wird, dass ich mich an nichts erinnern kann und wie es nur möglich ist, dass alles so verschwommen ist.

Ich rutsche im Sitz herum und drücke auf den Knopf, der das Fenster hochfährt und schließe so den grimmigen Wind aus. Alles, was ich riechen kann, ist das kostbare Leder und sein wahnsinnig erotischer Geruch. Hölzern, erdig, durchsetzt mit einer Note getrockneten Grases.

„Fühlst du dich besser?", fragt er mit nahezu unerträglich weicher Stimme.

Ich sehe ihm in die Augen, fest entschlossen, ihm zu zeigen, dass ich mich am Anschein der Vernunft festklammere. Mir ist nicht klar, wo wir sind, und ich habe weder mein Handy noch meinen Geldbeutel. Jedoch, wenn diese Medaille eine gute Seite hatte, ist es, dass ich weit weg von diesen beiden Stalkern bin. Oder was auch immer sonst sie waren. Ich zittere, kann noch immer ihre Krallen spüren, die an den Wänden des Fahrstuhls kratzen und das Böse in ihren Augen, das nicht menschlich war. Die bösen Gedanken verdrängend richte ich meine Aufmerksamkeit auf Deimos.

„Warum erkenne ich dich nicht, wenn wir uns zuvor schon begegnet sind?"

„Zauber", antwortet er, als sollte mir dies alles beantworten, was ich wissen muss. „Eine Fähigkeit, die alle guten Feen haben, um ihre Erscheinung zu verändern."

Mein Verstand dreht sich mit einem halben Dutzend weiterer Fragen, sein berauschender Duft benebelt mich, daher lösen sie sich direkt wieder in Luft auf.

Vor meinen Augen beginnt Deimos sich zu verändern. Seine dunklen Haare verschwinden, werden weiß wie Schnee und sie wachsen hinunter über seine Schultern. Die Wangenknochen werden kantiger, sein Unterkiefer wird stärker und mehr betont. Die Schultern verbreitern sich, genauso wie seine Brust, sodass er jetzt wie ein Riese in diesem Sportwagen wirkt.

Ich erstarre und mein Mund steht offen.

Seine spektakulären Augen, grüner, als ich sie mir je hätte vorstellen können, bohren sich in mich, während mein Gehirn um eine Erklärung ringt. Als er mich jedoch mit diesem schiefen, besserwisserischen Lächeln ansieht, erkenne ich ihn. Definitiv habe ich dieses Lächeln zuvor schon gesehen, so viel steht fest. Doch all die anderen Erinnerungen unserer Zusammentreffen und was er getan hat—ich kann sie in meinem Kopf nicht finden. Instinktiv greift meine Hand an die Seite meines Halses, die sich auf einmal empfindlich anfühlt.

Gänsehaut bildet sich auf meinen Armen und eine Wärme scheint mich einzuhüllen, jeden Zentimeter von mir verschlingt sie in ihrem Sog. Ich kann meinen Blick nicht von diesem attraktiven Gesicht lösen, während er sich mit der Hand durch sein Haar fährt.

Gott, wenn ich ihn vorher schon für atemberaubend gehalten habe, doch jetzt... jetzt ist er der feuchte Traum einer jeden Frau. Plötzlich fühle ich mich von seiner Gegenwart eingeschüchtert, so als ob jemand wie er keinesfalls jemandem wie mich als mehr denn gewöhnlich betrachten konnte.

Er sieht immer wieder zu mir herüber, dann zurück auf die Straße und erwartet meine Reaktion, dass ich etwas sage. „Gefällt es dir?"

Ich habe vergessen, wie man atmet.

„Deimos!" Mein Herzschlag stottert. „Ich erinnere mich an dich." Also, sein Gesicht kommt mir jedenfalls bekannt vor, was bedeutet, dass dies vielleicht nur der Anfang ist und weitere Erinnerungen zu mir zurückkehren werden. Doch jetzt bin ich mir sicher, dass wir uns zuvor begegnet sind... und wie aus dem Nichts fällt mir Luther wieder ein. Entweder habe ich also komplett meinen Verstand verloren und bilde mir alles nur ein, oder die Erinnerungsfetzen, an die ich mich erinnere, sind real.

Meine Welt dreht sich. Ich möchte ihm Fragen stellen... Dinge, die mir auf der Zunge liegen, die ich aber nicht zu fassen bekomme. Ich blinzele wild, zermartere mir das Gehirn und jage den Gedanken hinterher. Aber sie hängen mich ab.

Seine dicken Augenbrauen heben sich leicht. „Wir haben ja schon festgestellt, dass du dich an mich erinnerst."

Ich boxe ihn in den Arm. Nicht dass er es spüren würde, bei all den Muskeln. Ich bin nicht jemand, der so reagiert oder einen Wutanfall bekommt, doch mit seiner Selbstgefälligkeit, und dass er mir das erst jetzt erzählt... Was soll ich sagen. Etwas in mir ist ausgerastet.

„*Hey*", brummt er.

„Warum hast du mir dein wirkliches Ich nicht schon früher gezeigt?"

„Mein Erscheinungsbild eignet sich nicht so gut, um sich unter die Menschen zu mischen."

Ich rede mir ein, nicht darauf zu reagieren, auch wenn sein Lächeln mich dazu drängt, ihm ins Gesicht zu hauen. Aber jetzt bin ich noch verwirrter als je zuvor. Je mehr ich die weißhaarige Fee anstarre, die den Lamborghini kreuz und quer über die leere Straße lenkt, desto weniger kann ich die Wahrheit leugnen. Sie starrt mir förmlich ins Gesicht.

Er ist eine Fee.

Er ist aus einem anderen Königreich gekommen.

Er ist gekommen, um mich mit sich zu nehmen.

Monster sind verdammt noch einmal echt!

„Wenn ich eine Fee bin, wo sind dann meine Flügel, und meine Ohren wären spitz, nicht wahr?"

„Du hast exakt dieselbe Frage schon vor zwei Jahren gestellt." Er spricht mit voller Überzeugung und ich kann nicht anders, als ihm Glauben zu schenken.

„Nur die bösen Feen haben Flügel, nicht die guten. Und spitze Ohren sind eine Eigenschaft, die nur manche Familienstammbäume haben, andere wiederum nicht."

Wir fahren weiter. Seine großen Hände umklammern das Lenkrad, während er sich darauf konzentriert, die Spur zu halten. Ich senke meinen Blick auf meine Hände und denke über alles nach. Wie meine Eltern mich in ein Heim gegeben haben, als ich nur wenige Monate alt war, mit nichts als einer Schleife um meinen Knöchel, auf der mein Name stand. *Guendolyn.*

Es bot sich an, dass ich aus diesem Königreich kam—ihrem Königreich—aber diese ganze Sache mit den Feen und der Fantasie stellte mich vor ein Rätsel. Und doch. Ich hatte es mit meinen eigenen Augen gesehen. Diese Verfolger hatten Reißzähne. Deimos, der sich im Wagen verwandelt hatte. Und ich wusste, dass ich dort im Aufzug in eine andere Welt gerutscht war. Ich konnte es in meinen Knochen spüren. Etwas, dass ich zuvor schon getan hatte... Nun, die Seelenklempnerin ließ mich glauben, dass ich es geträumt hatte. Aber was, wenn sie sich mit allem geirrt hatte?

Dass die Realität so etwas wie ein Tritt in die Zähne ist. Ich öffne wieder das Fenster, um frische Luft zu hinein zu lassen und um zu vermeiden, dass ich mich in diesem teuren Auto übergebe.

„Sobald wir zur Ruhe kommen, musst du versuchen, dich zu daran zu erinnern, wie du deine Magie benutzt, um das Portal zu öffnen."

Er hätte mich genauso gut bitten können, den Mond

mit einem Lasso einzufangen. Ich verdränge den Schwindel in meinem Kopf.

„Etwas Schlaf wäre gut", murmele ich. Alles, damit es aufhört, sich anzufühlen, als würde ich in einem Strudel untergehen.

Ich weiß nicht, wie lange wir schon fahren, doch ich schlafe ein und es ist das Knirschen unter unseren Reifen, das mich wieder weckt.

Vor uns ist ein riesiges Neon-Schild mit der Aufschrift *Motel.* Der grelle blaue Schein fällt auf Deimos erschöpftes Gesicht.

Er steuert den Wagen hinter eines der langen, einstöckigen Gebäude und wird langsamer.

„Wo sind wir?" Ich raffe mich in meinem Sitz auf.

Deimos beginnt zu sprechen, doch wir werden von dem grauenhaften krächzenden Geräusch der Kupplung unterbrochen, als er versucht, in einen anderen Gang zu schalten. Ich zucke innerlich zusammen. Stotternd und wie ein Hase hoppelnd bewegen wir uns die Einfahrt hinunter. Ich werde hin und her gerüttelt. Dann säuft der Wagen einfach ab.

„Hier stehen wir gut", verkündet er.

Ich sehe nach draußen und stelle fest, dass wir genau in der Mitte des Parkplatzes zum Stehen gekommen sind. „Ja, sicher. Perfekt" Meine Stimme ist mit Sarkasmus unterlegt. Draußen hinter dem Motel erstrecken sich Wälder und endlose Dunkelheit. „Wir sind mitten im Nichts."

„Genau. So werden die Blutverfluchten länger brauchen, um dich aufzuspüren. Wir werden ein paar Stunden schlafen können und etwas essen, um dann vor Sonnenaufgang aufzubrechen."

„Also hast du ein bestimmtes Ziel?"

„Nein. Wir fahren weiter, bis du herausgefunden hast,

wie du deine Kräfte anzapfst und uns nach Hause bringst.
"

„Das *ist* mein Zuhause", erkläre ich ihm rasch und ernte einen Seitenblick, als wäre er von meinem Kommentar überrascht.

„Nicht dein wahres Zuhause."

Kopfschmerzen arbeiten sich an meinem Nacken nach oben. Meine Blase ist voll und plötzlich habe ich es außerordentlich eilig, eine Toilette zu finden. Als er die Zündung ausmacht, greife ich nach der Tür, doch er packt mich am Handgelenk und zwingt mich dazu, ihm in die Augen zu sehen.

„Denke nicht einmal darüber nach, wegzulaufen, verstanden? Tu es und ich kette dich an mir fest." In seinen Augen liegt eine Dunkelheit und zweifle nicht für eine einzige Sekunde an, dass er es genießen würde, uns aneinander zu fesseln.

Dunkle Schatten tanzen über sein Gesicht und in meinem Hinterkopf erinnere ich mich daran, dass Nickie die Bullen rufen wird, wenn sie mich nicht in dem Hotel vorfindet. Sie würden eine landesweite Fahndung anleiern und uns zwangsläufig aufspüren. Doch dann kommen meine Gedanken zu mir zurück, um sicherzugehen, dass dies nicht eine seltsame... was auch immer es ist, ich muss vorsichtig bleiben.

„Verstanden." Ich entreiße ihm meine Hand und steige aus. Der Wind ist kalt heute Nacht und alleine schon hinaus in das tiefe Schwarz der Wälder hinter dem Parkplatz zu blicken, lässt mich erschaudern.

„Lass uns gehen", sagt er, während sich sein Körper zurück zu seinem verzaubertem Ich wandelt. Er wartet auf mich und ich schließe mich ihm an. Als ich zu ihm hinaufblicke, kann ich nicht anders und empfinde, als wäre dies der Kerl, der mich entführt hat. In seiner blonden Form jedoch, ist er der Mann, der vor Mysterien strotzt, die ich unbedingt entdecken möchte.

Zusammen gehen wir auf die Front des Motels zu.

Er ist das kleinere Übel, oder? Er hat nicht versucht, mich zu töten.

Als wir näher kommen bemerke ich nur ein einziges Licht, das durch eine Glastür mit dem Wort *Rezeption,* das auf Scheibe gedruckt ist, fällt.

Innen stinkt es nach Rauch und der Empfang ist nicht besetzt. Ich kann eine Gestalt durch die Tür erkennen, die ins Hinterzimmer führt. Ein kleiner Mann tritt heraus, mit einer Tasse an den Lippen und beim Anblick von Deimos werden seine Augen größer. Er ist kräftig und mächtig und einschüchternd, auch in bequemen Jeans und einem Shirt.

Während er Kaffee in alle Richtungen spuckt, stellt er seine Tasse eilig auf der Theke ab. „Es tut mir so leid. Ich habe euch nicht hineinkommen hören." Er zupft ein Taschentuch aus dem Spender auf der Theke und wischt sich damit seinen Mund und sein Kinn ab, während er zu Deimos hinaufblickt.

Ich muss grinsen. Ja, wenn die Polizei Details über Deimos im Fernsehen verbreitet, wird Mr.—ich schaue mich um und erkenne den Namen des Mannes auf den Visitenkarten in einem kleinen Plastikhalter—Mr. Peppers sich an diesen Moment erinnern.

„Wir hätten gerne Ihr bestes Zimmer", beginnt Deimos und ich sehe schon, wie sich Mr. Peppers Gesichtsausdruck verändert. Von einem voller Schock, einen so großgewachsenen, prächtigen Mann zu erblicken, der auf das Titelblatt eines Magazins gehört, zu einem voller faszinierendem Charme. Deimos verzaubert diesen Mann irgendwie, genau wie den Angestellten vom Hotel. „Meine Ehefrau und ich bleiben für eine Nacht hier. Keine

Störungen. Und wir brauchen etwas zu Essen. Bringe eine Portion von allem, das ihr anbietet."

„Motels bieten keinen Zimmerservice an", erkläre ich.

Jedoch nickt Mr. Peppers einfach nur blindlings. „Es gibt ein kleines Dorf nicht weit weg, die Essen ausliefern. Ich werde mich sofort darum kümmern."

Ich verdrehe die Augen darüber, wie sehr er versucht, Deimos zu beeindrucken. „Und Ehefrau? Wer denkst du —?", beginne ich, doch seine Hand streckt sich aus und ergreift meinen Nacken von hinten, um mich dann an ihn heran zu ziehen. Der Bastard presst mein Gesicht an seine Schulter und alles was ich einatmen kann, ist dieser geile maskuline Geruch mit einer Note Schweiß, der mich innerlich zerfließen lässt. Ich hasse ihn dafür, dass er so gut riecht, wie in meinem Bauch die Schmetterlinge ausbrechen, wenn ich ihm so nahe bin. Indem ich meine Hände gegen seine Seiten stemme befreie ich mich aus seinem Griff. Ich trete ihm gegen das Bein und er lässt mich endlich los.

Ich ringe um Luft und sehe ihm mit dem finstersten Blick an, den ich hinbekomme. „Hör verdammt noch einmal auf, das zu tun."

Mr. Peppers gibt Deimos einen Schlüssel. „Nummer Dreizehn."

„Lass uns gehen." Er knurrt und ein Hauch von Ungeduld schwingt in seinem Ton mit. Er ergreift meinen Arm und schleift mich aus der Rezeption. Ich werfe einen Blick über meine Schulter und sehe, dass Mr. Peppers uns keine Aufmerksamkeit schenkt, er ist sich absolut unbewusst dessen, was gerade geschehen ist.

„Du hast ihn hypnotisiert, nicht wahr? Machst du das auch mit mir?"

„Vertraue mir, wenn ich könnte, würde ich. Das wäre definitiv einfacher." Er grinst mich spöttisch an und ich starre ihn als Antwort zurück an. Doch seine Augen verdunkeln sich und ein ernster Ausdruck legt sich auf sein Gesicht, so dass ich weiß, dass er es wortwörtlich so meint. Bastard.

In allen Zimmern, an denen wir vorbei kommen, brennt kein Licht, als gebe es im ganzen Motel keinen einzigen Gast. Aber gut, warum sollte auch jemand hier draußen übernachten wollen?

Wir halten vor einer Tür inne. Sein fester Griff, der dem eines Schraubstocks ähnelt, löst sich. Ich blicke die Nummer Dreizehn aus Bronze auf der Tür an. Ich bin mir ziemlich sicher, dass dies ein schlechtes Omen für die Dinge ist, die da noch kommen werden. Aber warum überrascht mich das nicht? Hinter mir hat die Nacht alles verschlungen. Sogar die Autobahn an der Vorderseite ist still geworden und frei von Autos oder Straßenlaternen.

Als ich einen Schritt zurück mache, greift er wieder nach mir und schnappt sich die Rückseite meines Oberteils bevor er mich ins Zimmer schubst.

Er tritt die Tür zu, mein Puls geht durch die Decke und er schaltet das Licht ein, erleuchtet das Wunderland brauner Dumpfheit. Hölzerne Wände und Decke, ausgeblichene Teppiche und Tagesdecke, sogar die Bilder sind... Du hast es erraten. Braun.

„Wow, sie habe sich richtig in Unkosten gestürzt, um hier zu dekorieren." Meine Schuhe kleben auf dem Teppich fest und ich würge, bei dem Gedanken daran, hier bleiben zu müssen.

Deimos verschließt die Tür.

Ich latsche durch das Zimmer und öffne die Tür zum Badezimmer. Dusche, Badewanne und Toilette. Als ich mich zu ihm umdrehe, zieht er sich gerade die Stiefel aus. Auf seine eigene Gefahr, denn niemand sollte jemals barfuß über diesen Teppich laufen. „Du schläfst auf dem..." Mein Blick fällt auf das schmale Zweisitzersofa, von dem seine Beine über die Kante hinaus hängen werden. „Auf dem Sofa."

Unbeeindruckt zwinkert er und schüttelt den Kopf. „Wird nicht passieren. Wir teilen uns beide das Bett, so dass ich dich die ganze Nacht im Auge habe." Seine Worte kommen ihm ohne einen Hauch von Emotion über die Lippen, so als würde er so etwas tagtäglich erleben. Ich jedoch sehe seinen Blick, der über meinen Körper schlendert, so sehr er auch vorgibt, dass er das Inferno zwischen uns nicht spürt.

Seine wahnhafte Vorstellung überrascht mich. Als ob er mich die ganze Nacht beobachten könnte. Die Autoschlüssel befinden sich in seiner Tasche und ich kann ohne Weiteres die ganze Nacht wach bleiben. Nachts ist meine Zeit, in der ich die Hausaufgaben für die Uni am Besten erledige. Ich bin ein Profi hierin.

Er mustert mich, grinst mich anzüglich mit Misstrauen an und ich lächle nur. „Ich mache mich breit, wenn ich schlafe, wenn ich dich also ein Dutzend Mal trete, solltest du dich nicht darüber wundern. Auf dem Sofa wärst du in Sicherheit."

Keine einzige Reaktion und er mustert mich. Bleib entspannt. Er kann meine Gedanken nicht lesen... oder kann er das doch? Ich starre zurück, als wäre es meine Absicht. *Ich möchte ihn von oben bis unten ablecken.*

Moment, warum würde ich das denken? Hitze steigt bei dem Gedanken, ihn nackt zu sehen, in mir auf, wie ich Kontrolle über solch einen Mann habe und herausfinde, wie groß er wirklich ist. Ich verdränge diese Bilder aus meinem Kopf. Es können unmöglich meine sein, doch mein Blick hat sich auf seinen Schritt gesenkt und jetzt laufen meine Wangen rot an.

Beruhige dich.

Er sieht mich noch immer an, jedoch reagiert er nicht auf meine Gedanken, daher sehe ich dies als Bestätigung, dass er meine Gedanken nicht lesen kann. In seinen Augen brennt ein heftiges Feuer, während sich ein langsames Grinsen auf seinen Lippen ausbreitet und sein Gesichtsausdruck mich durcheinanderbringt.

Mein Atem rast jetzt. Gott, vielleicht hat er meine Gedanken gehört? „Also... was ist deine Superkraft als Fee?" Ich breche in Gelächter aus, und wenn jemand jemals wie eine Hyäne geklungen hat, dann habe ich ihn perfekt imitiert.

Seine Augen werden schmaler. „Die Kraft der Stimme. Ist es dir nicht aufgefallen?", grübelt er.

„Richtig, richtig. Ja, mit Mr. Peppers und dem Hotelbediensteten. Und das war es, oder?"

Sein erotisches Grinsen wird breiter. „Du hast Angst, dass ich bei dir zu mehr fähig bin?" Er hält inne, sieht an mir hoch und herunter, sein Atem wird schneller. „Dass ich deine Gedanken hören kann?"

Ich schlucke den Kloß in meinem Hals hinunter. „Was? Warum würdest du das fragen? Verrückt. Aber das kannst du nicht, weil niemand das kann, oder?" Gott, warum plappere ich so? Er hat es mittlerweile sicher erraten, dass es das war, worüber ich mir Sorgen machte und weiß, warum mein Gesicht jetzt wie Feuer brennt.

Er kommt näher auf mich zu und sein Blick ruht ständig auf meinen Lippen. Er tritt an mich heran, seine große Hand legt sich um die Seite meines Gesichts und sein Daumen streicht über meine Wange.

Mein Atem kommt bei seiner Berührung ins Stocken, wie auch, als ich ihn zum ersten Mal traf. Und dass wir uns so nahe sind, hilft weder meinen rasenden Herzschlag zu beruhigen, noch meiner Konzentration.

Augen niederschmetternden Grüns blicken in meine,

während ich vor Angst zittere und Erregung mich durchfährt. Es ist falsch von mir, doch meine Gedanken geraten
außer Kontrolle und mein Puls erweckt zum Leben. Alles,
was ich mir vorstellen kann, bin ich, wie ich auf seine
Lippen beiße, sie ablecke und diesen Berg eines Mannes
besteige. Dass er sich nach dem pochenden Puls zwischen
meinen Oberschenkeln sehnt.

„Ich kann keine Gedanken lesen", sagt er und platzt
direkt in meine Fantasie. „Mein Bruder Luther jedoch hat
diese Fähigkeit."

Ich atme erleichtert laut aus und speichere diese
Information im Safe meiner Gedanken für später ab und
versuche die Lust zu verdrängen, die mich aufheizt, als ob
ich vor einem Feuer stünde. „Okay, ich mache mich frisch.
Klaue mir nicht das Bett." Schnell begebe ich mich ins
Badezimmer und schließe die Tür hinter mir. Lang atme
ich aus, bin endlich in der Lage, frei zu atmen.

Was stimmt nicht mit mir? Ich bin in seiner Gegenwart außer Kontrolle.

Panisch durchsuche ich das Badezimmer in der Hoffnung, etwas zu finden, was ich als Waffe verwenden kann.
Etwas, um ihn bewusstlos zu schlagen. Dann würde ich
verschwinden, denn wer weiß, was er mir antun wird,
wenn ich dieses verfluchte Portal, von dem er dauernd
spricht, nicht öffnen kann? Ich bin mir nicht einmal im
Klaren darüber, was heute im Fahrstuhl geschehen ist.

Ich spritze mir kaltes Wasser ins Gesicht und über
meinen Nacken. Aus dem Spiegel mit den abgeplatzten
Ecken sieht mich ein Mädchen mit blutunterlaufenen
Augen und roten Wangen an. Ich kann mich wirklich
nicht daran erinnern, wann ich das letzte Mal so müde
ausgehen habe und gleichzeitig so voller Adrenalin war.
Wenn ich an Deimos denke, bekomme ich Schmetter-

linge im Bauch, so wie damals in der Schule. Und doch nervt er mich ohne Ende.

Mit beiden Händen klammere ich mich an der Waschbeckenumrandung fest und sehe mich selbst genauer an. „Was bist du?" Keine Ahnung wie lange ich gestarrt habe und hoffte, dass mein Gehirn endlich aufplatzen und mir die Antworten geben würde, die aber einfach nicht kommen. Also öffne ich den Knopf meiner Jeans und gehe auf die Toilette.

Einen Plan habe ich mir bereits ausgemalt. Vorgeben, zu schlafen, und nach ein paar Stunden, wenn er tief und fest schläft, würde ich mich hinausschleichen, mir die Schlüssel schnappen und verschwinden.

Sobald ich fertig bin, ziehe ich meine Jeans wieder an meinen Oberschenkeln nach oben und dann beginnt wieder der Kampf mit meiner Hose. Ich hüpfe hoch und runter, ziehe sie höher und über meinen Hintern. Warum wollte ich diese Jeans noch einmal anziehen? Achja, weil dieser Schlingel die Gesetze der Physik, wie sie mir überhaupt passt, außer Kraft setzt. Aber sie passen und darin habe ich die bestaussehenden Beine und einen kurvigen Hintern. Sicher, sie mögen zwei Größen zu klein sein, aber es funktioniert. Ich ziehe den Bauch ein, halte den Atem an und zwänge den Knopf in sein Knopfloch, was mir zur Hälfte gelingt.

Klopf. Klopf. Klopf.

Ich zucke vom Klopfen an der Tür zusammen und meine Jeans springen wieder auf.

Mist! „Was?"

„Das Essen ist hier."

„Okay, danke." Nicht, dass irgendetwas in meinen Bauch passen würde, solange ich diese Hose anhabe. Zehn Minuten und reichlich Rütteln und Wackeln später ist der Reißverschluss zu. In Ordnung, für den Rest der Nacht werde ich nicht mehr zur Toilette gehen.

Draußen im Zimmer saß Deimos an dem runden Tisch und vor ihm stand so viel Essen, dass ich davon überzeugt war, dass jeder in diesem Motel satt werden würde. Wie viel Macht hat Deimos über die Leute?

„Wow, du bist hungrig."

Er beißt ein Stück von der Salami Pizza ab, winkt mir hinüber und zeigt dann auf den Stuhl gegenüber von ihm. Der Duft des Essens zieht mich an und bevor ich mich versehe, sitze ich mit einem Stück Pizza in der Hand am Tisch.

„Wenn du und dein Bruder eine Fähigkeit haben und ich eine Fee bin, was ist dann meine?"

„Nur du wirst sie kennen. Es ist etwas, womit du geboren wirst."

„Nun, das ist etwas schwer, da ich bis heute keine Ahnung hatte, was ich bin."

„Du wusstest es vor zwei Jahren", korrigiert er mich, während er weiter isst. Wie kann jemand so sexy sein, auch wenn er sich vollstopft? Und trotz alledem wollte ich ihm dafür, dass er so arrogant ist, das Essen ins Gesicht hauen.

„Richtig." Ich nehme einen weiteren Bissen von der Pizza und richte meinen Blick auf die kleine Schüssel mit Käsemakkaroni, bevor ich sie mir schnappe. Gleichzeit greift auch er nach ihr und seine Hand berührt meine. Dieses Kribbeln kommt zurück, jenes, das mich jedes Mal einhüllt, wenn er mich berührt.

Ich entreiße ihm die Schüssel. „Meins", sage ich. Niemand stellt sich zwischen mich und Makkaroni mit Käse. Sie sind mein Grundnahrungsmittel, mein Lieblingsgericht und mein Ein und Alles, wenn ich Futter für die Seele brauche. Und wahrscheinlich auch der Grund, warum ich nicht so leicht in diese Jeans komme.

Schulterzuckend zieht er seine Hand zurück und isst weiter, während er mir damit zusieht, wie ich mir die überbackenen Nudeln in den Mund löffele. Sein Mund öffnet sich leicht, als ich meinen aufmache.

Ich schwöre, ihn zu beobachten, wie er nach mir lechzt, während ich esse, lässt meinen Körper so schnell reagieren. Sein Blick ruht nicht auf der Schüssel in meiner Hand, sondern auf meinen Lippen.

„Möchtest du probieren?" Was zur Hölle tue ich hier? Flirte ich mit ihm? Mein Kopf tickt nicht ganz richtig.

Er beugt sich herüber und nimmt ohne zu Zögern meine Käsemakkaroni. „Hmm, das ist so gut." Binnen Sekunden sind sie weg.

„Ja, sie waren gut." Mein Magen knurrt noch mehr, während meine Brust sich bei dem Gedanken, dass es das Essen war, welches ihn in Verzückung geraten ließ und nichts weiter, zusammenschnürt. „Wie auch immer, erzähle mir mehr von deinem Königreich, mehr darüber, was dort vorgeht."

„Es gibt zwei Königreiche", beginnt er. „Den Schattenhof und den Aschehof. Todfeinde schon so lange ich zurückdenken kann. Auf unsere Welt wurde ein Fluch losgelassen und jetzt versinkt alles im Chaos. Die Seelie Feen, jene aus meinem Königreich, werden gejagt."

„Fluch? Wie diese Blutverfluchten?"

„Nein, dies ist was anderes." Er senkt seinen Kopf und isst weiter, doch er wird still.

„Wie ist es was anderes?", frage ich.

„Jetzt ist nicht die Zeit, über solche Dinge zu sprechen. " Er bringt mich mit diesen wenigen Worten zum Schweigen und die Luft zwischen uns wird dicker. Ich verstehe nicht, was vor sich geht, oder warum er so reagiert. Aber ich stehe auf, habe genug von dem Essen.

„Ich werde mich hinlegen."

„Gute Idee."

Stechende Angst breitet sich in meiner Brust aus. Er verbirgt so viel vor mir und es macht mir Furcht, da dort noch immer so viel ist, was keinen Sinn ergibt. Ich ziehe meine Schuhe aus und bin überrascht, dass der Absatz dieser Stilettos bei all dieser Rennerei nicht abgebrochen ist. Wenn es so wäre, würde Nicki mich umbringen. Ich reiße die Tagesdecke vom Bett und werfe sie auf den Boden. Noch angezogen krabbele ich unter die Bettdecke und lege mich in der Mitte des Betts auf meine Seite. Jetzt warte ich.

Das Bett biegt sich unter meinem Rücken.

In der Dunkelheit reiße ich meine Augen auf und Deimos steigt neben mir ins Bett.

Ich muss eingeschlafen sein. Während ich mich umdrehe, zappele ich herum um mehr vom Bett zu erobern und ihn hinauszudrängen.

Eine große Hand legt sich um meine Hüfte und zieht mich so schnell an ihn heran, dass ich keine Chance habe, zu reagieren. Mein Rücken donnert gegen seine Brust und alle meine Gedanken verschwimmen, als er mich so nah an sich drückt, dass ich jeden Zentimeter von ihm spüren kann. Sogar die weiche Beule schmiegt sich gegen meinen Hintern. Ich versuche mich aus seinem Griff herauszuwinden, schaffe es aber nur, mich selbst an ihm zu reiben, da er nicht nachgibt.

„Gefällt dir das?", schnurrt er.

Ich spüre ein zartes Zucken der wachsenden Härte, die sich gegen meinen Arsch presst. „Oh, das sollte besser nicht das sein, wofür ich es halte."

„Wenn du dich weiter an mich schmiegst, wird es noch ein viel größeres Problem für dich werden."

Zähneknirschend drücke ich mich von ihm weg, doch in Wirklichkeit, brenne ich innerlich. Noch nie zuvor habe ich solch intensive Gefühle für einen Mann verspürt. Ein Zittern legt sich über meine Haut. Meine Dating-Laufbahn war nichts im Vergleich zu dem hier, obwohl ich ein paar potenzielle Partner getroffen habe, zweifele ich daran, dass sie sich mit Deimos vergleichen lassen würden.

„Du bleibst hier", flüstert er mir ins Ohr und legt sein Bein über meins. Das ist so gar nicht gut, denn wie das Entzünden einer Flamme schwelt mein Verlangen wie ein Vulkan auf und ist unaufhaltsam.

„Ich hoffe du liegst bequem, denn ich finde nicht, dass es so ist."

„Seit Jahren habe ich mich nicht mehr so wohlgefühlt. " Sein sarkastischer Atem kribbelt in meinem Ohr.

Das Wohlgefühl, das in mir wächst, lodert in mir auf.

„Lügner", sage ich, immer noch auf meiner Seite liegend und wissend, dass es aussichtslos ist, gegen diesen Berg eines Mannes anzukämpfen. Ich kann mich nicht bewegen. Nicht denken. Nur dem pochenden Herzen in meinen Ohren lauschen, während meine Brustwarzen immer steifer werden.

„Weißt du, was sie jenen antun, die den Prinzen einen Lügner nennen?"

Seine tiefe Stimme streift über meine Nervenenden und ein Schauer läuft mir den Rücken hinab. Nicht vor Angst, sondern von seiner Nähe zu mir. Von dem leichten Zucken seiner Finger, als sich seine Handfläche über meinem Bauch ausbreitet.

„Sie töten sie", murmele ich, konzentriere mich auf

seine Berührung, darauf, wie ich mir sicher bin, dass er langsam seine Hand an meinem Bauch hochschiebt.

Er antwortet nicht, atmet jedoch schwer und ich lache. „Habe ich dir die Schau gestohlen?", frage ich.

„Es gibt viel schlimmere Dinge als den Tod, Guendolyn."

Diese Worte treffen mich—sie verfolgen mich—da sein Tonfall mir verrät, dass er eine solche Bestrafung am eigenen Leib erlebt hat. „Wer würde einen Prinzen bedrohen?", sage ich und blicke ihn über meine Schulter an. Die Schatten verschlingen seinen Gesichtsausdruck, mit Ausnahme dieser grünen Augen, die in der Nacht zu glühen scheinen.

„Der König", gesteht er.

Sein Vater? Ich möchte noch mehr Fragen stellen, doch ich drehe mich zurück und liege dort. Er hat ein Arschloch zum Vater... Ich kann nur raten, dass meiner ähnlich ist, da er mich aufgegeben hat. Und doch berührt es mich, den Schmerz in seiner Stimme zu hören, zu wissen, wie er gelitten hat. Ich kann es so verdammt scheiße gut nachvollziehen.

„Ich sollte dich festbinden", murmelt er so nah an mir, dass sein Atem an meinem Hals kitzelt.

„Klar, ich könnte wetten, dass dir das gefällt." Ich drücke mich an ihn.

„Das könnte sein", scherzt er und seine Hand, die mich an ihn presst, verstärkt ihren Griff um mich herum. Mit einem Ruck rollt er mich hoch und auf sich hinauf.

Ich bin wie festgefroren und liege mit meinem Rücken auf ihm drauf. Alles, an was ich denken kann, ist, dass er die Kontrolle verliert und mich nimmt. Sich holt, wonach er verlangt. Mein Körper schmerzt und ich schaudere voller Lust. Ich stelle mir vor, wie er mir die Kleidung vom Leib reißt und zwischen meinen Schenkeln abtaucht.

Allein beim Gedanken daran hebt sich mein Becken. Jeder schnelle Atemzug brennt in meinen Lungen. Mein Herz rast.

Mein Innerstes verkrampft und ich bin krank vor Lust und voller Vorfreude, als er mich plötzlich wieder zurück auf meine Seite rollt. Sein Arm liegt nun unter meinem Hals. „Das ist besser."

Ich bin still wie die Nacht, meine Wangen brennen voller Feuer in Erwartung... von etwas Anderem? Ich fühle mich wie ein Trottel und möchte am liebsten verschwinden. Zum Glück kann das Universum mein errötetes Gesicht nicht sehen.

„Wenn du das sagst." Ich versuche vorzugeben, dass mein Puls nicht außer Kontrolle geraten ist und dass ich nichts für ihn empfinde.

Seine Haut fühlt sich heiß an meiner Wange an und das hilft mir nicht im Geringsten. Er fühlt sich irrwitzig wundervoll an.

Er wird still und es dauert nicht lange, bis sein Atem schwer wird, erfüllt von dem Geräusch des Einschlafens. Nun, etwas verletzt fühle ich mich doch, dass ich hier aufgegeilt von seiner Berührung liege und er einfach schläft.

So liege ich hier, verweile und warte, dass die Zeit vergeht. In meinen Gedanken stelle ich mir bereits vor, wie ich in Windeseile von hier wegfahren würde. Ich muss so weit von Deimos wegkommen, bevor etwas Schreckliches passiert... wie, dass ich mich an ihn heranmache.

8

GUEN

„Ich bevorzuge Mädchen mit mehr, nicht weniger."
Ein Zittern durchfährt mich und ich drücke
meine Fäuste gegen seine Brust, doch er steht da, klemmt mich
ein, bewegt sich nicht von der Stelle. Seine Finger gleiten in
meine Haare und zwirbeln die Strähnen.

„Vielleicht hättest du dir deine Haare heute Abend
hochstecken sollen", sagt er. „Das hätte schöner ausgesehen."

„Ist das alles was du kannst—beleidigen? Nun, es macht
mir nichts aus, also gehe mir aus dem Weg." Ich beiße die
Zähne zusammen. Er glaubt wirklich, dass es in Ordnung ist,
so mit mir zu sprechen?

Seine Hand packt meine Haare und ich winsele. „Du bist
liebenswürdig, wenn du wütend bist. Ich denke, wir werden
zusammen jede Menge Spaß haben. Stimmst du mir zu, mein
Kätzchen?"

„Ich gehöre nicht dir und zur Hölle, ich werde nicht mit dir
und deinen Brüdern in diesem durchgeknallten Palast bleiben."
Trotz meiner Worte vibriert mein Körper von seiner Nähe.
Mein Körper betrügt mich, wenn es um diesen Idioten geht und
meine Lippen kitzeln noch immer von seinem Kuss.

Sein Atem zieht durch mein Gesicht und so sehr ich behaupten möchte, dass er stinkt, mag ich die Art, wie er riecht. Hölzern, erdig, sexy. „Ich hasse dich.“

Er grinst. Scheinbar machen ihn meine Worte an. „Du gehörst auch nicht Luther, und wo willst du hingehen? Es ist kein Kinderspiel, sich ohne Magie zwischen den Königreichen zu bewegen. Du sitzt jetzt in unserem Königreich der Irrfahrten fest.“

„Ich werde meinen Weg zurück finden.“ Trotzig schiebe ich meinen Unterkiefer nach vorne.

Er drückt seinen Mund gegen mein Ohr. „Das ist so menschlich von dir.“

Erstarrt frage ich: „Was soll das heißen?“

Er zwinkert mich mit seinen grünen Augen an, tief in ihnen kann ich das Verlangen erkennen. Schneller als ich reagieren kann, treffen seine Lippen auf meine, er schnappt nach meiner Unterlippe und seine Zähne schneiden in mein Fleisch ein.

„Aua.“ Ich schlage mit meinen Händen gegen seine Brust, er bewegt sich aber nicht von der Stelle. Er steht da, hart wie ein Felsen und leckt sich das Bluttröpfchen von der Lippe.

Ich fasse meine Lippen an und auf meinem Finger ist Blut. „Was machst du?“

Seine Finger gleiten über meine Schultern, unterdrücken mich, benebeln meine Gedanken und bringen mich dazu, mich zu ihm zu lehnen, während ich versuche, die Kontrolle über meine flatterhaften Emotionen zurückzuerlangen.

Er drücke sein Gesicht gegen meinen Hals, atmet mich ein, schmeckt mich und ich zittere unter ihm. Diese Zärtlichkeit lässt mich mit einer neuen Art der Erregung erschaudern. Ich sollte ihn aufhalten, ihn wegstoßen, aber ich kann es nicht. Etwas schmiegt sich an meinen Verstand, federleicht und vernebelt für einen Moment lang meine Gedanken, bevor es sich zurückzieht.

Nun bohren sich Zähne in meinen Hals, ein scharfes Stechen, schnell und elektrisierend.

Dunst vernebelt meine Gedanken, alles außer Deimos und mir wird ausradiert. Mich auf eine konstante Atmung zu konzentrieren bringt nichts, um mein donnerndes Herz zu beruhigen. Erregung kriecht an meiner Wirbelsäule herab, unsichtbare Finger gleiten an meinem Rücken hinunter und noch viel tiefer.

Plötzliches Gebrüll ertönt im Raum und reißt mich aus meinem eingelullten Zustand.

„Was zur Hölle tust du?", knurrt Luther.

Deimos stolpert von mir weg, sein Gelächter ist hypnotisierend. Mit seinem Handrücken wischt er sich seinen blutigen Mund ab, seine Augen verschlingen mich, sprechen etwas in mir an, was ich nie zuvor gespürt habe.

„Sie ist exquisit, Bruder. So viel mehr, als wir erwartet hätten. Du lagst richtig damit, sie für uns zu holen."

„Du darfst sie nicht anfassen oder markieren. Scheiße, Deimos!", zischt Luther.

Ich werde plötzlich aus dem Schlaf gerissen und reiße meine Augen auf. Mein Nacken ist schweißgebadet, als ich mich im Bett aufrichte. Realität und Träume blenden sich selbst ein und aus. Ich sitze da, meine Welt steht auf dem Kopf, da ich mich an diesen Moment im Königreich erinnere. Es kommt klar und deutlich zu mir zurück. Es ist nur dieser eine Moment, was davor und danach geschieht bleibt in den Schatten verborgen.

Nachdem ich mir die Bettdecke, die über meinem Schoß liegt, schnappe, fange ich an, mich an mehr von Deimos und meiner ersten Begegnung zu erinnern. Seine grausamen Worte. Sein verschlagenes Flirten. Und dieser Arsch hat mich *gebissen.*

Der Platz neben mir im Bett ist leer. Ich runzle die Stirn voller Verwunderung und richte meine Aufmerksamkeit auf die geöffnete Badezimmertür.

Wie auf Befehlt tritt mir der Teufel ins Blickfeld und trägt dabei nur eine schwarze Hose, die ihm tief auf den Hüften hängt. Als er nahezu nackt dort steht, zerfließt meine Entschlossenheit zur Flucht in seiner Gegenwart zu einer Pfütze. Das ist nicht fair.

Es ist nicht fair, wie er aussieht. Nicht diese starken Muskelstränge, sein Bizeps, die trainierten Bauchmuskeln, die meinen Blick viel zu lange an sich fesseln. Mein Körper brummt und ich scheine vergessen zu haben, woran ich noch vor wenigen Augenblicken gedacht habe. Ich kann meinen Blick nicht von seiner starken, harten Statur lösen, von der feinen Behaarung, die unter seinem Bauchnabel entspringt und in seiner Hose verschwindet.

„Wie hast du geschlafen?" Er lehnt mit der Schulter gegen den Türrahmen und ich beginne schwerer zu atmen.

„Ganz gut", quietsche ich, bevor ich mich räuspere und mich dabei selbst verfluche, dass ich eingeschlafen bin, obwohl ich geplant hatte, aufzustehen und zu fliehen. Scheinbar habe ich mich in seiner Gegenwart nicht unter Kontrolle—zumindest nicht, wenn er wie pure Perfektion aussieht. Nach der Vision von letzter Nacht habe ich es nicht so eilig, von Deimos wegzukommen. Wenn wir uns zuvor schon begegnet sind, welche Geheimnisse verbirgt er dann vor mir? Warum kann ich meine Erinnerungen nicht herbeirufen? Er weiß so viel mehr, als er zugibt, und ich habe vor, mehr darüber herauszufinden.

Mein Hals wird ganz trocken, als er in den Raum

spaziert, mit einem schelmischen Grinsen auf den Lippen, das sich langsam zu einem Lächeln formt. Er beobachtet mich und kann genau erkennen, welchen Einfluss er auf mich hat, denn ich habe ein miserables Pokerface. Alle meine Emotionen stehen mir ins Gesicht geschrieben, und wie ein verdammter Narr bin ich ganz heiß auf ihn.

Ich verdränge diese Gedanken. „Ich hatte letzte Nacht einen Traum", beginne ich.

„Du kannst mir später von deinem Fantasietraum erzählen." Mit einem Winken seiner Hand tut er mich ab.

„*Entschuldige bitte?* Es war kein *Fantasietraum*. Es war ein Traum, in dem du als Volltrottel die Hauptrolle gespielt hast."

Er ignoriert meinen Kommentar. Er scheint abgelenkt zu sein und sagt: „Wir müssen gehen. Zieh deine Schuhe an."

Ich löse meinen Blick von ihm und klettere aus dem Bett, bevor ich meine Stilettos finde und sie anstarre. Wie schön flache Schuhe jetzt wären. Meine Füße schmerzen alleine schon beim Anblick dieser Schuhe. Ich lege sie erst einmal auf dem Bett ab, während mein Magen vor Hunger knurrt. Dann begebe ich mich ins Badezimmer.

Ein schauderhafter Schrei ertönt irgendwo draußen, durchdringend und unter die Haut fahrend. Ich zucke zusammen und mein Kopf dreht sich zu Deimos zurück. Er steht am Fenster, schiebt die Vorhänge zur Seite und späht nach draußen, wo die aufgehende Sonne den Himmel in Rot und Orange taucht.

„Was ist das?" Ist es eine dieser Kreaturen?

„Mach dich schnell fertig", befiehlt er mir. Tief in seinen Worten schwingt die Angst mit. „Ich werde schnell wieder zurück sein."

„Nein, geh nicht", rufe ich, doch er zieht bereits die Tür hinter sich zu.

Furcht trommelt in meiner Brust und entwickelt sich rasch zu einem Sturm. Ich habe immer versucht, stark zu sein, vorsichtig zu sein, alles zu tun, was verdammt noch einmal notwendig ist, um mein Leben zu leben. Meine Pflegemutter hat immer gesagt, dass ich einen starken Selbsterhaltungstrieb habe, und ich gebe ihr Recht. Aber das Gefühl, gejagt zu werden, ist eine Klinge in meinem Bauch, die sich weiter und weiter windet. Und in diesem Augenblick fühle ich mich machtlos.

Ich eile ins Badezimmer und als ich fertig bin und meine Jeans mit zitternden Fingern geschlossen habe, hat meine Panik ihren Höhepunkt erreicht. Ich presse meinen Rücken gegen die Wand neben dem Bett und starre auf das Fenster. Ich versuche, meinen Atem zu beruhigen und keinen einzigen Mucks von mir zu geben.

Deimos ist noch nicht zurück. Es gibt kein Anzeichen der Autoschlüssel... Natürlich, sie sind wahrscheinlich in seiner Hosentasche. Also kann ich sein Auto nicht stehlen. Was zu Hölle soll ich denn tun?

Mein Atem ist schnell, als ich mir vorstelle, wie Deimos irgendwo im Sterben liegt, während diese Verfolger auf mich Jagd machen.

Das leise Knarzen des Balkons dringt von draußen herein. Mein Gleichgewicht wird von diesem Geräusch erschüttert und ich stolpere auf meinen Füßen umher. Ich werde nicht voller Angst zerbrechen. Das werde ich nicht.

Ich suche das Zimmer nach einer Waffe ab, jedoch ist das einzige Besteck, das ich finden kann, eine Wegwerf-plastikgabel bei den Resten von letzter Nacht. Trotzdem greife ich danach und schiebe ganz sachte den Vorhang auf die Seite, um aus dem Fenster zu blicken. Alles, was ich sehen kann, ist die Autobahn. Kein einziges Auto in

Sicht. Was soll ich nur tun? Hier sitzen und darauf warten, dass diese Widerlinge mich finden? Wenn überhaupt kann ich nur Mr. Peppers in der Rezeption wissen lassen, dass etwas nicht stimmt, damit er die Polizei ruft. Nach meinem Traum wusste ich, dass ich Deimos zuvor begegnet war; ich erinnere mich an unsere Unterhaltung. Er hat mich vor diesen Gestalten gerettet, daher möchte ich glauben, dass er die Wahrheit erzählt.

Ein kurzer Blick auf die Stöckelschuhe. Ich kann es einfach noch nicht ertragen, sie schon wieder anzuziehen und diese qualvolle Tortur über mich ergehen zu lassen.

Barfuß schleiche ich zur Tür und meine Hand zittert wild als ich nach dem Türknauf greife. Wie in Zeitlupe öffne ich sie und blicke von rechts nach links.

Alles ruhig.

Im Türdurchgang kauernd versuche ich zu entscheiden, ob ich bleiben oder gehen soll. Deimos sagte, ich solle warten, aber er ist schon zu lange weg. Vielleicht kann ich ihn irgendwo draußen finden.

Mit fest umklammerter Gabel in meiner Hand schleiche ich nach links und mache mich auf den Weg nach draußen. *Bitte lasse mich nicht diese Stalker antreffen, bitte.* Die Stille ist nahezu ohrenbetäubend.

Vor dem Motel ist weit und breit keine Seele zu sehen. Die Tür der Rezeption schwingt im Wind auf und zu. Ich eile hinein, doch auch dort ist niemand.

„Hallo?", flüstere ich.

Weder antwortet jemand, noch taucht jemand aus der geschlossenen Hintertür auf. Ich gehe auf sie zu und halte die Luft an, während ich die Türklinke nach unten drücke und beschließe, dass ich Unwissenheit vorgeben würde, wenn Mr. Peppers sauer würde. Jedoch ist sie abgeschlossen und ich atme tief aus. Meine Nerven sind am Ende und Schweißperlen rinnen mir am Nacken herab. Ich klopfe zaghaft und beiße die Zähne zusammen, wartend, während ich zur Vordertür hinausblicke. *Komm schon, komm schon.*

Jegliche Hoffnung, an die ich mich zuvor noch geklammert habe, zerbricht binnen Sekunden. Ich suche die Rezeption nach einem Telefon ab, doch es gibt keins. Auch keinen Computer. Ein Funkeln zieht meine Aufmerksamkeit auf einen silbernen Brieföffner. Ich lasse die Gabel fallen und schnappe mir die stumpfe Klinge vom Schreibtisch.

Auf Zehenspitzen schleiche ich mich wieder nach draußen und das Unbehagen kriecht durch meinen Bauch. Die Bäume, die das Motel umgeben, schwingen im Wind und ein Vogel kräht in der Ferne. Der Morgenhimmel ist orange geworden.

Ich erhebe meinen Blick zur Autobahn, die entlang der Vorderseite des Motels verläuft. Kein Auto ist vorbeigefahren, seit ich hier draußen bin. Es gibt keine Häuser hier, nichts außer diesem einsamen Motel und Bäumen in jeder Richtung.

Ich hasse das apokalyptische Flair, das dieser Ort ausstrahlt, wie Deimos einfach *verschwunden* ist, und wo zur Hölle steckt Mr. Peppers? Gefahr kriecht mir über die Haut und ich muss Deimos finden, damit wir zusammen von hier verschwinden können.

Noch bevor ich alles durchdenken kann, folge ich der Auffahrt zur Rückseite des Gebäudes.

Der Lamborghini ist noch immer dort, das ist etwas Gutes, denke ich. Er ist nicht ohne mich weggefahren.

Ich wünschte, ich wüsste verdammt noch einmal, was hier vor sich ging.

Heute liegt eine seltsame Energie in der Luft und ich mache mich zurück auf dem Weg zum Zimmer, als ein donnernder Schrei ertönt. Das Geräusch aus den

Wäldern hinter dem Motel durchdringt meine Gedanken.

Ich halte inne, der Kies unter meinen nackten Füßen ist kalt. Blätter rascheln und Schatten tanzen in den Wäldern vor mir. Mein Herz schlägt schnell. Alles, woran ich denken kann, ist, dass Deimos in Gefahr sein könnte.

Wut und Terror kämpfen sich an die Oberfläche, und schicken mir ein eisiges Rinnsal kalt den Rücken hinunter. Ich möchte weglaufen, aber doch blicke ich hinab auf die silberne Waffe, die ich fest in meiner Hand halte und auf das Weiß meiner Fingerknöchel. Deimos könne meine Hilfe brauchen.

Ich sauge einen zittrigen Atemzug ein und setze einen Fuß vor den anderen, dann noch einen, bis ich den Rand der Wälder erreichen. Alles was ich möchte, ist, mich umzudrehen und zurück ins Zimmer zu rennen, aber dann was? Warten und wenn Deimos nicht zurückkehrt, wieder hinausgehen, um erneut nach ihm zu suchen? Vielleicht wäre es dann zu spät, um ihm zu helfen... Ich bin mir jedoch nicht sicher, welchen Unterschied ich mit einem Brieföffner bewirken könnte, aber ich musste es versuchen.

Tiefer in den Wäldern wird der Boden unter meinen Füßen spitzer und ich zucke vor Schmerzen bei jedem Schritt zusammen.

Vor mir bewegt sich etwas. Definitiv eine Person, aber vielleicht auch zwei oder drei. Mein Herz stottert und die Furcht schneidet wie eine Klinge durch mich. Ihre Stimmen murmeln irgendwo vor mir, wütende Stimmen und ich kneife die Augen zusammen, um besser sehen zu können, unfähig mich zu bewegen.

Ob Deimos bei ihnen ist? Ich schlucke den Kloß in meinem Hals hinunter und mache einen Schritt nach vorne. *Bitte lass mich nicht die schlimmste Entscheidung meines Lebens treffen.*

Mit vorsichtigen Schritten und dem Versuch, kein Geräusch zu machen, bewege ich mich mit gespitzten Ohren voran.

Hinter einem riesigen, knorrig aussehenden Baum presse ich meine Wirbelsäule gegen den Stamm. Meine Atemzüge rasen. Warum genau hielt ich das für eine gute Idee? Ich hätte an Mr. Peppers Tür hämmern, oder sie eintreten sollen, um ein Telefon zu finden und damit die Polizei rufen.

Einen Atemzug später brüllt ein kehliges Knurren, durchflutet von erlittenem Schmerz durch die Wälder. Ein Winseln drängt aus meinem Hals, doch ich unterdrücke es.

Ich blicke aus meinem Versteck hinaus.

Meine beiden gottverdammten Verfolger sind dort und mein Herz knallt gegen meinen Brustkorb, als mir klar wird, dass sie mir den ganzen Weg nach hier draußen ins Nirgendwo gefolgt sind.

Sie spüren dich durch deinen Geruch auf. Deimos Worte kreisen durch meine Gedanken. Er hatte die Wahrheit erzählt.

Deimos stolpert auf seinen Füßen vor ihnen umher, Schnitte bedecken seine Arme und seine Brust. Zorn steht ihm ins Gesicht geschrieben. Seine Kleidung ist blutgetränkt, während eine weitere Wunde unter seinem Auge stark blutet.

Verletzungen klaffen an seinem Hals, blutrot tropft es auf seine Jacke. Es ist eine riesige Sauerei, er verliert so viel Blut. Er wird noch umkommen.

Ich bange bei seinem Anblick und mein Herz zittert wegen seinem Zustand.

Er weicht nicht zurück, sondern bleibt standhaft, mit

den Händen zu Fäusten geballt und eng stehenden Augen. Bis zum Ende wird er kämpfen, doch er kann seinen Tod sehen. Genau dort in seinem gejagten Blick.

Beide Blutverfluchte stürzen sich auf ihn, ihre Füße trampeln auf den Boden, als sie losjagen, und wirbeln das Geröll auf.

Deimos wird umgeworfen, sein Kopf schlägt mit einem dumpfen Schlag, dessen Geräusch sich mir den Magen umdrehen lässt, auf dem Boden auf. Ich zucke zusammen, als er vor Schmerzen stöhnt. Die Monster werfen sich auf ihn, landen einen Treffer nach dem anderen in seinem Gesicht und auf seine Brust. Sie werden ihn umbringen und ein Beben steigt in meinem Körper hoch.

Mit angespannten Muskeln stürme ich voran, meinen Griff fest um den Brieföffner geschlossen.

Der Stalker mit den nahezu schwarzen Augen knurrt, seinen Kopf hat er in den Nacken gelegt.

Von meinem Standpunkt aus habe ich freie Sicht auf seine lang gewachsenen Fangzähne.

Ich möchte schreien, sie anbrüllen, dass sie sich verpissen sollen, alles, außer auf sie zuzugehen.

Doch die Wut steigt in mir an die Oberfläche, schäumt wie eine Explosion, die kurz vor dem Ausbruch steht. Ich renne auf sie zu, noch bevor ich darüber nachdenken kann. Mit dem Brieföffner in der erhobenen Faust stürze ich mich Sekunden später auf ihn.

Er dreht sich mir zu, während ich ihn angreife. Dunkle Augen mit einem Hauch Rot blinzeln in meine Richtung. Der Schwung lässt mich die Waffe in seine Richtung schleudern. Seine Augen werden größer und er versucht, zu reagieren, doch er ist zu langsam.

Ein silbernes Glitzern schimmert im Sonnenlicht als ich ihm den Brieföffner in den Rücken ramme. Er durchbohrt das Hemd und sein Fleisch, die stumpfe Klinge dringt in seinen Rücken wie ein heißes Messer in Butter.

Er brüllt und krümmt sich nach hinten. Schwarze Schwaden steigen aus seiner Wunde auf. Er scheint auf das Silber zu reagieren, scheint zu rauchen. Ich krabbele rückwärts zurück, doch er jault auf und stolpert umher, versucht den Brieföffner zu fassen zu bekommen, der tief in sein Fleisch gerammt wurde. Seine Arme schlagen wie wild um sich und einer erwischt mich mit dem Handrücken am Kopf.

Ich falle hin und schlage hart auf dem Boden auf, meine Sicht wankt.

Es ertönt ein Schlurfen, als Deimos sich vom Waldboden erhebt und ein Handgemenge bricht aus, als sich der zweite der Verfolger in meine Richtung stürzt.

Ich versuche mich selbst aufzurichten, doch das Ekelpaket ist zu schnell und schmeißt sich auf mich. Wir treffen auf dem Boden auf, ich unter ihm.

Reißzähne.

Das ist alles, was ich sehen kann.

Lange, spitze Eckzähne von denen Sabber tropft. Er zischt in mein Gesicht.

Ich schlage ihm mit meinen Fäusten ins Gesicht, kratze und ziehe an seinen Haaren, doch er hört nicht auf.

Das Maul der Bestie ist weit aufgerissen, seine starken Finger drücken mein Kinn nach oben und legen meinen Hals frei.

Ich schreie und kämpfe gegen ihn an. Ich kann nicht atmen.

„Du hättest schon vor langer Zeit sterben sollen, du Schlampe."

Tod. Das ist meine Vorstellung von dem, was auf mich zukommt. Ich hasse es, wie erbärmlich ich mich anhöre, wie die Tränen bereits meine Sicht verwässern, wie alles, woran ich in diesem Moment noch denken kann, meine Pflegefamilie und Nickie sind, und wie viel sie bei meiner Beisetzung weinen werden. Dumme, schmerzhafte Gedanken umgeben mich.

Er senkt seine Hand zwischen uns und reißt an meiner Jeans.

Ich hasse ihn, abscheuliches Stück Scheiße. Ich bedeute ihm so wenig, dass er mich gleichzeitig vergewaltigen und umbringen würde.

Ich kralle meine Fingernägel in sein Gesicht.

Seine Lippen saugen sich an meinem Hals fest, Zähne verletzen meine Haut.

Ich bin gelähmt.

Im Bruchteil einer Sekunde wird er von mir hinunter geschleudert und knallt gegen einen Baum, bevor er wie ein Sack auf dem Boden aufschlägt.

Deimos steht vor mir, blutig und mein verdammter Held. „Bewege dich nicht." Er knurrt und schnappt sich einen dicken Ast vom Boden, dessen Ende von Natur aus Spitz ist.

Er stürzt sich auf den Verfolger und packt ihn am Hals. Mit seiner anderen Hand rammt er den Strunk mit voller Gewalt in seinen Bauch und spießt ihn gegen den Baum auf. Dann lässt er vom Hals der Bestie ab, ergreift den Ast und stößt ihn noch tiefer hinein. Ich kann mir nicht ansatzweise vorstellen, wie viel Kraft es dafür bedarf.

Mit bebenden Armen tritt er zurück.

Das Biest brüllt vor Schmerzen und Blut strömt aus seiner Wunde. Es ist schauerlich und grausam und die Kreatur windet sich noch immer, doch sie hätten uns beide getötet.

Deimos jagt dem schwarzäugigen Widerling hinterher, der etwas weiter weg vor sich hin taumelt und noch immer versucht, das Silber, das in seinem Rücken steckt, zu entfernen. Es dauert nur einen Moment bis Deimos beide Monster an unterschiedlichen Bäumen aufgespießt hat. Blut sprenkelt die Blätter wie helle rote Farbe. Es sieht nicht echt aus.

Aber ich kann meinen Blick nicht lösen, wollte, dass meine Verfolger leiden, für das, was sie uns beinahe genommen hätten. Unsere Leben.

Ich zittere so heftig und Sterne tanzen in meinem Sichtfeld. Wut vermischt sich noch immer mit der Furcht.

Sie haben uns fast getötet.

Deimos stürmt auf mich zu, ergreift meinen Ellbogen und führt uns mit großen Schritten aus dem Wald heraus. Meine nackten Füße schreien vor Schmerzen, jedes Mal, wenn ich auf etwas Scharfes trete.

Ich kämpfe gegen ihn an und ich weiß, dass er sauer ist. Er schleift mich den ganzen Weg bis zum Lamborghini und hievt mich dann gegen ihn. Brust an Brust.

Ganz instinktiv schießt meine Hand zwischen uns nach oben und legt sich auf seine Brust. Er brennt förmlich, meine Hand glüht von unserer Berührung.

Ich zittere so stark und meine Hände ballen sich zu Fäusten. „Sie hätten dich töten können."

„Ich habe dir gesagt, du sollst im Zimmer bleiben", rügt er mich.

„Richtig. Und hätte ich auf deine dumme Anweisung gehört, dann wärst du jetzt tot. Und was dann?"

„Du hättest ums Leben kommen können, weil du herausgekommen bist", brüllt er mich an, seine Wangen rot vor Zorn. Seine Finger quetschen fest meinen Arm, während er mich nah an sich hält, so verdammt nah. „Ich möchte dir den Hintern versohlen dafür, dass du da draußen so eine Scheiße abgezogen hast."

Wir starren uns gegenseitig in die Augen, und das

brennende Feuer in meiner Brust explodiert. Ich kann nur noch diese vollen Lippen sehen, den vor Verlangen ertrinkenden Ausdruck in seinen Augen. „Lass mich los!", schreie ich.

Stattdessen kommt er näher und mein Körper reagiert direkt. Unsere Münder berühren sich und unser Kuss ist urig und chaotisch. Überall Zähne und Lippen und Hände. Meine Finger gleiten durch seine Haare, krallen sich darin fest und zerren ihn näher an mich heran. Ich beiße ihm auf die Lippen und der Geschmack süßen, metallischen Bluts verweilt auf meiner Zunge. Meine Hände packen ihn am Kragen und ich ziehe ihn fest an mich. Ich träume davon, ihn zu küssen, seit ich ihn in der Bar gesehen habe und jetzt passiert es tatsächlich.

Vielleicht hasse ich ihn, ja, aber ich will ihn noch viel mehr.

Starke Hände packen meine Hüften und er hat mich so schnell auf seinen Armen und von meinen Füßen, dass ich gar nicht damit gerechnet habe. Ich schlinge meine Beine um seine Taille und er presst mich gegen die Seite des Wagens, küsst mich mit dem Hunger eines Wolfs.

Die Beule in seiner Hose ist steinhart und er spielt damit zwischen meinen Oberschenkeln, drückt sie fest gegen mich. In mir schmilzt von der Reibung flüssiges Feuer dahin und ich bin machtlos von seinem Gefühl.

Er stöhnt tief, als seine Hand meine Brust berührt und seine Finger meine Brustwarze kneifen.

Bei seiner Berührung ringe ich um Atem und sofort bin ich klatschnass.

Ich gehe unter in seinen Armen, bin in diesem Moment unsicher, wer ich bin, jedoch fühle ich mich ganz klar als eine Frau, die bereit ist, zu sterben, wenn sie ihn nicht haben kann. Die Verfolger sind vergessen, sowie auch meine verlorenen Erinnerungen.

„Ich will dich", atme ich in seinen Mund und ich höre das Brummen in seiner Brust, das animalische Verlangen, das auch in mich gefahren ist.

Er krallt sich in meinem Hemd fest, zieht es mir von den Schultern, während er suchend meine Lippen wiederfindet. Ich atme extrem schnell. „Du willst, dass ich dich ausfülle?"

Ich nicke, meine Atemzüge kommen nun so rasch und ich kann mich nicht mehr auf meine Stimme verlassen.

Seine Zunge dringt in meinen Mund ein während seine Hand unter mein Hemd gleitet.

Bei dieser Berührung halte ich inne.

Er zerreißt den Stoff meines Büstenhalters und seine Finger umschließen meine steife Brustwarze, quetschen sie zusammen. Ein Stöhnen kommt mir über die Lippen, als er an meiner Haut zieht, während er seinen Schoß gegen meinen presst.

Gott, ich bin kurz davor zu explodieren.

Er drückt und drückt, verschlingt mich förmlich.

„Du gehörst mir", befiehlt er mir.

Bei diesen Worten brenne ich lichterloh. Ich verliere die Kontrolle und ich zittere an ihn gedrückt. In der Nähe erklingt das Geräusch von sich krümmendem Metall, doch ich bin zu verloren, um zu erkennen, was es ist. Ich lasse ein winselndes Stöhnen los und krampfe voller Euphorie, die durch meinen Körper strömt. Dieser Orgasmus kommt so schnell, so verdammt harsch, sodass die Welt um mich herum hin und her flimmert. Der Höhepunkt bahnt sich seinen Weg durch meinen Körper und mein Innerstes zieht sich zusammen.

Deimos beißt sich in meiner Schulter fest und verletzt meine Haut.

Mir entweicht ein Aufschrei voller schmerzhaftem Vergnügen.

Der Parkplatz um uns herum kräuselt sich plötzlich und verschwindet um uns herum, der Lamborghini mit seinen verformten Türen bringt mich ganz aus der Fassung, denn das war das Geräusch, das ich gehört hatte. Blitzschnell verschwindet er.

Die Dunkelheit erdrückt und umgibt uns blitzschnell.

Ein grauenvoller Wind schlägt uns entgegen, während ein Heulen in der Ferne die Luft spaltet.

Wir reißen uns voneinander los, atemlos und stolpern beide im schummrig erleuchteten Wald umher. Als ich mich aber umdrehe, um hinter mich zu blicken, gerate ich vor Schreck ins Taumeln.

Das Motel und das Tageslicht sind verschwunden.

Die massive Mauer eines Schlosses befindet sich hinter uns. Schwindende Nacht umgibt das Land und über uns hängen zwei Vollmonde im Himmel.

Ich möchte wegrennen, fliehen, und es bedarf all meiner Willenskraft nicht zu schreien.

Verwirrung durchfährt mich und ein Gefühl der Panik ergreift mich. „Was hast du getan?" Meine Stimme zittert.

„Das warst alles du, mein Kätzchen."

9

GUEN

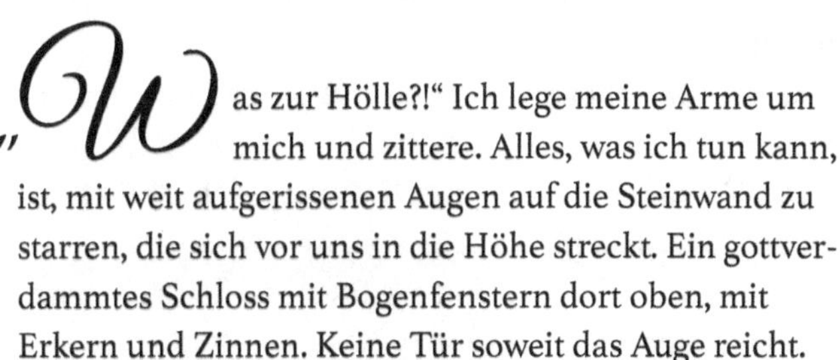

„Was zur Hölle?!" Ich lege meine Arme um mich und zittere. Alles, was ich tun kann, ist, mit weit aufgerissenen Augen auf die Steinwand zu starren, die sich vor uns in die Höhe streckt. Ein gottverdammtes Schloss mit Bogenfenstern dort oben, mit Erkern und Zinnen. Keine Tür soweit das Auge reicht.

„Wo sind wir?", murmele ich, doch tief in meinem Verstand kommen mir die Worte *Königreich der Irrfahrten* in den Sinn.

Auf Grund von Fetzen meiner Erinnerungen und dem, was Deimos mir erzählt hat, weiß ich, wo ich bin... und ich bekomme eine Gänsehaut am ganzen Körper.

Trotzdem sind es zu wissen und zu glauben zwei Paar Schuhe. Doch ich kann nicht leugnen, was meine Augen nun erblicken.

„Scheiße", brummt Deimos und seine menschliche Gestalt ist verschwunden. Er steht in alle seiner Feenpracht neben mir. Langes, weißes Haar schlägt im Wind gegen seinen Rücken, seine durchdringlichen grünen Augen verengen sich, während sich ein höhnisches

Lächeln auf seinem Gesicht entwickelt. „Von allen Orten, die es gibt, musstest du uns hier her bringen.“

Ich erstarre. „Ist dies dein Königreich?“

Die dichten Wälder in unserer Nähe tanzen im Wind und ich bin zu Tode verängstigt und erwarte größtenteils, dass sich jeden Moment etwas auf uns stürzt. Mein blondes Haar fällt mir über die Schultern und weht mir vom heulenden Wind ins Gesicht. Mein Herz rast so schnell und mein Gehirn versucht es einzuholen, versagt dabei aber kläglich.

Meine Haut prickelt und kribbelt, als mich eine Hitzewelle ergreift. Das Gefühl kommt und geht, fühlt sich statisch an und die Haare auf meinem Arm stellen sich auf.

Kalte Luft zieht an uns vorbei, hilft aber kaum dabei, mich abzukühlen.

Das Königreich aus meinen Träumen, der Palast, aus dem die Prinzen kommen... Das ist, wo wir sind. Und doch, das Loch in meiner Erinnerung erstreckt sich in ein schwarzes Nichts.

„Wir müssen jetzt los.“ Er schnappt sich meine Hand und wir rennen los. „Wir sind im verdammten Aschehof.“ Ein Knurren entweicht seiner Brust—er ist stinksauer— und er nörgelt leise Dinge, die ich nicht verstehen kann.

Er trampelt bei jedem Schritt und ich fliege ihm praktisch hinterher, da er mich so schnell voran zieht. Sein Griff quetscht meinen Arm so fest ein, dass ich zusammenfahre.

„Du tust mir weh.“ Ich lehne mich gegen ihn auf, doch er zieht mich hinter sich her, bis wir im Schatten unter einer riesigen Eiche angelangt sind. Ihre glänzenden, bronzefarbenen Blätter funkeln im Mondschein.

Wir halten inne und ich ringe nach Luft.

„Höre mir zu“, flüstert er mit hastiger Stimme. „Dies

ist der Aschehof, das Zuhause der Unseelie Feen. Wenn sie uns auf ihrem Land entdecken, werden sie uns auf die schmerzhafteste Weise, die es gibt, töten. Willst du heute sterben?"

Seine dunklen Worte lassen mich erschaudern und ich kann die Angst in seinen weit aufgerissenen Augen entdecken, seine geweiteten Pupillen nehmen immerzu unsere Umgebung in sich auf. Alles, an was ich denken kann, ist, was der Blutverfluchte im Aufzug zu mir gesagt hat: *Der König des Aschehofs hat nach dir gerufen.*

Ich atme schwer und meine Worte kommen mir nicht über die Lippen, also schüttele ich mit dem Kopf. Die Furcht in Deimos Stimme zu hören, macht mich nicht mehr dazu bereit, diesen König zu treffen.

„Gut. Dann rennen wir so schnell wir können und ganz gleich was geschieht, bleibst du nicht stehen. Wenn ich zurückfalle, bleibst du nicht stehen. Wenn ich sterbe, bleibst du nicht stehen. Du läufst, bis du den Zaun erreichst und dann kletterst du darüber. Halte dich in Richtung Norden. Hast du mich verstanden?" Seine Hände umklammern meinen Arm und seine Finger bohren sich tief in mein Fleisch. Er fürchtet sich zu Tode. So habe ich ihn noch nie zuvor gesehen, auch nicht, als er diesen beiden Stalkern gegenüberstand.

„Du machst mir Angst." Schweiß läuft mir jetzt über den Rücken und beim besten Willen hatte ich keine Ahnung, wo Norden war.

„Du solltest Angst haben. Die Unseelies sind schonungslos und böswillig—sie sind die dunkelsten der Feen. Wir sind ihre Feinde."

Es gibt zwei Königreiche. Den Schattenhof und den Aschehof. Todfeinde schon so lange ich zurückdenken kann.

Ich kenne diese Feen noch nicht einmal, aber er stuft sie als meine Feinde ein. „Aber ihr seid doch alle nur

Feen?" Diese Worte kommen mir über die Lippen während in mir die Anspannung auflodert.

„Jede Münze hat zwei Seiten." Er blickt über seine Schulter.

Panik legt sich wie Stacheldraht um meine Brust. Ich kenne diesen Ort nicht, jedoch möchte mich jemand umbringen.

„Ich habe keine Angst." Ich bin eine furchtbare Lügnerin, aber ich möchte ihn davon überzeugen, damit er mich nicht als hilflos betrachtet.

Meine Atemzüge werden immer schneller und ich starre ständig das Schloss hinter uns an. Auf die Schatten, die das erhabene Schloss wirft. Ich unterdrücke die Tränen, hasse es, dass ich mich so schlimm fürchte, und dass ich meine Emotionen nicht kontrollieren kann. Ich möchte nicht, dass Deimos sieht, wie ich weine und die Kontrolle verliere. Auch wenn der Puls in meinen Venen wie ein tosender Fluss tobt.

„Lass uns gehen", befiehlt er.

Ich zeige kaum eine Regung auf seine Anweisung hin, doch innerlich schaudere ich.

Er beginnt loszulaufen, seine Hand fest um meine und sein Blick ist getränkt mit Furcht.

Wir rennen über ein Feld, meine nackten Füße treffen auf dem Gras und der weichen Erde auf. Je mehr Distanz wir zwischen uns und das Schloss bringen, je dichter wachsen die Wälder.

Ich habe mir selbst geschworen, zu versuchen, normal zu sein und in der wirklichen Welt zu bleiben. Ich würde die Kontrolle über meine Emotionen nicht erneut verlieren.

Und dann kam Deimos und der heutige Tag war dermaßen beschissen, dass es dafür keine Worte gibt. Noch nicht einmal die Zeit in den Pflegeheimen, wo mich andere Kinder geschlagen, mir meine Sachen gestohlen und die Haare, während ich schlief, abgeschnitten hatten, hatte mir solche Angst eingejagt. Mein Herz zerspringt und es ist alleine auf das knirschende Gefühl in meiner Brust zurückzuführen. Jenes Gefühl, das mir sagt, dass dies die Realität und nicht nur meine Vorstellung ist.

Dass ich eine Fee bin.

Dass dies der Ort ist, an den ich gehöre.

Ein Déjà Vu steigt in mir auf, als wäre ich bereits einmal hier gewesen.

Ich habe keine Ahnung, was hier wirklich vor sich geht, doch ich renne um mein Leben. Noch immer weiß ich nicht, wie meine Rückkehr auch nur ansatzweise die beiden Königreiche, die sich bekriegen, retten soll. Das hat nichts mit mir zu tun.

Schatten bewegen sich um uns herum, doch ich sehe nicht hin. Ich kann nicht hinsehen, ohne dass die Angst mir den Strohhalm der Kontrolle, an den ich mich klammere, stiehlt.

Adrenalin durchflutet meine Venen und jeder Atemzug strömt abgerissen durch meine Lungen.

Deimos sprach immer wieder von einem Portal und ich habe es nie verstanden. Ich weiß nicht wie, aber wir sind hindurch gekommen, während ich den besten Kuss meines Lebens erlebt habe. Male dir das mal aus.

In der Ferne erhoben sich die Berge um uns herum, die Spitzen weiß vom Schnee.

„In diese Richtung." Deimos reißt mich scharf nach links herüber in Richtung der Wälder.

Rasche sehe ich hinter mich in Richtung des Schlosses, auf die Schatten, die über das Land huschen wie Gestalten, die uns folgen. Ein flackerndes Licht lodert in einem der Bogenfenster.

In Sekundenschnelle rase ich in die Wälder, meine

nackten Füße stolpern über tote Zweige und Laub. Meine Fußsohlen ächzen vor Schmerzen verursacht durch die spitzen Dinge, auf die ich trete, doch Deimos erlaubt mir nicht, inne zu halten. Er bewegt sich so rasch voran, dass ich nahezu hinter ihm her fliegen könnte.

Wir rennen aus den Wäldern, hinauf auf eine kleine Lichtung. In kurzer Distanz erhebt sich eine viereinhalb Meter hohe Steinwand, die sich auf jede Seite erstreckt.

„Stelle dich auf meine Schultern." Deimos bückt sich bereits nieder. „Beeile dich."

Ich atme nun so heftig und ich habe keine Zeit, dies zu überdenken. Ein kalter Wind trifft auf meinen Rücken, während ich schnell nach oben klettere, mit meinen Händen flach auf der eiskalten Steinwand, um das Gleichgewicht zu halten.

Deimos verlagert sein Gewicht, steht langsam auf, mit seinen Händen fest um meine Knöchel geschlungen.

Ich stolpere, versuche die Balance zu finden und taumele seitwärts. Mein Magen kommt mir bis zum Hals hoch, doch ich bohre meine Finger in die Fugen der Steine und versuche, mich zu stabilisieren.

Meine Hände strecken sich nach dem oberen Ende der Mauer aus und meine Finger klammern sich an die kleine, hervorstehende Kante. Mein Herz rast mit eintausend Stundenkilometern. Ich halte mich wie ein Affe an der Mauer fest, schweißgebadet trotz der Kälte.

„Schnell, klettere hinüber und spring."

Ich drücke mich selbst hoch, doch meine Arme zittern, denn ich habe nicht genügend Kraft darin, um mich aus diesem Winkel selbst hinaufzuziehen. „Ich kann nicht", atme ich.

Bevor ich mich versehe, packt mich Deimos fest an meinen Knöcheln und stößt mich nach oben.

Das Essen in meinem Magen wirbelt herum und ich

kämpfe damit, mich selbst hinauf zu drücken. Ich schwinge ein Bein hinüber und starre hinab auf die andere Seite. Vertrocknetes, braunes Gras, das auf einem Hügel herunter wächst, der zu einem Fluss führt. Dahinter befindet sich ein zerklüfteter und ausgefranster Wald, der mir eine Gänsehaut bereitet. Das Land auf dieser Seite hat keine schimmernden Blätter oder einen perfekten Rasen, stattdessen gleicht es einem verzaubertem Wald.

„Spring hinüber", weist Deimos an.

„Was ist mit dir?" Ich sehe auf seine Seite hinüber, doch er klettert die Wand bereits mit perfekter Leichtigkeit nach oben. Oben habe ich mich festgeklammert und blicke über die Baumwipfel zum Schloss. Es glitzert nahezu golden unter dem Schein des Doppelmondes. Es ist spektakulär und das Kribbeln auf meiner Haut wird intensiver.

Deimos schnappt sich die Rückseite meines Hemds und zieht mich daran auf die Füße, als wäre ich eine wilde Katze, die er auf der Straße gefunden hat. Mich fest an sich drückend, springt er zusammen mit mir nach unten.

Ich möchte schreien, unterdrücke aber die Panik.

Wir treffen hart auf dem Boden auf und ich falle auf meine Knie. Ein grunzendes Geräusch ergießt sich über meine Lippen.

„Wir müssen weiter." Er packt meinen Arm und zerrt mich dann den Hügel hinunter.

Ich will anhalten und Luft holen, damit der Schmerz in meinen Oberschenkeln nachgibt und mein rasendes Herz sich beruhigen kann, bevor es in meiner Brust explodiert.

Endlich halten wir inne und ich lasse mich gegen einen Baumstamm fallen, während Schmerzen Besitz von meinem Körper ergreifen. Ich kann kaum meine Beine

spüren, abgesehen von dem klopfenden Puls und dem
Stechen angestrengter Muskeln. Es ist unmöglich, gleich-
mäßig zu atmen. „Wohin gehen wir?"

„Shh", zischt er in meine Richtung mit in Falten
gelegter Stirn. „Keinen Ton."

So viele Fragen schwirren durch meinen Kopf, wie
zum Beispiel, warum sich die beiden Höfe hassen. Aber
mehr noch als alles andere, wünsche ich mir, dass ich
mein Handy hätte, um Feen zu googlen und um genau zu
verstehen, was *Seelie* und *Unseelie* bedeutet. Für jeden
Streit, für jeden Krieg gibt es einen Grund. Füge noch
Macht hinzu und das totale Chaos wird ausbrechen.
Bekämpfen sich diese Feen also aus politischen Gründen,
oder wegen der Macht über dieses Land?

Deimos ist still wie die Nacht, schnappt nicht wie ich
nach Atem, während er die dunklen Wälder um uns
herum beobachtet. Er beschützt mich schon von Anfang
an und auch jetzt vertraue ich darauf, dass er dasselbe tun
wird. Was mir jedoch Sorgen bereitet, ist die Frage, wohin
wir gehen und was dies für mich zu bedeuten hat. Mein
Instinkt sagt mir, dass ich nicht so bald wieder nach
Hause kommen werde.

Deimos wirft sich im selben Moment mit kreideble-
ichem Gesicht in meine Richtung. Die Angst trifft mich
wie ein Schlag in die Brust... Ich kenne diesen Ausdruck.
Er bedeutet, dass jeden Moment etwas Furchtbares
geschehen wird.

Ich weiche zurück, doch er greift nach meinem Arm
und schubst mich hinter den Baum.

Ein Luftstoß streift meinen Rücken, der mir die Haare
ins Gesicht weht.

In Sekundenschnelle wird Deimos mir entrissen und
ich kann ihn nicht mehr sehen.

Ich wanke von der Bewegung und halte mir den Mund mit der Hand zu, damit ich nicht schreie.

Schweiß läuft meinen Nacken hinab. Auf den Fersen drehe ich mich um und presse meinen Rücken gegen den Baum. Ich habe keine Ahnung, was mich erwartet, doch die Furcht, die durch meine Venen gepumpt wird, breitet sich aus.

Ich kann Deimos nicht sehen.

Es ist unmöglich, mich zusammenzureißen.

Ein Schrei kommt mir über die Lippen.

Die Dunkelheit bewegt sich und ein Schatten stürzt sich auf mich.

Meine Knie geben unter mir nach, während mein Leben vor meinem inneren Auge an mir vorbeizieht.

10

GUEN

Eine Gestalt stürzt aus den schattigen Wäldern heraus auf mich zu und ich erstarre vor Angst.

Adrenalin rauscht durch mich und füttert meinen Instinkt.

Ich muss weg hier, verdammt noch einmal fliehen.

Ich mach auf dem Absatz kehrt und renne. So schnell sie nur können, trampeln meine Füße über den Waldboden. Die Luft strömt wie wahnsinnig in und aus meinen Lungen heraus. Zweige streifen mein Haar und mein Gesicht, doch ich bleibe nicht stehen. Das ist mir egal.

Die Panik hält mich fest umklammert und betäubt mein Gehirn. Es sind die Stalker. Sie haben mich gefunden.

Eine große Hand schnappt sich die Rückseite meines Hemds und zerrt mich zurück.

Ich schreie, während ich mit dem Rücken auf den Boden aufschlage.

Ein Mann sieht auf mich herab und bietet mir seine Hand an. Dunkles Haar, gesprenkelt mit ein wenig Silber, das kurz geschnitten und mit einem Seitenscheitel frisiert ist. Er hat einen weißen, kurzen Bart und in seinen Augen schimmert eine Weichheit, die mich irritiert.

Ich rolle mich in die entgegengesetzte Richtung und raffe mich auf, um vor ihm zurückzuweichen.

„Wer bist du?", frage ich schnippisch. „Bist du einer von ihnen? Den Blutverfluchten?"

Der Mann mit der verheilten Narbe an der Seite seines Gesichts lacht mich aus und ich hasse ihn direkt von Anfang an. Er trägt eine schwarze Lederdublette, vorne geschnürt bis oben zu seinem Hals. Ein dicker Gürtel umschlingt seine Hüften, in dem auf jeder Seite ein Messer in seiner Scheide steckt. Er hat ein bedrohliches Auftreten... ein Krieger, der mich zum Schlucken bringt.

„Du bist nicht hier aus der Gegend, nicht wahr?", fragt er mit rauer Stimme, während sein Blick auf meine Brust und anschließend tiefer fällt, bis auf meine nackten Füße herab. Meine Zehen winkeln sich an, zwischen ihnen steckt Gras und Dreck.

Er tritt näher und das Mondlicht scheint in sein Gesicht, offenbart einen älteren Mann, vielleicht in seinen Fünfzigern oder Sechzigern. Meine Aufmerksamkeit fällt auf die spitzen Ohren. Sie sind nicht übermäßig lang... doch es sind Feenohren. Deimos Worte kommen mir wieder in den Sinn, dass einige Familien lange Ohren haben.

Ich zwinkere fest.

„Meister der Jagdfauna, Gabel Wulfe." Er reicht mir seine Hand. „Komm. Wir müssen diese Wälder verlassen. "

„Fass mich nicht an", fauche ich und weiche vor diesem Mann zurück, während ich schwer atme. „Wo ist

Deimos?" Die dunklen Wälder geben nichts preis und alles, was ich spüre, sind die Wellen der Angst, die meinen Körper durchströmen.

Ein Schatten bewegt sich zu meiner Rechten, in die entgegengesetzte Richtung, aus der ich gekommen bin.

Die Büsche rascheln wild und ich habe Probleme zu atmen.

Gabel zuckt nicht einmal mit der Wimper und ich versuche seinem Blick zu entrinnen. „Welchem Hof entstammst du, meine holde Dame?"

Blätter und Zweige der Büsche wirbeln umher und mein Herz ist kurz davor, mir aus der Brust zu springen. „Deimos, ich hoffe, dass du das bist!"

Ein Knurren aus der Dunkelheit wird auf dem Wind getragen.

Meine Gedanken sind voller Bilder einer Bestie, die uns angreift. Ich weiche rasch zurück, als jemand so schnell aus den Schatten springt, dass nur etwas Verschwommenes zu erkennen ist. Es stürzt sich auf Gabel. Beide knallen aneinander und schlagen ausatmend auf dem Boden auf. Es gibt nur noch Brummen und Fäuste, und sie rollen in der Dunkelheit umher.

Meine Atemzüge sind kurz und abgehackt, ich zittere am ganzen Körper. Ich bücke mich und ergreife das Erste, was mir in die Finger kommt. Ein Stein. Das Verlangen, fortzurennen, brennt in meinem Verstand, meine Füße bewegen sich jedoch nicht.

Im Durcheinander von Körpergliedern und wirrem Grunzen fängt weißes Haar den Mondschein ein.

„Deimos?", brülle ich mit plötzlich kräftiger Stimme. Meine Hand umklammert den Stein.

Gabel lacht wiehernd, während er Deimos mit Leichtigkeit von sich hinunterstößt. Deimos klettert motzend auf seine Füße. Ohne mich eines Blickes zu würdigen, geht er auf den alten Mann zu und zieht ihn am Arm auf die Beine.

„Ihr beide kennt euch?", platzt es aus mir heraus und ich kann mich kaum bremsen, nicht den Stein nach ihnen zu werfen, da sie mich zu Tode erschreckt haben.

Nichts möchte ich mehr, als allen zu sagen, dass sie mich mal kreuzweise können. Ich bin es leid, bei jedem Geräusch zusammenzuzucken und so viel Angst zu haben. Als hätte ich vergessen, wie eine normale Person zu reagieren.

Deimos wendet sich mir zu, während er mit der Hand Dreck und Blätter von seiner Kleidung fegt. „Bitte? Hast du etwas gesagt?" In seinem Haar hat sich ein kleiner Zweig und noch mehr trockenes Laub verfangen.

Ich lege meine Finger auf meinen Nasenrücken und bin kurz davor, ihn anzuschreien.

Als würde er meine Frustration spüren, sagt er: „Gabel ist ein alter Freund der Familie. Er hat mir gute Anschleichtechniken beigebracht, als ich jünger war, wie auch dieses Kunststück, das ich gerade vorgeführt habe. Außerdem hat er mich einige Male auf die Jagd nach Wild mitgenommen, wenn er nicht mit dem König auf der Pirsch war."

„Sohn, ich denke nicht, dass jeder im Schattenhof zustimmen würde, dass ich ein Freund der Familie war." Er klopft mit der Hand auf Deimos Rücken.

Ich lasse den Stein aus meiner Hand fallen. Mein Blick wandert von einem Mann zum anderen, als sich beide mir zuwenden. Ganz gleich, wie genau ich mir Gabel anschaue, ich erkenne ihn nicht.

„Gabel, das ist Gue-Gainy. Eine Bekannte von Luther. Sie ist nicht aus dieser Gegend, also stelle dich auf seltsame Fragen ein." Er lacht und ich knirsche mit den Zähnen. Er ist furchtbar darin, sich Namen auszudenken. Mein Blick fällt wieder auf den Stein zu meinen Füßen, die Idee von gerade eben kommt mir wieder in den Sinn.

Gut, es ist mir egal, dass Deimos nicht möchte, dass dieser Mann weiß, wo ich herkomme, aber stell mich nicht als einen Idioten dar.

„Eine Freude, dich zu treffen." Gabel streckte seine Hand in meine Richtung aus und ich akzeptiere zögerlich. Er zieht meine Fingerknöchel an seinen Mund für einen kleinen Handkuss, bevor er sie wieder freigibt. Das habe ich nicht erwartet. Einen Großteil der Dinge, die ich in den letzten Tagen erlebt hatte, habe ich nicht erwartet. Ein Kuss von einem Fremden aber überrascht mich.

„Alle Bekannten des Prinzen des Schattenhofs sind meine Freunde", gibt er zu, obwohl seine Augen von Anspannung umgeben sind und ihm Frustration ins Gesicht geschrieben steht.

„Wir müssen diesen Ort verlassen, so lange uns noch die Nacht umgibt", sagt er.

Die Art, wie er über dich Nacht spricht, hat etwas Beunruhigendes an sich. Der kalte Wind bewirkt, dass mir ein kalter Schauer über den Rücken läuft, und ich bin bereit, diesen Ort schnell zu verlassen.

Gabel dreht sich um, begutachtet die Wälder und das Schwert, das er trägt, erregt meine Aufmerksamkeit. Es steckt in einer Lederscheide und ist diagonal über seinen Rücken geschnallt.

Deimos ist still und ich frage mich, ob er wirklich ein Freund von Gabel ist.

„Bist du auf der Jagd nach Wild?", fragt Deimos Gabel nach einiger Zeit, als er näher auf nahezu beschützerische Art auf mich zukommt. Ich koche innerlich noch immer auf Grund der Tatsache, dass er mich so erschreckt hat, aber ich kann die Wärme spüren, die sein Körper abgibt und bin froh, ihn in meiner Nähe zu haben.

Deimos wirft mir einen schnellen Blick zu, der meine Ängste bestätigt. Ein seltsames Gefühl kribbelt auf meiner Haut. Ich weiß nicht, ob ich mich vor den Wäldern oder diesem bewaffneten Fremden fürchten soll.

Gabel fährt sich mit der Hand durchs Haar, welches immer noch von ihrem Kampf zerzaust ist und Mattigkeit zeichnet sich in seinem Gesichtsausdruck ab. Er blickt über seine Schulter. „Es geht um eine persönliche Angelegenheit, die ich mit deinem Vater, dem König, klären muss", flüstert er.

„Er ist nicht mein Vater", entgegnet ihm Deimos wütend. „Ich habe es gehasst, als du es vor zwei Jahren gesagt hast und ich verabscheue es nun sogar noch mehr."

„Mit deiner Mutter verheiratet zu sein macht ihn zu deinem Vater in den Augen des Hofs."

Deimos senkt augenblicklich seinen Kopf, murmelt sich selbst finster zu, bevor er sich an Gabel wendet.

„Bist du hier auf Anweisung von Königin Sarey? Oder wechselst du die Seiten vom Aschehof und kehrst zu uns zurück?" Der Hass in Deimos Stimme beunruhigt mich und ich weiß vielleicht nicht, was vor sich geht, aber das, was ich weiß, sagt mir, dass es sich um zwei verfeindete Königreiche handeln muss, und das Wort *Aschehof* lässt die Alarmglocken in meinem Kopf losgehen.

Jene, aus meinem Königreich, werden gejagt.

„Sohn, du weißt, weshalb ich vor all diesen Jahren den Schattenhof verlassen musste."

„Wir hätten dich beschützt." Deimos Stimme hebt sich, sein Körper lehnt sich nach vorne, als wäre die Vergangenheit mit Gabel eine Wunde, die noch immer nicht verheilt ist. Der Wind nimmt zu, sein weißes Haar weht wie ein Banner über seine Schultern.

„Prinz Deimos, hältst du mich für einen Narren? Denkst du ehrlich, dass du und deine Brüder mich vor dem Zorn eurer Mutter beschützen hättet können? Sie hat König Tibout davon überzeugt, so viele, die der vorherigen Königin loyal folgten, niederzumetzeln. Ich hatte keine Wahl, außer zu gehen."

„Warum ausgerechnet der Aschehof? Es gibt weiter östlich noch zwei weitere Höfe."

Gabel antwortet nicht direkt, doch Dunkelheit sammelt sich unter seinen Augen. „Überleben." Er hält sein Kinn weiter hoch und tief im Innersten kann ich spüren, dass er die Wahrheit spricht. „Ich hoffte, weiterhin Gutes aus den Wänden des Feindes heraus tun zu können."

Das entfernte Heulen eines Wolfs lenkt mich ab und ich beiße mir auf die Unterlippe, fühle mich verletzlich hier draußen stehend. Ich bete, dass es hier draußen keine monströsen Wölfe gibt. Werwölfe? *Es gibt sie nicht wirklich, oder?*

„Ist dies der Grund für den Besuch an meinem Hof?", fragt Deimos mit steifer Haltung und er sieht irgendwie anders aus, als der Mann, den ich zum ersten Mal in der Bar traf. Dort hatte er eine unglaubliche Anziehungskraft an sich, die mich zu ihm trieb. Jetzt... Er hat noch immer einen Einfluss auf mich wie kein anderer, doch ihn umgibt auch ein Hauch der Autorität.

Gabel nickt kurz und heftig, doch er gibt keinen Einblick in die Nachricht, die er überbringt. „Wir müssen diesen Ort verlassen. Wir sind zu nah am Aschehof."

„Wir sind auf dem Weg in dieselbe Richtung. Schließe dich uns an", fügt Deimos hinzu und seine Hand hat bereits nach meinem Ellbogen gegriffen. Seine Einladung ist eine freundliche—das kann ich in seiner Stimme hören—jedoch eine, die voller Hoffnung steckt, einen Teil der Informationen aus dem Mann herauszukitzeln, der dem Hof des Feindes abtrünnig ist.

„Bleibe dicht bei mir", flüstert Deimos und er zieht mich schnellen Schrittes hinter sich her. Die Erde ist kalt und hart unter meinen nackten Füßen. Was würde ich genau jetzt für ein Paar Turnschuhe geben.

Es wird nicht innegehalten und da Gabel die Führung übernommen hat, bewegen wir uns schnell voran. Deimos hält mich an sich gedrückt, was mir den Lauf unheimlich erleichtert, da er mir einen Großteil meines Gewichts abnimmt.

„Wann können wir zurück nach Hause in meine Welt gehen?", flüstere ich.

Er unterbricht mich und schüttelt mit dem Kopf, bevor er seinen Blick auf Gabel vor uns richtet und dann zurück zu mir schweifen lässt.

Sicher, später, wenn Gabel nicht bei uns ist. Es ist immer später, und dann könnte ich bereits hier draußen schon von Wölfen gefressen worden sein.

Ich erinnere mich nicht, wie lange wir schon unterwegs sind, aber ich bin außer Atem und meine Füße bringen mich um. Und ich bin mir ziemlich sicher, dass ich auf jedes scharfe Etwas in diesem Wald getreten bin.

Ächzend ziehe ich Deimos Aufmerksamkeit auf mich. „Stimmt etwas nicht?", fragt er.

„Ich bin müde."

Er hebt den Kopf. „Gabel, lass uns eine Pause machen. Etwas zu Essen wäre nicht schlecht."

Der Mann nickt und schwenkt nach links, wo das Land abfällt. Am Fuße des Hügels treffen wir auf einen zerklüfteten Steinberg und wir folgen einem Pfad. Ich kann mich nicht daran erinnern, wo wir sind, aber die Härte des Bodens ist unerträglich. Ich bin kurz davor, mich von Deimos loszureißen, als Gabel uns näher heranwinkt. Er verschwindet in einer Höhle.

Ja, danke!

Drinnen riecht die Luft moderig und ich kann die Hand vor Augen nicht erkennen.

Gabel eilt in die Höhle und wieder heraus um Stöcke zu holen. Innerhalb kürzester Zeit ist dort bereits ein wahnsinniger Haufen Holz und es dauert nicht lange, bevor der Schimmer tanzender Flammen in der Mitte der Höhle aufblitzt. Gabel kniet vor dem Haufen Stöcke, die er in Form eines Tipis aufgebaut hat.

Deimos sammelt große Steine in der Höhle auf und baut damit einen Kreis um das Holz.

Ich stehe da, absolut ahnungslos, wie man ein Feuer ohne Streichhölzer entzündet. Der einzige Campingausflug, auf dem ich je war, war mit der Schule und alles war vorbereitet für uns.

Mein Blick schweift hinüber zu Deimos, der die Höhle verlässt, um mit noch mehr Holz aufgetürmt auf seinen Armen zurückzukehren.

„Ich überlasse dir den Rest", weist Gabel an. „Ich mache mich auf die Jagd nach etwas zu Essen."

„Danke", sagt Deimos, als hätte es zuvor nicht noch eine Menge Anspannung zwischen den beiden gegeben.

Mir ist nicht im geringsten wohl bei dem Gedanken daran, dass Gabel alleine nach draußen geht, um zu jagen. Ich presse meine Zunge gegen meine Zähne und bete, dass Deimos weiß, was er tut.

Deimos

Ich sitze neben Guendolyn und strecke meine Beine in Richtung des Feuers aus. Das Knistern und Knallen füllt die Stille. Sie beobachtet den Eingang der Höhle wie ein Adler.

„Du bist in Sicherheit", sage ich.

„Was, wenn Gabel zum Aschehof läuft und mit einer Armee zurückkehrt? Machst du dir keine Sorgen?" Sie rutscht auf dem Boden herum und streckt dann ihre angewinkelten Beine aus.

Meine Aufmerksamkeit fällt auf ihre nackten Füße, die mit Schmutz bedeckt sind, und den Zustand ihrer Fußsohlen. Ich verspüre ein Stechen tief in meiner Brust aufgrund der Tatsache, dass es mir bis jetzt nicht aufgefallen war, dass sie barfuß ist.

„Zuerst einmal ist der Hof zu weit weg, als dass er dort hin laufen und zurückkehren könnte, bevor wir diese Höhle verlassen. Zweitens, warum hast du mir nicht gesagt, dass du keine Schuhe anhast?" Ich beuge mich nach vorne, nehme ihre beiden Knöchel und schwenke sie daran herum, damit sie mich ansieht. Dann lege ich ihr Füße in meinen Schoß und halte sie fest, während sie sich sträubt und versucht, sie wieder wegzuziehen.

„Was macht es für einen Unterschied? Mir geht es gut. " Sie wehrt sich und ich werfe ihr einen scharfen Blick zu.

„Es ist das Mindeste, was ich tun kann, nachdem ich dir so viel Leid zugefügt habe."

Sie schüttelt mit dem Kopf und schnaubt. Ich liebe es, wie süß sie aussieht, wenn sie wütend auf mich ist, wie sie ihre Nase rümpft, ihr Atem lauter wird und ihre Mundwinkel beginnen, zu zucken.

„Gut, aber sei bloß vorsichtig mit deinen großen Händen."

Ich muss wegen ihrer versuchten Beleidigung lächeln und widme mich ihren kleinen Füßen. Ein großes Blatt klebt an einer der Fußsohlen und ich ziehe es ab, gefolgt von jedem Stückchen Geröll, das an ihr klebt. Mit beiden Händen massiere ich mit meinen Daumen in kleinen Kreisen über ihre Sohlen. Überall hat sie kleine Kratzer. Sie hat Glück, dass sie keine Schnitte hat und nicht blutet.

Im Augenwinkel erkenne ich ein zufriedenes Lächeln, das sie zu verstecken versucht, indem sie wegschaut.

Zwischen uns herrscht Stille, das Feuer hält uns warm und ich kann nur an diese seltsame Anziehungskraft denken, die ich für sie empfinde. Es ist so falsch, wenn man bedenkt, dass Luther sie vergöttert. Selbstsüchtig möchte ich nicht, dass sie in die Arme meines Bruders zurückkehrt.

„Warum bin ich hier?", fragt sie und reißt mich aus meinen Gedanken. „Ich weiß, du hast etwas davon erzählt, den Königreichen zu helfen und von einem Fluch, aber warum ich?"

Ich entferne noch etwas mehr von dem Kies, der an ihren Zehen klebt und wische den Dreck, der ihre Haut verschmutzt, mit dem Daumen weg. „Weil du als Baby von hier gestohlen und auf der Erde mit menschlichen Eltern zurückgelassen wurdest."

Sie wird ganz steif, ihre Augen werden immer weiter und ein Flüstern kommt über ihre süßen Lippen: „Meine Eltern sind keine Menschen, nicht wahr?"

Ich sehe sie an und massiere weiter die weiche Stelle über ihrem Fersenbein. „Nein."

„Du weißt also, wer sie sind?" Ihre Stimme ist hoffnungsvoll und sie sieht mich mit diesem Ausdruck in den Augen an, der mich innerlich zerreißt, da ich lügen muss. Ich möchte nicht, doch ihr die Wahrheit zu erzählen, würde sie in Gefahr bringen. Im Moment ist es besser, wenn sie es nicht weiß.

Ich schüttele den Kopf und entscheide mich dazu, das Thema zu wechseln, denn ich weiß, sie wird weitere Fragen stellen. „Meine Brüder und ich glauben, dass du die Kraft hast, die all dem Blutvergießen in unserem Hof ein Ende setzen kann."

Sie blinzelt, sieht mich forschend an und ich kann sehen, wie sich die Zahnräder hinter ihren Augen drehen. „Ist dies der Grund, warum meine Mutter mich verlassen hat? Wegen meiner Kraft?" Ihre Stirn liegt in Falten und sie blickt mich voller Angst in ihren Augen an. „Ich weiß ja nicht einmal, was meine Kraft ist, doch sie muss schrecklich sein, wenn sie mich deswegen in einer anderen Welt aussetzt und nicht gekommen ist, um nach mir zu suchen." Der Kummer in ihrer Stimme ist herzzerreißend.

Mein Griff um ihre Füße auf meinem Schoß wird fester. „Nichts an dir ist schrecklich." Ich kämpfe gegen die Wahrheit an, die herauskommen möchte, Wort die ich ihr nicht erzählen kann, ohne sie noch mehr zu verletzen. Jedenfalls jetzt noch nicht, nicht bis sie in Sicherheit ist und versteht, dass unser aller Überleben von ihr abhängt. Dies ist nicht die Art Information, mit der ich sie heute Nacht verängstigen möchte.

Sie sitzt dort mit den Armen um ihre Taille geschlungen, runzeliger Stirn und halb geschlossenen Augen.

Sie hat eine Unschuld an sich, die sie zu verstecken versucht, doch ganz gleich wie stark sie gegen ihre Bestimmung ankämpft, sie kann nicht verdrängen, zu was sie auserkoren ist. Nicht, wenn es um so viele Leben geht. Wie auch der Rest von uns, hat sie sich dieses Leben nicht ausgesucht, wie aber meine Großmutter einmal zu mir sagte: *„Ein Leben in Angst ist ein verschwendetes Leben, also verhalte dich, als wäre es der letzte Tag deines Lebens. Lebe."*

Ich senke meinen Blick und streiche mit meinen Fingerspitzen entlang Guendolyns Zehen und zurück nach oben zu ihren Knöcheln. Ihre Haut zittert unter meiner Berührung, ihr Atem wird schneller und ich muss laut schlucken. Ihre Reaktion auf mich bringt mich durcheinander. Ich bekomme ihren Kuss nicht mehr aus meinem Kopf. Ihr berauschendes Verlangen ist wie ein Sturm. Er fegt herein und reißt alles mit sich, was sich ihm in den Weg stellt. Was in diesem Fall ich bin.

Alles an ihr ruft mich. Ich will sie so unglaublich sehr für mich alleine haben, doch es gibt ein Dutzend Gründe, warum ich mich nicht mit einer Frau wie ihr einlassen kann. Ein Dutzend Gründe, die nicht zu ihrem Schicksal passen. Dies ist der Augenblick, in dem ich schwören sollte, sie nie wieder zu küssen, nie wieder über sie auf eine andere Art nachzudenken, als dass sie die Retterin unseres Königreichs ist.

Die Wörter wollen mir nicht einfallen und meinen Blick von diesem Mädchen zu lösen scheint unmöglich. Ich will sie unter mir, rote Wangen die meinen Namen rufen, mit gespreizten Beinen. Damit ich ihr die dunkelsten Sünden zeigen kann, die sie nach noch mehr betteln lassen werden.

Ich hielt es immer für komisch, Luther dabei zu beobachten, wie er sich nach Guendolyn verzehrte, seit er sie vor zwei Jahren verloren hat, doch jetzt verstehe ich es. Nicht, dass ich verliebt wäre... zur Hölle, das ist nichts für mich. Ich habe gesehen, was zerbrochene Ehen mit Familien angetan haben und ich wollte nichts davon. Gebrochene Herzen, endlose Tränen, Zurückweisung... Dieses Messer steckt noch immer in meiner Brust.

Mein leiblicher Vater kommt aus dem Hause

Larmathier, eine der ältesten Familien im Königreich der Irrfahrten. Eines Tages ging er auf die Jagd und kehrte nie zurück. Er ist ein Wiesel ohne Rückgrat, lebt in einem Hof im Osten und hat eine Prinzessin geheiratet, die halb so alt ist wie er. Mutter hat versucht, ein tödliches Attentat auf ihn verüben zu lassen—wie man das so macht—doch am Ende war der Meuchelmörder tot. Ich weiß, dass Mutter nie aufgeben wird, bis er unter der Erde liegt. Ich habe es aufgegeben, mich dafür zu interessieren.

„Ist es üblich, dass Feenkinder auf der Erde ausgesetzt werden?", fragt sie mich, während sie mich mit Augen voller Verzweiflung anblickt und möchte, dass ich ihr erzähle, dass es Gang und Gebe ist, dass sie nicht alleine ist.

Jedoch möchte ich sie nicht anlügen.

„Es ist ein alter Brauch der auf die altertümlichen Traditionen zurückgeht und wird heutzutage kaum noch praktiziert. Feen tauschten menschliche Babies mit ihren eigenen aus als eine Möglichkeit, das Erdenkönigreich zu infiltrieren, um herauszufinden, welche Magie es in dieser Welt gab. Als sie aber herausfanden, dass er in Bezug des Zaubers nicht viel zu bieten hatte, hörten sie damit auf."

„Was ist mit diesen Kindern passiert?"

Ich schlucke den Kloß in meinem Hals hinunter und beantworte die Frage. „Ein Wächter holte sie heim, wo man sie dann verhörte über alles, was sie entdeckt haben. Nur wenige haben überlebt. Es waren barbarische Zeiten, die gesetzlich verboten wurden. Mein Stiefvater hat es unter Strafe gestellt, euer Königreich aufzusuchen und Missachtung wird mit dem Tod geahndet."

Ihr Kopf hebt sich. „Du aber hast es riskiert, um mich zu holen?"

„Weil wir deine Hilfe brauchen. Und er weiß nicht, dass ich dorthin gegangen bin—und er wird es nicht erfahren, bis wir sicher sein können, dass du in Sicherheit bist."

Ihr Atem wird schneller und ich kann das Schaudern auf ihrem zitternden Körper erkennen. „Das ist der Grund, warum du nicht wolltest, dass Gabel erfährt, wer ich bin", flüstert sie, während sie rasch auf den Eingang der Höhle blickt.

„Wenn irgendjemand herausfindet, dass du hier bist, werden sie dir wehtun, um Macht in dieser Welt zu erlangen."

„Aber du hast mich zuerst gefunden. Hast mich geholt, bevor es jemand anders tun konnte." Ihre blauen Augen verdunkeln sich und ihre Stimme füllt sich mit Gift.

„Nein, das ist es nicht—"

Sie schaut weg, gerade als Gabel zurückkommt und zwei Hasen hält, die er schon gehäutet und ausgenommen hat.

Guendolyn zieht rasch ihre Füße von meinem Schoß weg und setzt sich darauf. Ich möchte sie zur Seite nehmen und ihr sagen, dass sie sich irrt, wenn sie denkt, dass wir der Feind sind. Ich möchte ihr den Schmerz entreißen, der sich in ihr Gesicht frisst. Sie wendet ihren Blick ab und wischt sich über die Augen. Sie so zu sehen ist wie ein Fausthieb in meine Magengrube.

„Ich habe etwas zu Essen dabei", sagt Gabel, als er sich daran macht, das Fleisch aufzuspießen.

Ich ziehe erst meine Stiefel und dann meine Strümpfe aus, um diese dann in die Nähe des Feuers zu legen, damit sie warm werden. „Gainy, ich würde dir meine Stiefel anbieten, aber du würdest damit sicher hinfallen. Nimm wenigstens meine Socken."

Sie starrt mich an, noch immer wütend, und rührt die Socken nicht an, also werde ich sie im Moment erst einmal dort liegen lassen. Ich weiß, dass sie sie nehmen wird.

Nachdem ich meine Stiefel wieder angezogen habe, nehme ich einen der aufgespießten Hasen und halte ihn über die Flamme, damit er gar wird.

Niemand spricht und ich lasse meine Gedanken überall hin wandern, außer hier. Zu dem Fluss hinter unserem Schloss, den niemand aufsucht. Wo ich stundenlang schwimmen kann und man mich in Ruhe lässt, damit ich im Sonnenschein schlafen kann, jagen, dem Chaos des Königreichs entfliehen. Das war, bevor alles den Bach herunter ging, nachdem der Fluch sich ausbreitete. Jetzt grassieren die Blutverfluchten im Schattenhof und durchbrechen die Wände, um hineinzukommen. Ein Biss und das Virus ergreift Besitz von seinem Opfer. Wir werden angegriffen und diese einfachen Zeiten fühlen sich an, als wären sie in einer anderen Welt geschehen.

„Vorhin in den Wäldern", beginnt Gabel und widmet seine Aufmerksamkeit dem fast fertig gegrillten Hasen, „hätte ich schwören können, dass du mir sagen wolltest, dass der Name dieser lieblichen Damen Guendolyn ist." Gabel lacht und ich stimme ein, gluckse noch lauter.

„Ich habe gehört, sie ist schon lange tot", antworte ich und nehme den plötzlichen Ruck in Guendolyns Atmung wahr. „Gainy hier ist nur ein Mädchen, das Luther in einer Taverne östlich unserer Grenzen getroffen hat und von der er besessen ist. Ein gewöhnliches Barmädchen, aber wenn sie meinen Bruder für ein oder zwei Nächte glücklich macht, wer bin dann ich, seine fleischlichen Gelüste in Frage zu stellen?"

Guendolyn verschluckt sich und ich lehne mich hinüber, um ihr fest auf den Rücken zu klopfen. Sie schlägt meine Hand weg und ihr Blick könnte mich auf der Stelle häuten. Sie steht auf. „Ich gehe nach draußen, um etwas frische Luft zu schnappen", brummt sie.

„Nur vor die Höhle, wo ich dich sehen kann", weise ich sie an.

Sie sieht auf mich herab und ich bete, dass sie nichts Dummes sagt. Ich sehe ihr in die Augen, blicke sie flehend an, ihre Wut in Zaum zu halten.

Gabel wendet sich genau in dem Moment herum, um nach mehr Feuerholz zu greifen, als Guendolyn mir genau zwischen die Rippen tritt. Ich stöhne von dem scharfen Schmerz auf und beiße die Zähne zusammen. *Verdammt.*

Ich sehe ihr nach, wie sie hinaus marschiert und alles, woran mein Blick sich anheften kann, ist ihr fester Hintern und der Gedanke, wie sehr ich ihn versohlen möchte. Sie steht draußen genau vor dem Eingang. Von dort, wo ich sitze, kann ich nur einen Teil von ihr sehen und es bedarf all meiner Beherrschung, ihr nicht nach dort draußen zu folgen. Sie blickt über ihre Schulter und zeigt mir ihren Mittelfinger. Was das wohl zu bedeuten hat?

Scheiße, sie lässt mich vor Verlangen durchdrehen.

Plötzlich stürmt sie wieder hinein, krallt sich meine Socken, die neben dem Feuer liegen und schlendert dann erhobenen Haupts wieder nach draußen.

„Lebhaft", sagt Gabel. „Sie muss von sehr weit östlich stammen, da sie seltsame Kleidung trägt und weder dem Prinzen noch gleichgestellten Edelleuten Respekt zollt."

„Du kennst Luther. Er bevorzugt seine Mädchen wild und feurig." Ich beuge mich vor um nach mehr geröstetem Fleisch zu greifen und meine Seite brennt vor Schmerzen von ihrem Tritt. Ich reiße ein Stück von dem verkohlten Hasen ab.

Das kleine Problem, dass sie sich nicht an ihre Vergangenheit erinnert, ist etwas, an dem wir arbeiten werden, sobald wir sicher unser Königreich erreicht haben.

Ich stehe auf und gehe nach draußen, wo sie mit ihrem Rücken und verschränkten Armen gegen den Felsen gelehnt steht. „Komm, iss etwas", sage ich zu ihr. „Wir haben noch einen weiten Weg vor uns."

Wir schreiten durch die dunklen Wälder, Gabel zu meiner Rechten und Deimos zu meiner Linken. Die Nacht hüllt den Wald zu allen Seiten ein und nur die beiden Monde über uns erleuchten unseren Weg.

Deimos Socken rutschen über meine Füße, doch sie bieten eine Schutzschicht zwischen meinen Füßen und dem Waldboden, also reiße ich mich zusammen und ziehe sie immer wieder an meinen Waden hoch.

Die meiste Zeit ist es schwer, sich zu entscheiden, ob ich ihn küssen oder schlagen möchte. Er verbirgt so viel vor mir und ich kann nicht anders, als das Gefühl zu haben, dass ich in eine Falle laufe. Sie möchten, dass ich ihnen irgendwie mit ihrem Problem mit ihren Königreichen helfe, aber ich habe keine Ahnung, wo ich anfangen soll, oder ob ich überhaupt die richtige Person dafür bin. Was wird mit mir geschehen, wenn ich das Wunder, das sie von mir erwarten, nicht wirken kann?

Ich erwische Gabel immer wieder dabei, wie er in meine Richtung schielt und die Angst hat sich tief in meinem Innersten eingegraben. Die Art Angst, die mir sagt, dass er Deimos seine Lügen nicht abkauft. Aber ich weiß nicht, wem ich vertrauen soll. Diese beiden Feen vertrauen einander auch nicht. Was also bleibt mir übrig?

„Gainy, aus welchem Dorf kommst du doch gleich noch einmal?", fragt er und da ist es, das Netz, das sich unter meinen Füßen auflöst. Ich unterdrücke eine Grimasse und mein Verstand rast um zu entscheiden, was ich sagen soll.

„Wavertorn", antwortet Deimos für mich.

„Es ist ein wundervoller Ort", füge ich schnell hinzu. „Meine Familie und Freund sind dort, ich bin direkt am Wasser aufgewachsen."

„Wasser? Ist Waverton nicht in der Nähe der Wüste?"

Mein Hals wird trocken wie die Wüste und ein Grat der Verwirrung durchzuckt mein Gesicht. „In der Nähe der Oase, natürlich." Ich muss aufhören, so zu tun, als wüsste ich irgendetwas über diese Welt. Ich versuche seinem Blick zu entkommen, also ändere ich meine Taktik.

„Was genau ist ein Meister der Jagdfauna?"

Gabels Gesicht verformt sich zu einem Lächeln und er gibt ein lautes Lachen von sich. „Ich vermute, dass dies alles sehr neu für dich ist, da du aus einem so kleinen Dorf kommst." Seine Worte machen mir Angst. Er weiß, dass ich nicht aus Waverton bin. Das kann ich in seiner Stimme hören.

Aber ich bleibe cool. Atme normal, während mein Kopf mich anbrüllt, dass ich aufhören soll, zu reden.

„Meine Rolle im Königreich ist es, den König oder die Königin auf die Jagd nach Wild mit zunehmen."

„Das ist alles? Klingt nach guter Arbeit." Schweiß rinnt mir über den Rücken und ich blicke Deimos hilfesuchend an, aber er hat nichts anzubieten.

„So mag es für Außenstehende vielleicht wirken, aber diese Rolle beinhaltet so viel mehr." Er lehnt sich näher herüber. „Wenn wir jagen, sind es meistens nur der König und ich mit ein paar Wachmännern und wir streifen für längere Zeit durch die Wälder. Ich nutze diese Zeit zum Vorteil aller."

Meine Augen werden größer. „Du hast ihn ganz für dich, um Dinge herauszufinden, um ihm Sachen ins Ohr zu flüstern."

Er nickt mit und lächelt ich knapp an. Dieser Mann ist gefährlich, denn ich befürchte, dass er über sehr viel Wissen und Einfluss verfügt. Das ist auch der Grund, weshalb Deimos mich bat, vorsichtig zu sein und meine wirkliche Identität zu verbergen.

„Das ist Ansichtssache", fügt Deimos hinzu. „Was ein Mann dem König oder der Königin vermittelt, kann sehr bewusst zu seinem Vorteil gedreht werden."

„Absolut", antwortet Gabel. „Doch ich war immer schon ein Ehrenmann. Vielleicht kannst du dich noch erinnern, als du mit deinen Brüdern das erste Mal am Schattenhof angekommen bist. Ich war es, der den König beeinflusst hat, euch Dreien eure eigenen Paläste zu geben, fernab des Dramas des Hofs, fern vom Hass, den eure Mutter, die neue Königin, ins Königreich gebracht hat. Königliche sollten dem Volk dienen und sich nicht auf belanglose Hofpolitik konzentrieren. Ihr drei seid die Zukunft des Schattenhofs."

„Und du warst derjenige, der den König davon überzeugt hat, das Land zu bestellen, Erde zu pflügen. Ich erinnere mich an den Hass, den ich für dich empfand." Sein Gesichtsausdruck verzerrt sich in Gabels Richtung und er scheint noch immer nicht über den Vorfall hinweggekommen zu sein.

„Ach komm schon, Deimos, du kennst die Vorteile, die

es bringt, wenn Königliche das Land bestellen, anstatt es nur zu besitzen. Das war etwas, an das die vorherige Königin fest glaubte. Etwas von dem du zugabst, den Nutzen darin zu erkennen, als du jünger warst."

„Auf Bauernhöfen zu arbeiten klingt nach einem guten Einfall." Ich gebe meinen Senf dazu, obwohl es scheint, als ob mich niemand beachtet. Beide sind in ihrem eigenen Mini-Wortgefecht gefangen. Wenigstens lenkt dies von mir ab.

Deimos knurrt vor sich hin, bevor er antwortet: „Jede Aktion erzeugt eine Reaktion. War es nicht ein Hinterhalt von Dorfbewohnern, die die vorherige Königin überfallen und getötet haben, als sie ein Feld bestellte? Wütende, hungrige Feen, die nicht genügend Nahrung für ihre Familien hatten, weil die Königin unsere Ernte an ein anderes Königreich zum dreifachen Goldmünzenpreis verkauft hatte?"

Gabels Mundwinkel fallen nach unten. „Sie tat es, um die Schulden dieses Königreichs zu begleichen, also hast du Recht. Alles muss im Gleichgewicht sein. Was ihr zugestoßen ist, war erschütternd. Aber du möchtest die Wahrheit wissen", sagt Gabel und wendet sich mir zu.

Ich zeige mit dem Kinn auf ihn und nicke.

„Ich betrachte mich selbst als eine Fee, die nach der Wahrheit sucht und sie dem gemeinen Volk überbringt. Sie haben ein Recht darauf, zu erfahren, was in ihrem Königreich vor sich geht. Sei immer auf der Hut, denn nichts ist das, wonach es aussieht, in jedem Hof."

„Du sprichst die Wahrheit, auch zum Nachteil des Hofs, nicht wahr, Gabel? Als—" Deimos hält inne, als ein kehliges Knurren aus den vor uns liegenden Wäldern hallt.

Ich weiche zurück und möchte gar nicht herausfinden, was dieses Geräusch erzeugt hat. „Vielleicht sollten wir einen anderen Weg nehmen."

Deimos schnappt sich meinen Arm und zieht mich an seine Seite, hält mich ganz fest. Ich spüre, wie die Angst seinen Körper überwältigt, und das verängstigt mich noch mehr.

Meine Muskeln spannen sich mit dem Drang, fortzurennen, an, jedoch gibt es keinen Ort, an den ich fliehen könnte.

„Sie greifen uns von zwei Seiten an." Gabel wirbelt herum, um die Bäume und Büsche hinter uns auszukundschaften. Er zieht mit solcher Eleganz das Schwert aus der Scheide auf seinem Rücken, dass ich nicht aufhören kann, ihn anzustarren. Nichts kann dem rötlichen Gold dieses Metalls das Wasser reichen; es sieht aus, als wäre es aus Gold und Blut geschmiedet. Es hat eine abgerundete Spitze und gleicht mehr einem langen, dünnen Blatt als den Schwertern, die ich in Filmen gesehen habe.

„Deimos", ruft Gabel und gibt ihm das Schwert, um dann die beiden Klingen aus seinem Gürtel zu ziehen. Silber schimmert im Mondlicht und die Spitzen sind wahrlich scharf.

Ich möchte auch etwas haben, mit dem ich mich verteidigen kann.

Mein schwingt zwischen den Schatten überall hin und her und ich kann ihre Umrisse nicht von der Nacht unterscheiden. Auf meine Füße blickend stelle ich fest, dass überall Steine und Stöckchen herumliegen. Schnell nehme ich mir einen dickeren Ast.

Deimos beobachtete mich und nickt mir zustimmend zu, doch er fürchtet sich. Man kann es in seinen verengten Augen und den tiefer werdenden Falten um seinen Mund erkennen. „Was auch immer du tust, lass nicht zu, dass sie dich beißen. Bleibt so gut du kannst hinter mir, verstanden? Und denke daran, was ich zu dir gesagt habe, darüber, nach Norden zu gehen, wenn etwas passieren sollte."

Ich nicke, denn mir bleibt die Stimme weg. Mein Herz schlägt so laut, dass ich mich nicht konzentrieren kann. Ich knabbere auf meiner Lippe herum und meine Hand umklammert den Ast so fest es geht.

Mit schwingendem Schwert schreitet Deimos voran. Ich hasse es wirklich in diesem Moment zugeben zu müssen, dass diese Fee so gutaussehend ist, besonders, während er ein Schwert hält. Die Muskeln in seinem Arm spannen sich an, seine Brust steht hervor und ich bin verloren bei diesem Anblick. Er strahlt dieses Beschützer-Flair aus. Innerlich schmelze ich dahin. Es geht mir auf die Nerven, dass er mir so sehr zusetzt, und trotzdem sehe ich nicht weg.

Das Brechen eines Zweigs erklingt irgendwo aus den Wäldern um uns herum.

Ich erstarre und erhebe meine Waffe.

Zwei Gestalten stürmen schnell aus dem Wald, sodass ich rückwärts stolpere. Ihre Haut ist blass und fleckig, Blut tropft von ihren Mündern. Kleidung hängt an dürren Körper herab. Ihre Rippenbögen sind so ausgeprägt, dass ich mich am liebsten übergeben möchte. Es schmerzt zu sehen, wie dürr und ausgehungert sie aussehen.

Deimos stürmt blitzschnell auf sie zu und bewegt sich dabei so anmutig und flink, dass ich wahrlich beeindruckt bin.

Das Schwert mit zwei Händen haltend schlägt er wild durch die Luft. Die Waffe schneidet direkt durch den Hals der ersten Kreatur, der wird Kopf abgetrennt. Blut spritzt aus der Wunde, während der Körper auf die Knie sackt und vornüber mit einem dumpfen Schlag zu Boden fällt.

Ich schreie, kann es einfach nicht mehr unterdrücken.

Schnell wende ich meine Augen vom Kopf ab, der auf den Waldrand zurollt.

Galle steigt mir im Hals hoch.

Weitere Blutverfluchte strömen aus dem Wald heraus.

Ich vergesse alles außer meiner Angst. Gabel bewegt sich flink voran und lässt seine Klinge auf die Bestien, die auf ihn zukommen, niedergehen. Er springt nach vorne in eine Rolle, klammert sich dann auf dem Rücken einer der Kreaturen fest, um ihr dann die Kehle durchzuschneiden. Die Stelle, an der die Klinge mit der Haut des Blutverfluchtens in Kontakt kommt, knistert bei Berührung. Genau wie es auch der Brieföffner verursacht hat, als er sich in meiner Welt durch die Haut des Verfolgers bohrte.

Diese Monster gehen zu Boden und brennendes Fleisch zerfrisst ihre Körper.

Übelkeit steigt in mir herauf.

Ich kann das nicht. Der Ast zittert in meiner Hand, während Deimos vor einer Attacke zurückweicht, weit ausholend sein Schwert schwingt und zwei der Angreifer quer über die Brust erwischt. Sie stolpern rückwärts, fallen jedoch nicht um und greifen ihn erneut an.

Einer stürmt an ihm vorbei und rennt direkt in meine Richtung mit Wildheit in seinen Augen. Mein Instinkt übernimmt, während mein Gehirn Brei gleicht. Ich möchte hier nicht sterben. Also schleudere ich den Ast gegen seinen Kopf, was ihn seitwärts stolpern lässt. Dann ramme ich ihm das Ende meiner Waffe in die Brust, woraufhin er einen grausamen Schrei von sich gibt. Lippen spannen sich zurück über vergilbte Zähne und Atem, der es mit dem Tod aus der Hölle aufnehmen könnte, entweicht.

Wie gerufen wirbelt Deimos herum und seine Klinge durchtrennt den Hals des Blutverfluchten.

„Aua." Ich zucke zusammen und sehe fort, rempele jedoch jemanden, der hinter mir steht, an.

Mein Herz schlägt so laut und ich fahre mit erhobenem Ast in der Hand herum.

„Es bin nur ich, meine liebliche Dame", sagte Gabel und schnappt nach Luft.

Ich atme durch und bleibe nah bei ihm. Die Bäume um uns herum rascheln im Wind und das einzige Geräusch, das zu hören ist, ist Deimos Geächze, durch den Kampf verursacht.

Deimos ist stark und ein richtiges Muskelpaket. Er wehrt einen Angriff ab und tritt den Angreifer von sich weg, bevor er sein Schwert schwingt und seinen Kopf abtrennt. Mit einer Umdrehung schließt er zu uns auf.

„Das war gar nicht so schlecht", protzt er mit sich schnell hebender und senkender Brust. Blutspritzer bedecken seine Wange und er wischt sie mit seinem Handrücken weg, zurückbleibt eine verwischte Sauerei. Er wendet sich mir zu und nimmt mein Gesicht in beide Hände. „Hat dich einer von ihnen gebissen?"

Zitternd atme ich ein und schüttele mit dem Kopf.

Sein Daumen wischt unter meinem Auge entlang, ein hoffnungsvoller Ausdruck liegt in seinem Blick. Ich stelle mir vor, wie es sich nach vorne beugt und seine Lippen meine berühren. Diese einzelne Berührung lässt meine Brustwarzen hart werden. Doch er lässt von mir ab und nickt mit seinem Kinn in Gabels Richtung. „Zeit, sich schnell aus dem Staub zu machen."

Der Boden ist mit einem halben Dutzend toter Körper bedeckt, von denen die meisten keinen Kopf mehr haben. Ich versuche mir zu merken, dass Enthauptung und Silber gegen diese Monster wirksam sind.

„Eine Handvoll kann man leicht töten", murmel

Gabel. „Was mir Sorge macht, ist, wie viele mehr in der Nähe sind.“

Deimos nimmt mich an der Hand, seine Handfläche umschließt meine und wir Drei rennen durch die Wälder. Ich kann nicht klar denken, mich kaum zusammenreißen und bete, dass wir einen Platz finden, um uns hinzulegen. Ich schnappe nach Luft und alles, was ich vor meinem inneren Auge sehen kann, sind rollende Köpfe.

Aber gerade, als ich denke, dass wir weit genug von der Angriffsstelle fort sind, nähern sich diese kreischenden Geräusche, die ich beginne, zu verabscheuen, auf ein Neues.

Ich erschaudere und dränge mich näher an Deimos heran.

Ein wilder Strom Blutverfluchter durchbrechen einen Wall. So viele von ihnen rennen aus den vor uns liegenden Wäldern auf uns zu.

Meine Knie geben unter mir nach.

Zwanzig, vielleicht dreißig.

Alles, was ich sehen kann, ist mein Tod. Abgeschlachtet und gebissen, auf ewig werde ich als eine dieser Kreaturen in dieser Welt wandeln. Ich balle meine Fäuste, bereit zu kämpfen, und erhebe meinen Ast.

Elektrizität schießt plötzlich meine Arme herab. Sie krabbelt weiter, wie eine Horde Ameise, die über meinen Körper ausschwärmen.

Knack.

Knack.

KNACK!

Das Geräusch ertönt und füllt die Nacht. Unter meinen Füßen donnert der Boden, als wäre er zum Leben erwacht.

Voller Angst zucke ich zusammen, mein Adrenalin schießt in die Höhe.

Bäume schwenken hin und her, obwohl der Wind aufgehört hat, zu wehen.

Wurzeln flattern über den Boden, reißen sich von der Enge der festen Erde los.

Sie wachsen und strecken sie vor meinen Augen aus. Wie Vipern schlängelnd greifen sie die Blutverfluchten an, umwickeln ihre Beine, ihre Hälse, und zerren sie rückwärts in den Boden hinein.

Krallen scharren in der Erde, Schreie erfülle die Luft mit Terror.

Ich zittere, bin aufgebracht von dem, was ich sehe.

Ihr Gebrüll ist angsteinflößend.

Die wenigen Blutverfluchten, die den umschlingenden Wäldern entkommen konnten, stürmen mit weit aufgerissenen Mäulern auf uns zu, die Reißzähne entblößt. Ihre gierigen Finger sind nach uns ausgestreckt. Sie knurren wie tollwütige Hunde.

Ich weiche zurück, mein Herz donnert fest gegen meinen Brustkorb. Das hier habe ich nie gewollt. Ich bin doch nur ein normales Mädchen... Also, normal mag Ansichtssache und überbewertet sein, aber bevor diese Verfolger in mein Leben getreten sind, war mein Leben nicht in Gefahr. Doch tief in meinem Innersten weiß ich, dass die echte Gefahr die Person ist, die sie geschickt hat, um mich zu jagen.

Gabel stürmt voran und hackt sich seinen Weg durch die Massen. Sein Brummen und ihre Schreie dröhnen in meinen Ohren. Mein Puls rast mit allen Arten von Emotionen. Hauptsächlich Angst—die alles andere überwältigt.

Ich sehe hoch zu Deimos, kurz davor ihm einen Rippenstoß zu versetzen, damit er Gabel helfen geht. Diese Nacht sollen wir alle unbedingt überleben.

Seine Augen glänzend jedoch weiß und er stammelt

kaum hörbare Worte. Die Luft schlägt von seinen ausgestreckten Händen aus Wellen auswärts wie eine Explosion. Sie strömt in Richtung der Wälder, auf die Stelle zu, von der die Blutverfluchten auftauchten.

Wo die Wurzeln der Bäume zum Leben erwacht sind.

Er ist es. Er lässt sie angreifen. Ich habe keinen blassen Schimmer wie, doch er ist eine Fee. Sie verfügen über Magie, genau wie er Leute mit seiner Stimme allein davon überzeugen konnte, Dinge für ihn zu tun.

Der Boden bebt unter meinen Füßen. Es ist schwer zu sagen, ob es durch das Trampeln der Blutverfluchten oder die sich bewegenden Bäume verursacht wird.

Während Gable wie verrückt kämpft, eile ich ihm mit einer Wut zur Hilfe, die dem Wahnsinn nahekommt.

Meinen Ast schwingend drehe ich durch und schlage auf einen Blutverfluchten ein, der sich an Gables Arm festgeklammert hat. Ich höre nicht auf und ramme den Ast gegen den Kopf dieses Dings bis Gabel sich befreien kann. Mit einer raschen Bewegung rammt er seine Klinge in die Seite des Halses der Kreatur. Blut spritzt und ich stolpere außer Reichweite, sehe zu, wie das Monster zu Boden geht und seine letzten Atemzüge gluckst.

Der Boden bebt jetzt gewaltig und Getöse ertönt unter unseren Füßen.

Blutverfluchte heulen und die Wurzeln greifen so viele wie möglich von ihnen an. Die Haare auf meinen Armen stehen durch die Magie zu Berge.

Es herrscht Chaos.

Furcht strömt durch meine Venen und ich schnappe nach Luft. Alles geschieht viel zu schnell und ich kann kaum die Hälfte davon begreifen.

Eine Sekunde später erschüttert der Boden voller Boshaftigkeit. Ein klaffendes Loch reißt auf, so lang wie mehrere kleine Autos. Es ächzt voller Macht, die Welt entzwei zu reißen.

Die Erde unter meinen Füßen wird weicher und beginnt blitzschnell unter mir wegzurutschen, ich werde näher an die Kante der Kluft gezogen.

Ich stolpere rückwärts, zurück bleiben die Socken, die mir förmlich von den Füßen gesaugt werden. Drei Meter weiter geht Gabel donnernd zu Boden und er rutscht so schnell auf den tödlichen Rand zu.

„Gabel!" Ich werfe mich auf ihn und packe seinen Arm mit zwei Händen.

Er dreht und windet sich, stöhnt und seine Beine baumeln über den Vorsprung. Pure Angst steht ihm ins Gesicht geschrieben, während er um sich tritt, um zu entkommen.

Blutverfluchte stürzen sich von allen Seiten auf uns und Gabel ist zu schwer für mich. Er zieht mich mit sich.

Die Finger von Gabels freier Hand graben sich, um Halt zu finden, in die Erde, doch meine Füße stecken nun auch in dem Treibsand fest. Ich rutsche nach vorne und stolpere rückwärts.

„Deimos!", brülle ich, gerade als eine Horde weiterer Blutverfluchter auf das Geschehen zurennen, ihre Lippen pellen sich zurück, als sie ihre scharfen Reißzähne blecken. Was auch immer diese Vampirdinger sind, ich möchte, dass sie so weit weg von mir wie nur möglich bleiben.

Die Bäume sind aufgebracht und ungehalten, ihre Äste und Wurzeln schlagen und prügeln auf die Kreaturen ein.

Die Haare auf meinem Nacken stellen sich auf und ich ziehe mit all meiner Kraft an Gabel, gebe alles, was ich habe.

„Deimos!", kreische ich, doch es ist nicht sein Schatten, der über mich fällt. Er steht fast außerhalb meines Blickfelds, wirkt seine Magie, um den Schwarm der Monster fernzuhalten, der versucht, uns umzubringen.

Alles, an was ich denken kann, ist das Ende. Dies ist mein Ende.

Starke Arme schlagen augenblicklich sich um meine Hüfte und entreißen mich dem Abgrund.

„Gabel!", rufe ich, während ich gegen die Kreatur ankämpfe, die mich von ihm fortzieht. Er rutscht jetzt schneller und mein Magen sinkt mir in die Kniekehlen.

Eine weitere Gestalt eilt voran und zerrt Gabel am Rücken seiner Dublette in Sicherheit. Erleichterung durchfährt mich, da diese Fremden eingetroffen sind und helfen.

Ich gehe in die Knie und stolpere von meinem Angreifer weg, um mich dann umzudrehen und einen großen Mann in einem Umhang vor mir stehen zu sehen, dessen Kapuze sein Gesicht verbirgt.

„Wer bist du?", frage ich. Sie sind zu groß, zu breit, um die Verfolger von zu Hause zu sein.

Als aber ein herzzerreißender Schrei durch die Luft hinter mir fährt, wirbele ich herum, gerade als zwei Blutverfluchte sich auf Gable stürzen und ihn aus den Armen des anderen Mannes reißen.

Gabels Füße rutschen über die lose Erde. Er schreit laut aus und ich renne auf ihn zu, doch der Schwung zieht ihn mit den Blutverfluchten hinab in die Tiefe. Der Boden verschluckt ihn binnen Sekunden.

„Nein!" Mein Schrei hallt durch die Nacht wider.

12

GUEN

Deimos hockt auf seinen Knien, seine Schultern sind vorne über gebeugt und sein Kopf gesenkt. Er ringt schwer um Atem und ich fürchte um ihn. Die Kraft, die er genutzt hat, hat Bäume zum Leben erweckt!

Ich bin am ganzen Körper taub.

Schnell eile ich auf Deimos zu. Er kämpft noch immer um jeden Atemzug, sein Körper zuckt. Er ist so blass und seine Lippen weiß. Die Magie, die er angewandt hat, hat ihm die Kraft geraubt. Als er seine Augen öffnet, rechne ich damit, dass sie strahlend weiß sind, stattdessen aber blicke ich in atemberaubend grüne Augen. Blutunterlaufen, als hätte er die ganze Nacht getrunken, aber dennoch wunderschön. Ich knie mich neben ihn hin.

„Geht es dir gut? Was du gerade getan hast, war verrückt und unglaublich. Ich vermute als Fee ist alles möglich, nicht wahr?" Meine Worte sprudeln nur so aus mir heraus, genau wie die Emotionen, die meinen Verstand überwältigen. Und zu reden hilft mir dabei, nicht über sie nachzudenken, oder in Panik darüber zu geraten, dass ich gerade jemanden sterben gesehen habe. „Es tut mir so leid wegen deinem Freund Gabel."

Er sagt keinen Ton.

„Wer sind die beiden Kerle? Sollten wir versuchen, zu fliehen?"

„Sie gehören zu uns", murmelt er mit tiefer und distanzierter Stimme.

Gerne möchte ich ihm noch so viele Fragen mehr stellen, doch ich schweige. Stattdessen sitze ich einfach nur neben ihm.

„Ich werde dafür Sorge tragen, dass seine heldenhafte Schlacht in Ehren gehalten wird, und dass seine Familie versorgt ist. Bist du verletzt?", krächzt er, während er seine Hand zu meiner Wange hin hebt. Ich heiße seine Berührung willkommen, die Wärme ist elektrisierend. Am liebsten möchte ich weinen, denn so fühle ich mich nach allem, was so schnell geschehen ist.

„Ich bin mir nicht sicher, ob ich dieser Leben-oder-Tod-Lebensart gewachsen bin." Mein Versuch, zu lachen, kommt als unbeholfenes Schnauben heraus und es ist mir so egal, wie peinlich ich mich anhöre.

„Wenn wir hier wieder herauskommen, verspreche ich dir, werde ich dir beibringen, wie man kämpft."

Dieser Gedanke klingt perfekt. In Wirklichkeit ist diese Welt so ziemlich das, wie ich mir die Hölle vorstelle, wenn daher mein Überleben davon abhängt, zu lernen, eine Waffe so wie Deimos führen zu können, dann bin ich bereit. „Abgemacht. Ich möchte ein Schwert so gut wie du schwingen können."

Sein Lächeln zaubert mir auch eins Gesicht.

Er holt tief Luft und senkt seine Hand. Seine Fingerspitzen sehen aus, als hätte er sie in Tinte getunkt. Ich erstarre, nehme rasch seine Hände in meine und betrachte sie genau.

„Was ist das?" Mit meinem Zeigefinger streiche über
die Schwärze. Es fühlt sich rau an, nahezu wie die Haut
eines Pfirsichs.

„Kleine Teile meiner Seele, sie verbrennen jedes Mal,
wenn ich Magie anwende."

Mein Mund steht weit offen, ich lehne mich zurück
und sehe ihn behutsam an. "Soll das ein Witz sein? Denn
das ist wirklich nicht lustig."

Jedoch lacht er nicht. Nur ein Zucken in seinen Mundwinkeln. Weshalb muss alles in diesem Königreich
tödlich sein oder gigantische Probleme mit sich bringen.
Deimos hatte Recht. Auf jede Aktion folgt eine Reaktion.

„Wirst du sterben?", hauche ich.

„Mit Sicherheit, wir müssen alle sterben, meine Zeit
jedoch könnte früher kommen. Ich verliere jedes Mal
Lebensjahre, wenn ich Arcana Magie anwende." Mein
verwirrter Gesichtsausdruck muss ihm aufgefallen sein,
denn er erklärt weiter. „Sorge dich nicht um mich. Es ist
die Magie, die ich mir aus der Natur um mich herum zu
Nutze mache. Elementare Magie, die älteste seiner Art für
Feen. Eine Kraft, die mir mein Vater vererbt hat. Ich habe
mein Schicksal bereits vor langer Zeit akzeptiert."

Meine Finger umschließen seine Hand und ich halt
mich fest, seine Wärme strömt meinen Arm hinauf. Ich
möchte ihn fragen, wie oft er seine Magie bereits angewandt hat, wie viele Jahre er bereits verloren hat. Doch
ich habe zu große Angst, die Wahrheit herauszufinden.

Als ich ihn anschaue, fällt mir die Kantigkeit seiner
Wangenknochen und seines Unterkiefers auf und die
weichen Konturen seiner Nase. Seine Atmung hat sich
beruhigt und er sieht mich mit diesen lebhaften, grünen
Augen an. Er möchte etwas sagen. Seine Lippen öffnen
sich, jedoch kommen keine Worte darüber. Sein Blick
hebt sich über meine Schulter.

Hinter mir starren die beiden Männer in Umhängen in unsere Richtung und ich bin mir nicht sicher, was auf uns zukommt.

„Du kennst sie wirklich, oder?", frage ich Deimos.

Sie gehen um das im Boden klaffende Loch herum, schreiten über die Leichen und kommen auf uns zu. Blut tropft von ihren Schwertern. Ich bin überzeugt, dass wenn sie hinter mir her wären, nicht einmal Deimos sie aufhalten könnte. Ich rutsche näher an seine Seite.

Beide sind hochgewachsen, mit breiten Schultern und sehr kraftvoll.

Deimos richtet sich auf. „Wir sind in Sicherheit", sagt er mit steifer Stimme und ich bin mir nicht sicher, was ich davon halten soll. Er nimmt meine Hand und hilft mir hoch.

Meine Muskeln zucken vor Erschöpfung und mein Blick fällt auf den Abgrund. Wir haben Gabel verloren und meine Brust zieht sich zusammen. Ich kannte ihn kaum, doch er hat an unserer Seite gekämpft und daran geglaubt, anderen zu helfen. Seine wahren Beweggründe habe ich nie herausgefunden, doch er hatte es nicht verdient zu sterben. Nicht auf diese Weise.

Deimos geht auf die Männer zu und umarmt jeden von ihnen mit einem festen Klopfen auf den Rücken. Ihr Murmeln bestätigt, dass er sie sehr gut kennt. Einer der beiden Fremden übergibt Deimos sein blutverschmiertes Schwert und deutet auf mich. Deimos und der andere Kerl wischen die befleckten Schwerter an der Kleidung der Toten ab. Dann treten sie näher an den klaffenden Spalt in der Erde heran und starren in ihn hinunter. Suchen sie nach einem Anzeichen von Gabel?

Wie aus dem Nichts frischt der Wind auf und die Luft weht um meine Beine, wirft mein Haar über meine Schultern. Etwas an diesen fremden Männern zieht mich in ihren Bann. Der Mann, der auf mich zukommt, strahlt Absicht und so viel Macht aus.

Sein Umhang schwingt in der Luft hinter ihm. Er steht an der Vorderseite offen und erlaubt mir einen Blick auf eine Jacke im Militärstil, silberne Knöpfe und einen hohen Kragen darunter. Eine schwarze Hose spannt sich über starke Beine.

Er hebt seine Hände und streift sich die Kapuze vom Kopf. Mein Herz schlägt schneller... er ist unglaublich. Atemberaubend. Hypnotisierend. Haare dunkel wie die Nacht umspielen seine Schultern, durchdringende Augen in der Farbe von Flammen. Sie funkeln, als wären sie entzündet und sind von dunklen Augenbrauen überzogen.

Robustes Kinn, kantige Wangenknochen und volle, sich nach oben biegende Lippen, die mich so sehr an die von Deimos erinnern.

Mir stockt der Atem. Mein Gehirn stottert und ich beiße mir seitlich auf meine Unterlippe.

„Luther?"

Die Art, wie sich sein wunderschöner Mund zu einem Grinsen verzieht, bestätigt, dass ich Recht habe. Ich habe ihn in meinen Träumen gesehen, sein Name hat nie meine Gedanken verlassen. Das Seltsame aber ist, dass ich mich nicht an viel von ihm, oder unserer gemein-samen Zeit, oder aber die Emotionen, von denen ich weiß, dass sie da sein müssten, erinnere. Und doch vertieft sich bei seinem Anblick der Schmerz in meinem Herzen und es drückt beinahe all die Luft aus meiner Lunge heraus.

Er lacht leise und kommt näher auf mich zu. Als er genau vor mir steht, blickt er auf mich hinunter und in seinen Augen brennt Intensität.

„Erinnerst du dich an mich, kleiner Wolf?", fragt er.

Mein Körper erzittert, als ich seine tiefe Baritonstimme vernehme und ich gebe ein scharfes Kichern von mir, das etwas peinlich herauskommt.

Er sieht mich mit einem schiefen Grinsen an.

Doch ich versinke in seinem Duft auf frisch geschlagenem Holz, Schweiß und etwas wie dunklem Zimt. Er umgibt mich und lässt mich mit einem Verlangen erschaudern, das ich nicht verstehe. Er hat etwas an sich, dass in mir eine Sehnsucht entzündet, etwas, dass auf seine Gegenwart mit einer Wildheit antwortet, die ich bisher nur mit Deimos verspürt habe.

Was ich aber für Luther empfinde ist ganz anders. Es kommt tief aus mir, von einem Ort, den ich bisher nicht kannte.

Die Winde pfeifen um uns herum und mein Haar wirbelt um meinen Kopf.

Luther. Der Name geht mir durch den Kopf, wie er es schon so viele Male zuvor getan hatte.

„Ja", atme ich, während mein Blick auf seine vollen Lippen fällt, bevor ich ihm wieder in die Augen sehe. „Ich kenne dich."

Er lacht mit einer Art, die mich schwach macht, mich überrascht, wie sehr es mich anmacht, alleine dieses wundervolle Geräusch zu hören. „Das ist ein guter Anfang."

„Aber da ist noch mehr, und ich kann nicht..." Ich kneife die Augen zusammen und versuche mich zu konzentrieren. Meine Brust verengt sich, fühlt sich an, als sollte ich meinen eigenen sehnsüchtigen Schmerz erkennen, doch er ist in meinem Verstand begraben und unerreichbar.

„Es ist in Ordnung", sagt er. „Es ist Teil des Fluchs, dass deine Erinnerungen ausgelöscht wurden. Das Wichtigste ist, dass du zu Hause bist."

In mir steigen so viele Gefühle hoch. Aufregung,

Verwirrung, Erschütterung. „Dies ist nicht mein Zuhause, Luther."

Darin irrst du dich. Ich muss dir nur dabei helfen, dich an all die Dinge zu erinnern.

Seine Stimme rauscht durch meinen Kopf, Beharrlichkeit hallt in seinen Worten wider. Ich blinzle ihn hektisch an. Er hat zuvor schon in meinen Gedanken zu mir gesprochen. Und trotzdem schlägt mein Herz wild in meiner Brust.

Er hält inne, als überlege er, was er sagen soll und sieht mich dabei an, als wüsste er mehr über mich, als ich selbst.

Sorge dich nicht, kleiner Wolf. Ich werde dir in Kürze alles zeigen. Und ich kann deine Gedanken nur lesen, wenn du es mir erlaubst. Er lächelt teuflisch.

Alles war so schnell geschehen. Die Verfolger, die mich angriffen. Deimos, der mich rettete. Und ich, die in dieser Welt ankam. Die Blutverfluchten. Feen. Gabel. Und nun Luther, der meine Gedanken liest. Es ist einfach zu viel.

Die Welt scheint sehr still zu stehen.

Die Anspannung um seine Augen verfliegt und trotz meiner verrückten Emotionen sagt mir etwas in meinem Innersten, in seiner Gegenwart Vorsicht walten zu lassen.

„Komme mit mir. Die Wälder sich nicht sicher." er nimmt mich an der Hand und wir gehen in Deimos Richtung.

Mein Verstand ist ein Durcheinander und in meiner Brust herrscht ein tiefsitzender Schmerz.

Als ich herübersehe, merke ich, dass Deimos mich beobachtet und sein Ausdruck sich versteift.

Laub und Nadeln schmerzen mit jedem Schritt auf der Unterseite meiner Füße, nun da ich meine Socken verloren habe.

„Du hast Luther getroffen", brummt Deimos, als wäre er lieber an irgendeinem anderen Ort anstelle von hier. „Und dies ist Prinz Ahren."

Ahren streift sich die Kapuze aus dem Gesicht und sein Auftritt lässt mich um Luft ringen. Unglaublich umwerfend und voller Sünde. Blasse Haut. Rote Lippen. Fesselnde grüne Augen genau wie die von Deimos, außer, dass Ahrens blass und glänzend sind. Mit seinem Haar, das weiß wie die Wolken ist und das ihm halb über den Rücken reicht, steht er majestätisch vor mir. Sein Gesicht ist länger als jenes seiner Brüder, seine Lippen laufen spitz zu und wie die anderen beiden auch hat er diese kantigen Wangenknochen.

Ahren ist der Thronerbe... ein Bröckchen Wissen, das ich, wie es scheint, behalten habe. Und er scheint nicht sonderlich erfreut darüber zu sein, mich zu sehen.

Ein frustriertes Stöhnen kommt ihm über die Lippen. „Was hat sie da an?"

Meine Augen verengen sich ihm gegenüber. „Wirklich? Das ist es, was dir bei dieser ganzen Sache hier auffällt? Nicht, dass wir hätten sterben können? Und ich stehe genau hier. Wenn du etwas zu mir sagen möchtest, dann sag es mir ins Gesicht."

Direkt vom ersten Augenblick an mag ich ihn nicht. Und ich vermute, ich mochte ihn schon beim ersten Mal, als ich ihn traf, nicht.

„Wie ich sehe, hast du dich nicht verändert und weißt noch immer nicht, wie man Respekt zeigt." Seine Stimme ist voller Verachtung.

Ein raues Lachen entweicht meiner Kehle und ich bin begeistert, dass ich nach alldem, was ich erlebt habe, noch lachen kann. „Ich habe nie darum gebeten, hier her gebracht zu werden, doch wie es scheint, bin ich die Einzige, die euch den Arsch retten kann. Vielleicht sollte es also *ich* sein, die Respekt verlangt." Meine Worte sind rasiermesserscharf. Innerlich bin ich ein brodelndes Durcheinander, doch ich weigere mich, ihm diese Seite an mir zu zeigen. Ich halte mein Kinn hoch und versuche, ihn zu reizen.

Seine Nasenflügel beben, als er zu seinen Brüdern hinübersieht und von ihnen eine Antwort erwartet.

Deimos steht da, ohne ein Wort zu sagen und ich kann seinen Gesichtsausdruck nicht deuten. Seine Ruhe von vorhin ist verflogen... Nun tobt in ihm ein Sturm. Dunkel und wild. Er hat mich vor dem Tod bewahrt und jetzt hält er sich zurück. Sein Haar flattert in der Brise, Blut steigt ihm in die Wangen und auf dem Kinn bildet sich ein kleines Grübchen, welches ich zuvor gar nicht bemerkt hatte. Sein Anblick entflammt mein Herz.

Idiot. Zu denken, dass ich für diese Männer irgendetwas anderes als eine Retterin bin, wird mich noch umbringen. Und ich lasse nicht zu, dass mir gleichzeitig das Herz gebrochen wird. Sie sind Prinzen, und ich... Ich bin nur ein Heilmittel für ihre Probleme.

„Sie hat viel durchgemacht", sagt Luther und sieht mit seinem herzerweichenden Lächeln in meine Richtung.

Ahren leckt sich wie ein Wolf über die Lippen, seine Augen senken sich ein kleines Stück. „Wir gehen. Wenn sie uns auch nur ansatzweise in Gefahr bringt, lassen wir sie zurück. Es ist mir egal, *wer* sie ist."

Luther erstarrt, während Deimos sich bewegt und sein Unterkiefer sich anspannt.

Ich sehe den Scheißkerl, der mich höllisch frustriert, eindringlich an. Alles, was mir durch den Kopf schießt, ist, zu versuchen mir einen Plan auszudenken, wie ich nach Hause komme. Soviel nur möglich von diesen Feen darüber herauszufinden, wer ich wirklich bin und verdammt noch einmal aus diesem elenden Loch zu verschwinden.

Ahren wendet sich von mir ab und es ärgert mich, dass er mich wie ein Nichts behandelt.

„Warum hasst du mich?", sprudelt es aus mir heraus und ich hasse es, dass ich mich verzweifelt anhöre.

Er hält inne und sieht mich über seine Schulter hinweg mit in Falten gelegter Stirn an. Nachdem er mich von Kopf bis Fuß gemustert hat, erwarte ich, dass er meine Frage beantwortet. Ganz gleich was er sagt, lieber weiß ich es anstatt mich zu fragen, warum er mich verabscheut.

Alles, was ich bekomme, ist der Ansatz eines arroganten Lächelns, das mir sagen soll, dass er mich büßen lassen wird. Er lässt mich einfach stehen. „Wir gehen jetzt."

Ich hebe mein Kinn und sehe ihm zu, wie er mit Deimos an seiner Seite davonläuft. *Unhöflicher Bastard.*

Hier bin ich also und sitze mit drei Brüdern fest. Drei Prinzen, die mich in ihrem Wahnsinn einfach töten könnten.

Deimos hält Abstand und tut plötzlich so, als würde ich nicht existieren.

Luther ist mir ein Rätsel, welches ich noch nicht gelöst habe, doch er strahlt Gefahr aus und es ängstigt mich, wie einfach er sich in meinen Verstand einklinkt.

Und Ahren, der mich ansieht, als würde er sich die beste Art, mich umzubringen, ausdenken.

Nun, das wird sicher Spaß machen.

Ich bin zu frustriert, zu angespannt und um ehrlich zu sein... zu verdammt enttäuscht. Es gibt niemanden außer mir selbst, dem ich die Schuld geben kann, zu erwarten, dass ein Fluch etwas anderes als ein verdammter Dolch in meinem Herzen sein würde. Doch dies ist mir lieber, als Guendolyn nie wieder zu sehen.

Sie ist meine Schwäche, sie war es schon immer, seit dem ersten Tag, an dem ich sie entdeckt hatte.

Über Jahre hinweg habe ich nur durch Gedanken mit ihr gesprochen; mit mir hat sie ihre Ängste geteilt, ihre Hoffnungen, ihr zerbrochenes Leben. Nie hatte ich vor, ihr zu verfallen... im Leben nicht. Aber sie ist mir unter die Haut gegangen und jetzt kämpfe ich gegen den Drang an, an der Stelle, an der wir aufgehört hatten, weiterzumachen.

Als sie sich in mich verliebt hat, mich angesehen hat, als wäre ich der Einzige, der existierte. Das ist weg, und bei dem Gedanken daran werde ich zornig. Wieder sind wir Fremde und alles was mir bleibt, sind leere Erinnerungen.

Wenn ich sie ansehe, wie sie neben mir durch den in die Nacht gehüllten Wald mit rasendem Atem eilt, möchte ich sie küssen. Meine Hände auf jeden Millimeter ihrer Haut legen, sie ausziehen und tief in ihr versinken. Aber am allermeisten möchte ich, dass sie sich daran erinnert, wer ich bin.

Ich bin der Prinz, der ein verlorenes Mädchen gefunden hat, ein Mädchen das von sich dachte, zerbrochen zu sein, ein Mädchen, welches gefunden werden musste. Und ich war der Mann, der sie gefunden hat. *Ich* bin dieser Mann.

Der Zauber des Magiers, den ich vor so langer Zeit gekauft hatte, war dazu gedacht, meine Seelenverwandte zu finden... alle Feen haben eine, und ich hatte es leid darauf zu warten, meine zu finden. Wie sich herausstellte war meine Gefährtin eine verfluchte Fee, das Mädchen, das uns alle zerstören würde. Doch sie ist auch die Einzige, die uns alle retten kann... zu einem Preis. Natürlich hat alles seinen verdammten Preis.

Sie stolpert über eine Baumwurzel im Dunkel der Nacht. Ich greife rasch nach ihrer Hand um zu verhindern, dass sie stürzt.

„Danke." Sie lächelt mich mit einem sanften Lächeln an, einem Lächeln, an das ich mich gut erinnere. Doch ich nicke nur und wir rennen weiter voran.

Langes, blondes Haar, so blass, es könnte nahezu weiß sein, so wie es im Mondlicht schimmert. Sie hat sich nicht viel verändert, seit ich sie das letzte Mal gesehen habe. Milchweiße Haut. Immer noch eine zierliche Figur, aber das kompensiert sie mit vollen Brüsten. Sommersprossen umspielen ihre kleine Nase. Alles an ihr zieht mich zu ihr hin, von der Stärke, die in schrecklichen Umständen zu

Tage kommt, hin zur Röte auf ihren Wangen und diesen rosigen, saftigen Lippen.

Sie zu schmecken durchflutet meinen Verstand, genau wie der Wunsch, sie zu markieren.

Betörend.

Meine Gefährtin.

Meine.

Warte. Ich sehe, wie sie humpelt. „Bist du verletzt?" Ich suche ihre Beine in der engen Hose nach Wunden ab, finde jedoch ihre nackten und mit Dreck verschmutzten Füße vor. „Wo sind deine Schuhe?"

„Lange Geschichte." Sie zuckt mit den Achseln, ihre Haare wehen von der kalten Brise, die vorbeizieht, um ihr Gesicht. „Sind wir bald an eurem Schloss? Ich würde mich gerne hinsetzen."

„Wir sind erst seit Kurzem unterwegs", murmelt Ahren.

„Sie hat ihre Schuhe im Erdenkönigreich zurückgelassen", wirft Deimos über seine Schulter hinweg ein und Ahren bleibt stehen um sich zu uns umzudrehen.

„Was hält euch auf?", brummt Ahren. Er geht mir heute Nacht auf die Nerven.

Keine Ahnung, wie ich es geschafft habe, ihn bis jetzt noch nicht umzubringen.

Er ist die vergangenen Tage die ganze Zeit am Meckern, während wir auf Deimos Rückkehr gewartet haben, und hat sich über den Zauber, den ich gekauft habe, um das Portal zu öffnen, beschwert. Wie es doch viel einfacher gewesen wäre, wenn wir alle drei hindurchgegangen wären. Nun, dumm gelaufen, und Magie ist in unserer Welt zurzeit sowieso instabil.

„Sie wird eine Blutspur für die Blutverfluchten hinterlassen, die uns dadurch in Kürze aufspüren werden.

Dieser Untergrund wird ihre Fußsohlen in Stücke reißen", sage ich.

Ahren atmet schwer und legt seine Finger auf seinen Nasenrücken. „In Ordnung. Dann gib ihr deine Schuhe."

Ich beuge mich hinunter um meine Schuhe ohne zu zögern aufzuschnüren.

„Nimm meine". Deimos bückt sich aber bereits, um seine auszuziehen.

„Die kann ich nicht anziehen", sagt sie. „Ich werde die ganze Zeit stolpern. Du hast doch Größe 100 oder so. Aber Dankeschön." Ihre blauen Augen funkeln, als sie Deimos hinterhersieht, der sich von ihr abwendet. Ich erinnere mich an die Art, wie er ihr Gesicht berührt hat, wie sie sich an ihm festhielt, während wir gegen die Blutverfluchten kämpften. Ich habe ihn gut gelehrt... kümmere dich mit deinem Leben um sie, was ihm scheinbar ihre Aufmerksamkeit verschafft hat.

„Ich werde lieber barfuß gehen", sagt sie.

Ahren brummt. „Sind alle menschlichen Weiber so dramatisch?"

Sie sieht ihn mit einem Todesblick an.

Ich streife meine Schuhe ab, um ihr wenigstens meine Strümpfe zu geben, damit sie ihre Füße etwas schützen kann. „Lasst uns einfach diesen gottverdammten Wald verlassen."

Ich nehme Guendolyns Hand und gebe ihr meine grauen Wollsocken. Sie lächelt und zieht sie über ihre kleinen Füße. Und dann gehen wir weiter.

Sie beobachten die dichten Wälder, durch die wir uns bewegen. Meine Ohren sind gespitzt und lauschen, ob uns jemand folgt.

Ahren übernimmt mit einem Schwert auf seinem Rücken die Führung. Deimos lässt sich hinter uns zurückfallen und wir schreiten hastig voran.

Blutverfluchte sind nachtaktiv und normalerweise ist es Selbstmord, dann durch die Wälder zu streifen. Mit dem Fluch, der unser Land bedeckt jedoch, belagern die meisten der Kreaturen den Schattenhof, um dort hineinzukommen, anstatt in den Wäldern zu jagen. Und die Furcht vor dem, was uns erwartet, lässt mich erschaudern.

Und doch erdrückt mich die Dringlichkeit, Guendolyn außer Gefahr zu bringen. Wir müssen schneller vorankommen, um nach Hause zu kommen, wo ein Magier auf sie wartet, um einen Weg zu finden, den Fluch rückgängig zu machen.

Ich kämpfe gegen das Verlangen an, sie auf den Arm zu nehmen, damit wir zügiger weiterkommen, meine Sucht nach ihr wird stärker. Und der Drang, sie zu beschützen, brüllt wie ein Löwe in mir.

Seufzend blicke ich in den Nachthimmel, der Sturm, der die Wolken über uns antreibt, hat die Sterne gestohlen.

Ich möchte sie in meine Arme nehmen. Die Sehnsucht schlägt Wellen in mir, doch ich behalte die Kontrolle. Zwar nur halbwegs, sicher, doch ich muss warten, bis sie sich an mich erinnert. Auch, wenn es mich umbringt.

Rasch vergeht die Zeit, während wir uns lautlos voran bewegen.

„Können wir anhalten? Bitte." Guendolyns Stimme ergießt sich über mich, erweckt etwas in mir und ich bleibe stehen, wie auch meine Brüder.

Sie schnappt nach Luft. „Nur kurz, damit ich wieder zu Atem komme."

„Wir müssen weiter", zischt Ahren und starrt hinaus gegen den dunklen Horizont.

Eine Windböe zieht an uns vorbei, die Bäume

rauschen und Äste knarzen. Hier draußen sind wir leichte Ziele.

Deimos bleibt hinter uns. Wir haben noch einen guten halben Tag Marsch vor uns—mindestens—aber wir müssen hier heraus. „Swindon ist nicht weit. Wir gehen dorthin und besorgen uns eine Kutsche", empfehle ich. „Dann erreichen wir den Hof schneller."

„Das verstoßene Dorf, das keinem Königreich loyal ergeben ist?", brummt Ahren. „Jene, die wahrscheinlich drei Prinzen, die durch ihr Dorf latschen, töten würden?" Sein Tonfall ist giftig, doch ich kenne meinen Bruder. Er wurde auf die Position des Königs vorbereitet, geschult seit dem Moment, als wir zum erstem Mal Fuß in den Schattenhof setzten, modelliert nach den Wünschen unseres Königs. Mutters neuem Ehemann. Das entschuldigt aber nichts... Ich glaube, ein König sollte gütig sein und mit Intelligenz regieren, nicht mit der Faust.

Guendolyns Hand, die in meiner liegt, zittert und ich schaue hinüber. Ihr Gesicht wird blass und ich sehe, wie sie nervös auf ihrer Unterlippe herumkaut.

„Wir werden uns tarnen", erwidere ich. „Seit wann bist du dem Verbergen deiner wahren Identität abgeneigt, Bruder? Du hast dich alle paar Tage aus dem Hof geschlichen zu Treffen mit—"

„Das ist etwas anderes", faucht er. „Mit dem Fluch ist jeder unruhig. Wir sind dort nicht willkommen. Und willst du, dass jemand das Mädchen entdeckt?"

„Guendolyn", sagt sie. „Das ist mein Name."

„Ich kenne jemanden in der örtlichen Taverne, der uns helfen kann." Deimos Schritte von hinten kommen näher.

Ahren studiert uns drei mit hasserfüllten Augen... Nein, nicht Hass, sondern Frustration. Wie der Rest von uns möchte auch er aus den Wäldern heraus und in Sicherheit gelangen.

Ungeduldig wendet er sich von uns ab, mit seinen Händen in die Hüften gestützt, genauso wie zu Hause im Hof, wenn wir gezwungen wurden, endlosen und langweiligen Treffen mit dem Rat beizuwohnen.

Ein Zweig zerbricht.

Ich erstarre.

Ein großer Schatten stürmt aus den Wäldern und überrennt Ahren, beide gehen gewaltsam zu Boden.

Mein Instinkt ergreift Besitz von mir und ich stürze voran, um meinen Bruder zu retten.

Knurren hängt in der Luft. Es ist zu dunkel, um das Biest genau zu erkennen, jedoch kann ich den Gestank von nassem Fell wahrnehmen.

Verdammte Leacnan. Halb Wolf, halb Plünderer, ein Pesthauch auf unserem Land. Sie ernähren sich von dem, was die Blutverfluchten zurücklassen und greifen, wenn sie hungrig sind, alles an, was sich bewegt.

Ich stürze mich in das Chaos und greife nach der Klinge an meinem Gürtel. Ich erwische eine Hand voller dickem, rauem Pelz und zerre die Bestie weg. Das verdammte Ding reicht mir bis zur Hüfte und mit ihm ist nicht zu spaßen.

Der Leacnan schnappt rasend schnell herum, seine lange Schnauze ist vor meinem Gesicht und seine rasiermesserscharfen Fangzähne sind spitz wie Nadeln. Er sabbert überall.

Ich werde wohl schon alleine an dem fauligen Geruch zu Grunde gehen.

Die Bestie stürzt sich auf mich und sein Maul steht offen. Meine Muskeln reagieren zu langsam und er erwischt mich. Wir gehen beide zu Boden. Ich stoße meinen Dolch direkt in seinen Bauch und drehe ihn.

Das winselnde Heulen zittert durch meine Ohren.

Bevor ich mich versehe, wird die Bestie von meinem Körper geschleudert und ich schnappe nach Luft. Deimos schubst das Ding zur Seite und zieht sein Schwert heraus. Binnen Sekunden stillt er das Schreien der Kreatur. Zum Glück.

Als ich meinen Kopf drehe, sehe ich wie Guendolyn uns mit großen Augen beobachtet. Diese Unschuld, diese Furcht, sie haben etwas mit mir gemacht. Direkt bin ich erregt. Ich will sie beschützen, sie in Sicherheit wahren, dass sie sich an mich klammert. „Geht es dir gut?"

Ich raffe mich vom Boden auf und drehe mich um, während Deimos Ahren auf die Beine hilft.

Guendolyn bewegt sich nicht. „Zum Himmel, er blutet." Ich folge der Richtung ihres ausgestreckten Fingers zu Ahren. Er stolpert auf seinen Füßen umher und presst sich eine Hand in die Seite. Blut läuft zwischen seinen Fingern heraus und an seiner Hose herab.

„Zur Hölle! Er hat dich gebissen?" Ich mache einen Schritt auf ihn zu, während Deimos ihm hilft, sich aufrecht zu halten.

„Wir müssen in Bewegung bleiben. Bis wir zu Hause sind, wird es mir wieder gut gehen", verlangt Ahren. Mein Bruder würde nicht zugeben, dass er Schmerzen leidet, selbst wenn es sein letzter Atemzug wäre.

„Bist du verrückt?", sagte ich. „Das war ein verdammter Leacnan. Er hat lange genug geheult, damit andere es gehört haben können. Es wird keinen Unterschied machen, ob wir einen Vorsprung haben. Sie machen jetzt Jagd auf uns."

„Wir gehen nach Swindon", erklärt Deimos bestimmt. „Wir sollten rennen, wenn wir können." Er legt seinen Arm um den Rücken meines Bruders, stützt sein Gewicht und dann rennen wir los. Ahren humpelt, aber das bremst ihn nicht.

Die Panik hat ihre Klauen fest um mein Herz geschlungen und ich eile an Guendolyns Seite. *Kleiner Wolf, wir müssen gehen.*

Sie strahlt mich mit ihren weiblichen Rundungen an, die so verwundbar sind. In ihren Augen spiegelt sich Unschuld wider und ich atme ihre Angst ein.

Der Wald ist verschwommen. Ich packe sie mit meinen Arm an der Hüfte, ziehe sie näher an mich heran, um ihr etwas von ihrem Gewicht abzunehmen, damit wir schneller vorankommen.

Geheule ertönt um uns herum.

Scheiße!

Wir rennen und bleiben nicht stehen. Ohne anzuhalten folgen wir der dem abschüssigen Pfad bergabwärts. Diese Bestien jagen in Rudeln zu zwanzig oder dreißig Tieren. Wir hätten keine Chance gegen sie zu kämpfen.

Entfernte Lichter scheinen zwischen den Bäumen vor uns hindurch.

Schritte donnern irgendwo hinter uns auf den Boden. Zweige zerbersten.

Guendolyn schnaubt wütend und blickt immer wieder zurück, ihre Fingernägel bohren sich voller Angst in meine Handfläche.

Wir vier rennen aus dem Wald heraus, als mir ein Schaudern über den Rücken läuft. Ich hasse es, Beute zu sein. Ich bin der Jäger, nicht diese verdammten Aasfresser.

Ein ausgetretener Pfad führt uns zu einem kleinen, eingezäunten Dorf, dessen Metalltüren verschlossen sind. Zäune, aus solider Bronze gefertigt, ragen knapp fünf Meter in die Luft.

Deimos ist als erster dort und schlägt fest mit den Fäusten gegen das übergroße Tor, um gehört zu werden.

Wir holen meine Brüder ein und ich drücke Guendolyn hinter mich. Ich wende mich in Richtung der Wälder, hin zu den sich zwischen den Bäumen bewegenden Schatten.

Leacnan.

Gelbe Augen schimmern im Mondlicht. Mindestens zwei Dutzend starren uns aus der Dunkelheit an.

Meine Finger gleiten an die Dolche an meiner Hüfte, jede Hand umschließt die Ledergriffe fest.

„Was zur Hölle wollt ihr?", brüllt ein mürrisches Arschloch durch ein kleines Fenster in der Metalltür.

Guendolyn winselt und presst sich fester an meinen Rücken. In meinen Gedanken habe ich alles geplant. Wenn die Bestien angreifen, werde ich mein Bestes geben, um sie über die Wand zu heben und dann kämpfen. Es ist kein besonders guter Plan, aber der einzige, den ich im Moment habe.

„Beeilt euch verdammt noch einmal", zische ich als ein weiterer Ruf die Nacht durchdringt.

Deimos verhandelt mit dem Pförtner über etwas. Ahren steht gegen die Tür gelehnt, mit der Hand fest an seine Seite gedrückt und ich bete, dass es einen Heiler in diesem Dorf gibt.

Schatten treten aus den Wäldern vor uns. Schwarz wie die Nacht schleichen sie voran. Allein ihre scharfen Zähne funkeln im Mondschein.

Mein Herz rast, als das laute Scheppern eines Schlosses ertönt und die Tür sich öffnet.

Erleichterung durchströmt mich, als wir uns auf den Weg nach drinnen machen. Guendolyn ist an Deimos Seite und ich schnappe mir schnell Ahren.

Meine Haut kribbelt voller Angst, während wir hinein stürmen.

Die Tür fällt mit einem dumpfen Schlag hinter uns ins Schloss, gefolgt von einem Angriff voller Knurren und Fauchen auf der anderen Seite. Ich drehe mich zur Eingangstür um, die in ihren Scharnieren erzittert. Wie oft dieses Dorf wohl von diesen Kreaturen angegriffen wird?

„Scheiße, das war zu knapp." Ich sehe hinüber zu Deimos, der sich mit der Hand durch sein Haar fährt, so wie immer, kurz bevor etwas Schlimmes passiert. Der Schmerz in meinem Bauch tut weh. „Was hast du dem Wachmann angeboten, damit er uns hineinlässt?"

Er grinst und sieht mir in die Augen. Furcht steht ihm ins Gesicht geschrieben. „Es wird dir nicht gefallen. Aber dies ist nicht der Ort, um darüber zu sprechen. Lasst uns alle in die Taverne gehen, damit wir uns um Ahrens Biss kümmern können. Wir brauchen ein Zimmer."

Er übernimmt die Führung zusammen mit dem Mann, der uns hereingelassen hat, entlang eines kleinen, staubigen Pfads mit runden Gebäuden aus Holz auf jeder Seite. Zu dieser Stunde ist niemand draußen.

„Lass mich als Erstes hineingehen", wirft Deimos über seine Schulter hinweg ein, während er auf die Taverne zugeht.

Ich wende mich Guendolyn zu und hebe sie hoch, einen Arm unter ihrem Rücken, den anderen in ihren Kniekehlen.

Sie wehrt sich und stemmt ihre Hände gegen meine Schulter. „Lass mich hinunter."

„Ruhig, dummes Mädchen." Ahren krümmt sich vor Schmerzen und hält weiter die blutende Bisswunde fest. Wir stehen auf der Schattenseite der Taverne. Und doch sind wir hier draußen ein einfaches Ziel.

Ich wiege Guendolyn vor meiner Brust. Sie riecht wundervoll und betörend, wie die süßesten Beeren, doch unter all dem liegt ihr berauschender Duft, der mich machtlos macht.

Mein Herz trommelt wie wahnsinnig und alles, worauf ich mich konzentrieren kann, sind ihre Brüste, die gegen meine Brust gedrückt werden.

„Lasst uns gehen", befiehlt Deimos, der seinen Kopf herausstreckt und uns hinein winkt. Ahren stolpert herein und ich folge ihm.

„Ich kann laufen", murmelt sie mit angespanntem Körper in meinen Armen und ich ziehe sie fester an mich heran. Ich liebe das Gefühl, sie so nah bei mir zu haben, und wie sie mich ansieht.

„Darüber bin ich mir im Klaren", antworte ich. „Das Problem ist, dass dies eine Taverne für Männer ist. Es sind nur Frauen erlaubt, die stundenweise bezahlt werden. Alle Frauen, die in die Taverne kommen, sind Freiwild."

„Du machst Scherze? Es ist also ein Schlupfloch, dass du deine eigene Frau hineintragen kannst?" Sie verdreht die Augen. „Es war mir nicht bewusst, dass Feen so sexistisch sind."

„Warum? Frauen haben ihre eigene Taverne, in der wir Männer ohne Einladung nicht willkommen sind."

Ihre blauen Augen brennen vor Wut. Bei ihrem bösen Blick wünsche ich mir, mit ihr alleine zu sein, damit ich sie auf die Knie zwingen kann. Um sie an ihre Position an meiner Seite zu erinnern. Sie sträubt sich bei jeder Gelegenheit gegen uns, und das vermisse ich ungemein an ihr. Die Intensität ihrer Reaktion mir gegenüber versetzt mich in Erregung.

„Und die Frauen tragen die Männer nach drinnen?", kontert sie sarkastisch.

Ich kichere. „Den Versuch würde ich gerne sehen."

Sie schürzt die Lippen und blickt auf das Schweinerad Schild über der Tür der Taverne. „Passender Name."

„Senke einfach deinen Kopf." Ich marschiere in die Taverne und fürchte mich innerlich, in welche Schwierigkeiten Deimos uns wohl gebracht haben mag. Er war kein guter Verhandlungsführer. Noch nie!

14

GUEN

Die schummerig beleuchtete Taverne stinkt nach Bier und nach Sex. Ich halte mich an Luthers Jacke fest, während er mich trägt und blicke in den riesigen Raum. Alle Augen ruhen auf mir und meine Haut kribbelt. Ich bin die Frau, die diese Fee beansprucht hat und mit der er plant, ins Bett zu gehen, laut all der anzüglich grinsenden Männer. Richtig! Ich brenne vor Wut wegen diesem Scheiß. Aber ich habe es unterdrückt, genau wie alle meine Emotionen, die mich aussaugen, nun da ich weiß, dass ich mitspielen muss, wenn ich überleben möchte. Draußen vor den Toren warten wild gewordene Wölfe auf uns, und hier drinnen sind Feen, die die Prinzen ermorden wollen. Ich denke noch nicht einmal daran, was sie mir antun würden. Ich weigere mich, diesen Vorstellungen einen Platz in meinem Kopf zu geben.

Ein halbes Dutzend Männer sitzen an der runden Bar auf hohen Hockern. Eine weitere Handvoll besetzen die in der Lokalität verteilten Tische. Tierfelle hängen an den hölzernen Wänden und ein riesiger, schwarzer Kamin röhrt mit loderndem Feuer in der hinteren Ecke. Es wäre ganz gemütlich, wenn es hier drinnen nicht wie in einem Stall stinken würde. Schatten tanzen über die Wand hinter der Bar. Es gibt Regale voller Flaschen, die mit Alkohol in den verschiedensten Farben gefüllt sind—grün und orange und blau.

Der verlockende Klang einer Flöte, die ein junger Mann neben einem Fenster spielt, füllt die Stille. Sie klingt wie der Ruf eines Vogels, pur und fein.

Es dauert nicht lange, bevor alle sich wieder der Unterhaltung und dem Trinken widmen, die Neuankömmlinge zu genüge angestarrt haben, und lärmendes Gequatsche die Musik erstickt.

In der Nähe der Bar spricht Deimos im Flüsterton mit jemanden, von dem ich annehme, dass er der Eigentümer der Bar ist. Mit einer Handbewegung gibt er dem Mann etwas. Dieser sieht hinunter und ich erhasche ein Funkeln von Gold in seiner Handfläche. Er ist ein großgewachsener Mann mit einem Schnurrbart und langen, spitzen Ohren, wie seine Nase auch. Er trägt schlichte Kleidung, eine braune Hose und ein Hemd mit Knöpfen, doch das gierige Lächeln, das sich auf seinen Lippen abzeichnet, sagt mir, dass er nicht anders als sonst irgendjemand ist. Sogar in dieser Welt ist jeder käuflich. Er nickt einmal und führt uns zur Tür an der Seite der Bar, öffnete sie und geht hindurch.

Deimos nimmt Ahrens Arm und legt ihn um seine Schultern, um dem Barkeeper zu folgen. Eine Spur aus Blutstropfen bleibt hinter ihnen zurück. Mit einem so hohen Blutverlust frage ich mich, wie schlimm der Biss sein mag? Sicher, der Kerl ist ein arrogantes Arschloch, aber ich möchte nicht, dass er stirbt—oder sich in etwas verwandelt—da er gebissen wurde. Allein bei dem Gedanken bildet sich ein Kloß in meinem Hals.

„Wird sich dein Bruder in einen Werwolf verwandeln?
" Ich sehe zu Luther hoch und hauche ihm die Frage ins
Ohr. Ich fühle mich dumm, zu fragen, aber ich bin in
einer Welt, in der Baumwurzeln blutsaugende Feen
angreifen, also könnte alles möglich sein.

„Er verwandelt sich in überhaupt nichts. So funktioniert das nicht mit den Bissen."

Ich bin mir nicht sicher, wie *irgendetwas* hier funktioniert.

Luther schiebt uns seitwärts durch den Türdurchgang.
Er zieht mich näher an sich heran und unsere Brustkörbe
pressen sich aneinander. Es verdeutlicht mir noch mehr,
wie viel größer und kraftvoller er ist als ich.

Er tritt die Tür zum Hausflur hinter uns zu, sperrt den
Lärm der Taverne aus und erstickt uns in Dunkelheit.
Licht ist nur am Ende des Korridors sichtbar, aus einem
Raum, in den Deimos und Ahren verschwunden sind,
dem Barkeeper hinterher.

Luther hält inne und sieht zu mir herab. Schatten
wandern unter seinen goldenen Augen umher, die wie
eine Flamme zu lodern scheinen.

Mein Herz hämmert und Hitze überkommt mich.
Wenn er mich ansieht, als würde nichts anderes auf der
Welt existieren, steigt ein mir bekannter Schmerz in
meiner Brust hoch. Jener, der darauf beharrt, dass wir
eine Vergangenheit haben. Doch er ist verschlossen und
dominant. Er hat mir nichts über unsere Vergangenheit
erzählt.

Die Fee verwirrt mich—sie alle tun das. Vielleicht ist
mir etwas entgangen und ich erliege nur dem Charme
und der Gaunerei dieser atemberaubenden Männer.

Er wird kurz ganz still, so als hätte er aufgehört zu
atmen. Die Hitze seines Körpers hüllt mich ein. „Diese
Welt ist gefährlich für jemanden wie dich."

Ich starre ihn einfach nur an... jemanden wie mich?

„Du musst vorsichtig sein, damit du nicht die falsche Art Aufmerksamkeit auf dich ziehst, ganz besonders von den Feenmännern, speziell an einem Ort wie diesem", sagt er, während er mich auf meinen Füßen absetzt.

Feenmänner wie er?

Er streicht sich durch sein dunkles Haar, die Muskeln auf seinem Unterarm spannen sich an. Ich ertrinke unter seinen Blicken, von seinem rauen Erscheinungsbild. Sein langes, dunkles Haar ist vom Wind zerzaust und durcheinander, die Jacke im Militärstil, die er trägt, steht ihm an Hals offen.

Seine Finger ertasten meine Hüfte und er umgreift sie fest. „Ich werde nicht zulassen, dass dir etwas geschieht, doch du musst aufhören, dich dagegen zu wehren."

Ich neige meinen Kopf und starre in diese spektakulären Augen. „Wenn du mit nicht wehren meinst, ein Schwächling zu sein, dann wird das nicht funktionieren."

„Was also wird dann funktionieren? Zuzulassen, dass du verletzt wirst, damit du deine Lektion lernst?" Er runzelt die Stirn.

„Nein, das ist es nicht, was ich meine." Ich schlucke den Kloß in meinem Hals herunter. „Ich bin es nicht gewöhnt, durch die Gegend getragen zu werden, damit mich andere Männer nicht als leichte Beute ansehen."

Er zwinkert mir zu und ich bin mir nicht sicher, ob er verwirrt ist oder meine Worte zur Kenntnis nimmt. Jedoch bleibt ihm eine leidenschaftliche Entschlossenheit ins Gesicht geschrieben. Er ist ein Prinz, der es gewöhnt ist, seinen Willen zu bekommen, und ich bin ein verlorenes Mädchen in diesem verrückten Königreich, die keine Ahnung davon, wie die Dinge hier laufen. Luthers Anwesenheit regt mich auf. Mein Herz sagt mir, dass er mir gehört, mein Kopf jedoch besteht darauf, dass wir nie zusammen sein können. Mich selbst also irgendwas anderes glauben zu lassen, wäre schlichtweg dumm. Und doch, er lenkt mich mit dieser Art, wie sein Blick sich an meinen Körper heftet, ab.

„Ob es dir gefällt oder nicht, ich werde mich immer einmischen. Du kennst diese Welt nicht so wie ich.“

„Ich kann auf mich selbst aufpassen. Das mache ich schon seit so vielen Jahren, und vielleicht kannst du mir ja sagen, was ich falsch machen werde, wenn ich gerade dabei bin“, entgegne ich ihm schnippisch. „Anstatt einfach die Führung zu übernehmen.“

Seine Hand ergreift meinen Arm und er beugt sich vor zu mir. Sein berauschender Duft macht mich schwindelig vor Glückseligkeit. „Ich sage das nicht, um dich wütend zu machen, sondern um sicherzustellen, dass du nicht stirbst.“

Er bleibt in dieser Position, unsere Stirnen berühren sich fast, und ich vergehe vor der Hitze seines Körpers. Aber ich hasse es, wenn alles, worauf ich mich konzentrieren kann, seine Brust ist, die sich gegen meine drückt. Ich kann die Gedanken, die mir durch den Kopf schießen, nicht aufhalten. Ich, gegen die Wand gepresst, und er, der mir die Kleider vom Leib reißt, bevor er mich nimmt. Mein Innerstes zieht sich vor Verlangen zusammen.

Es fällt mir schwer, zu atmen, ihm zu widerstehen. Aber ich kann mich selbst nicht dorthin gehen lassen.

„Du sagtest heute, dass der Fluch meine Erinnerungen ausgelöscht hat. Warum ich? Was ist zwischen uns vorgefallen?“

Er seufzt, die Muskelstränge in seinem Hals spannen sich an. „Da ist so viel, wovon ich dir erzählen muss, sobald wir das Königreich erreichen.“

Ich werde steif und weiche zurück von ihm. „Nein, ich gehe hier nicht weg, bevor du mir etwas erzählst. Ich habe es satt, im Dunklen gelassen zu werden. Ich wurde hier her geschleift, fast getötet. Ich verdiene es, die Wahrheit zu erfahren."

Luther schluckt laut und scheint in Gedanken versunken zu sein. Die Ecken seiner Augen kneifen sich fest zusammen.

Er ist massiv, steht erhobenen Hauptes dort und jeder Zentimeter an ihm ist betörend. Sein feiner Unterkiefer lenkt meine Aufmerksamkeit auf seine weichen Lippen. Sein Gesichtsausdruck ist nahezu stoisch. Ich möchte mit meinen Händen durch sein dunkles Haar fahren, ihn zwingen, nach oben zu blicken und einfach ehrlich zu sein. Doch ich weiß, wenn wir uns berühren, wird mich das nur ablenken.

Als ich ihm in die Augen blicke, sieht er mich bereits an. „Du wurdest als Kind verflucht, Guendolyn."

Ich blinzle, starre ihn an und warte, was noch kommt, doch das ist alles, was er mir sagt. Er beobachtet mich, und ich habe keine Ahnung, was er wohl denken mag.

Er weicht zurück, doch ich greife nach seinem Handgelenk. „Was ist dann passiert? Bitte, Luther. Ich muss es wissen."

Widerwillig lasse ich von seinem Arm ab und studiere die Emotionen, gegen die er ankämpft. Hoffnung flammt in meiner Brust auf, dass er mir endlich etwas erzählen wird.

„Als du vor zwei Jahren in das Königreich der Irrfahrten zurückgekehrt bist, hast du den Fluch, der seit Jahren in die schlummerte, freigesetzt." Er kommt näher, seine Worte sind tief und geflüstert. „In dem Moment, als du bei deinem ersten Besuch über die Schwelle zum Aschehof geschritten bist, hat sich der Fluch aktiviert und du bist in einen tiefen Schlaf verfallen... ein Zauber hat deine Erinnerung ausgelöscht. Und nun sieht die

Prophezeiung vor, dass das Blut der Feen, den Seelie um genau zu sein, für alle Ewigkeit vergossen werden wird."

„Das habe ich?"

„Unwissend, ja." Er senkt seinen Kopf, seine Stimme ist dunkel und er legt eine Hand auf die Brust, als würde ihn jedes Wort schmerzen. „Es ist meine Schuld, da ich dich vor zwei Jahren hier her gebracht habe. Aber ich werde es in Ordnung bringen. Das ist der Grund, warum wir dich zurückgeholt haben."

„Warum wurde ich überhaupt verflucht?"

Das Knarzen von Scharnieren lässt mich herumfahren und meine Brust ist schwer von den Dingen, die ich gerade erfahren habe. Eine jüngere Frau in einem langen, blauen Kleid mit schwarzer Schürze kommt durch die Tür zu unserer Rechten. Sie trägt einen Eimer, aus dem Wasser schwappt, ihre Schulter ist von dem Gewicht angespannt und geneigt.

Luther weicht von mir zurück.

„Wir sollten uns meinen Brüdern anschließen. Wir werden später darüber sprechen, an einem Ort, wo wir nicht belauscht werden." Er streift an mir vorbei und holt die junge Frau ein, um ihr zu helfen. Er sagt etwas, und sie kichert, offensichtlich entzückt von seinem Charme. Sie streicht sich eine Haarsträhne aus dem Gesicht und macht ihm schöne Augen.

Ich atme scharf ein und ignoriere dieses kleine Prickeln in meiner Brust, während Luther den Eimer in das Zimmer trägt und sie ihm folgt. Es macht mich wütend, wie mein Körper durch seine Abwesenheit zittert.

Die Schatten im Flur scheinen mich einzuhüllen, und zum ersten Mal seit einigen Tagen bin ich fast alleine. Es war keine Option, wegzurennen. Ich sitze mit diesen Feen fest. Verdammt dazu, mit ihnen zu ihrem Schattenhof zurückzukehren, bis ich mich daran erinnern kann, wer genau ich bin und nach Hause zurückkehren kann. Dazu kommt, dass ich den Fluch verstehen muss und warum Luther mich hier bringen würde, wenn er wusste, dass ich giftig war?

Allein darüber nachzudenken hinterlässt ein ungutes Gefühl in meinem Bauch. Weshalb würde mich jemand mit so einem Fluch belegen und dann auf der Erde verstecken?

Immer habe ich davon geträumt, die Wahrheit darüber herausfinden, wer meine wirklichen Eltern sind und warum sie mich loswerden wollten. Ich weiß, dass diese Antworten hier auf mich warten. Das Bisschen an Information, das Luther mit mir geteilt hat, bestätigt mir das.

Die Prinzen wissen viel mehr, als sie mir bisher gesagt haben. Mein Leben ist alles andere als ein Märchen.

Kälte vom Steinboden kriecht in meine Socken und ich bekomme an den Beinen eine Gänsehaut. Die flüsternden Stimmen aus dem Raum dringen zu mir durch.

Deimos streckt seinen Kopf aus dem Zimmer und sieht mich an. Kein Wort, nur eine hochgezogene Augenbraue.

Ich seufze und marschiere voller Frustration auf den Raum zu. Entlang des Flurs blicke ich in ein anderes Zimmer, jenes, aus dem die Frau mit dem Eimer gekommen war, und Kerzenlicht offenbart eine weitere Tür. Der Wind stößt sie von außen auf und kommt hinein. Er ergreift mich mit eisigen Klauen. Meine Haut kribbelt, als ich merke, wie kalt es draußen geworden ist. Ich eile den Korridor entlang.

Drinnen knistert ein schimmernder Kamin und wirft sein Licht über die nackten, weißen Wände. Der Geruch nach Stickigkeit und Staub betäubt meine Sinne, als ich in das große, hölzerne Zimmer trete.

Ahren liegt auf einem der zwei Betten stöhnend auf seinem Rücken. Seine Jacke und sein weißes Oberteil liegen nahe dem Bette auf dem Fußboden. Seine Brust ist nackt und seine Hände klammern sich an die Bettlagen. Ich bekomme Magenschmerzen, als ich den qualvollen Schmerz in seinem Gesicht erkenne.

Alles, was ich tun kann, ist ihn anzustarren, den perfekten Bau seines Körpers, die feine, helle Behaarung seiner muskulösen Brust, seinen starken Unterkiefer und die Muskeln auf seinem Bizeps. Das sollte ich nicht tun, aber mein Blick wandert ganz über ihn.

Luther ist neben ihm und hilft der Frau die blutige Sauerei an Ahrens Seite zu waschen. Da ist so viel Blut und ich kämpfe gegen das Bedürfnis an, mich von der offenen Wunde abzuwenden. Das dunkelrote Blut, das zerrissene Fleisch.

„Mach die sauber." Luther gibt mir blutbefleckte Lumpen.

Ich schaue hinunter auf das Wasser im Eimer, das sich mit Blut vermischt hat. Auf meine eigene Zunge beißend tauche ich meine Hand mit dem Stofffetzen hinein und drücke mit beiden Händen das Blut daraus hinaus. Weiche ihn ein und spüle ihn aus, bis er halbwegs sauber ist, dann wringe ich ihn aus und gebe ihn Luther zurück.

„Seine Wunde muss desinfiziert werden", sage ich, was mir seltsame Blicke von allen einhandelt. „Alkohol", erkläre ich. „Um zu verhindern, dass die Wunde sich entzündet."

Der Barkeeper nickt. „Natürlich. Junge, du kommst mit mir." Er deutet auf Deimos.

Beide eilen sie aus dem Zimmer und als ich zurück sehe, erhebt Ahren seinen Blick zu mir.

Verletzlichkeit. Das ist alles, was ich in seinen Augen sehen kann. Seine Lippen verziehen sich zu einem Knurren, doch dann schließen sich seine Augen. Sein Körper krampft. Ich zucke beim Anblick seiner Schmerzen zusammen. Vielleicht bin ich ein Narr, doch ich möchte nicht sehen, wie er so leidet.

Donnernde Schritte kommen ins Zimmer und ich sehe zu Deimos hinüber, der hinein eilt und eine klare Flasche am Hals trägt. Der blassblaue Inhalt schwappt umher wie das wildgewordene Meer in einem Sturm.

„Gutes Timing", murmelt Luther und blickt Deimos in die Augen.

Die Magd wischt mit ihrem Tuch über die Bisswunde, die vier deutliche Einstichstellen vorweist.

Deimos geht zu seinem Bruder und hebt seinen Kopf vom Kissen an. „Trinke. Das brauchst du."

Ahren nimmt einige Schlucke, bevor er das Getränk verschüttet. Alkohol läuft aus seinen Mundwinkeln und über sein Kinn. Er stößt die Flasche weg und brummt. „Lasst es uns einfach hinter uns bringen."

Das junge Dienstmädchen wischt noch einmal mit dem feuchten Stoff über seine Wunde. Deimos senkt die Flasche und kippt die blaue Flüssigkeit über die Wunde. Sie spritzt und läuft in die aufgerissene, klaffende Wunde, um dann über seine Seite und auf das Bett zu fließen.

Ahren zischt erst, dann heult er, und sein Körper windet sich umher.

Beim Anblick des Fleischs, das um seine Wunde herum schäumt, dreht sich mir der Magen um.

Für einen Moment lang wende ich mich ab, meine Brust verengt sich und ich bin nicht in der Lage, mir das Leid anzusehen. Mir steigen Tränen in die Augen, damit komme ich nicht zurecht. Ich blicke mich in dem verwitterten Zimmer um, auf die von der Sonne ausgeblichenen

Vorhänge und den verkratzten Kleiderschrank. Es gibt ein kleines, angeschlossenes Zimmer, welches eine Art altertümliches Badezimmer sein könnte, in dem nur zwei Eimer zu sehen waren. Ich sehe mir den langen, kupferfarben Teppich an, der durch das ganze Zimmer über die Holzdielen verläuft—konzentriere mich auf alles andere außer den Schreien.

Jemand stupst mich am Arm und ich zucke zusammen.

Ich blicke herum und Luther steht mir gegenüber. „Du musst den Verband auf die Wunde halten und Druck ausüben. Denkst du, dass du das kannst?"

Ich nicke und nähere mich ihm bereits. „Natürlich." Ich atme so heftig und lege eine Hand auf die Verbandslagen an Ahrens Seite. Die Hitze dringt mühelos durch den weißen Stoff und kriecht meinen Arm hinauf.

Die angespannten Muskeln in Ahrens Hals zucken, seine Augen sind noch immer geschlossen und Schmerz steht ihm ins Gesicht geschrieben.

Ich drücke meine Hand gegen den Biss, halte die Bandage an Ort und Stelle, sitze dabei auf der Kante des Bettes.

Deimos hilft der jungen Frau beim Aufräumen, dankt ihr und trägt den Eimer Schmutzwasser für sie hinaus. Luther geht mit ihnen hinaus und schließt die Tür hinter sich.

Mein Herz pocht noch immer. Jetzt sind es nur wir beide und ich sehe hinüber zu Ahren.

Schweißperlen tummeln sich auf seiner Stirn und, als ich mich umsehe, finde ich ein feuchtes Tuch in der Nähe seiner Füße. Mit meiner freien Hand greife ich danach und wische damit seine Stirn ab. Es hat etwas beinahe Normales, dass er hier liegt. Nahezu menschlich. Jedoch ist er der Thronerbe des Schattenhofs, der Fetzen Information, den ich immer behalten habe. Ob er ein guter König werden wird?

„Guendolyn", flüstert er mit kaum hörbarer Stimme.

„Es ist in Ordnung", antworte ich. „Du bist in Sicherheit."

Seine Augen öffnen sich und offenbaren blasse, grüne Regenbogenhäute, fast wie ein verwelktes, grünes Blatt. Sie sind recht glasig. Ich erwarte, dass er seine Nase mir gegenüber rümpfen oder mich mit stechendem Blick anstarren wird. Doch er starrt einfach vor sich hin, als würde er jemand anderen sehen.

„Wusstest du, dass du dazu bestimmt bist, unser aller Tod zu sein?", sagt er mit weicher Stimme.

Seine Worte lassen mich nach Luft ringen. Ich versuche seine Beleidigung zu entschlüsseln.

„Was meinst du damit?"

Sein Gesicht verzerrt sich voller Schmerzen und ich warte einen Augenblick, bis sich seine Atmung wieder beruhigt und er mich wieder ansieht. „Luther hätte dich nie in unser Königreich bringen dürfen. Du solltest nicht hier sein."

Ich weiß nicht, was ich antworten soll und fühle mich, als würde das Gewicht der gesamten Welt auf meinen Schultern liegen.

„Du musst das in Ordnung bringen", murmelt er mit fest geschlossenen Augen.

Aber ich habe diese Spielchen satt. „Dann sag mir, was hier vor sich geht, damit ich die richtige Entscheidung treffen kann." Verdruss steigt in mir hoch. „Sag mir, was ich wissen muss." Meine Stimme hebt sich.

Er zieht eine Grimasse vor Schmerzen.

Seine Hand bewegt sich hinunter zu meiner und lindert den Druck, den ich auf seine Wunde ausübe.

Nun atmet er leichter und ein Lächeln umspielt seine Lippen.

„Wow, hast du gerade gelächelt?", sage ich. „Ich bin mir ziemlich sicher, dass die Welt nun untergehen wird."

„Deine scharfe Zunge wird dich noch in Schwierigkeiten bringen." Er öffnet seine Augen.

„Ist es das, was du willst? Zu sehen, wie ich dafür bestraft werde, dass ich in deine Welt gekommen bin?" Ich setze mich auf der Bettkante zurecht, um ihn besser ansehen zu können, mit meiner Hüfte gegen die Matratze und meiner Hand noch immer auf seinem Verband.

Er zuckt mit den Schultern und jammert vor Schmerzen.

„Das hast du verdient", zische ich und bereue nicht ein Wort davon. Er ist der älteste der Prinzen, die Fee, die dazu bestimmt ist, eines Tages König zu werden, doch in diesem Moment regt er mich einfach nur auf.

„Ich will dich damit nicht beleidigen, indem ich dir diese Dinge erzähle, sondern damit du auf das vorbereitet bist, was du entfesselt hast." Er hält für einen Moment inne, sein Unterkiefer ist angespannt während er gegen die Qualen ankämpft, die in ihm toben.

„Wenn mich jemand verflucht hat, solltet ihr auf sie wütend sein, nicht auf mich." Rage galoppiert durch meinen Verstand.

„Eines Tages werde ich die Fee töten, die den Zauber auf dich gelegt hat."

Ich erstarre, überrascht von seinem Geständnis und werfe ihm einen ungläubigen Blick zu. „Wer war es?", frage ich im Adrenalinrausch. „Weißt du, warum sie mich verflucht haben?"

Seine Atmung wird flacher und Schatten zeichnen sich in seinen Augen ab. „Um dich zu töten." Er sieht mich an. „Du bist vom Hof der Unseelie, Guendolyn.

Wenn du dort hin zurückkehrst, töten sie dich, sobald du ihnen unter die Augen trittst."

Hof der Unseelie... Ich erinnere mich an Deimos Worte.

„Die Unseelies sind schonungslos und böswillig—sie sind die dunkelsten der Feen. Wir sind ihre Feinde!"

Bin ich ein Feind dieser Prinzen?

Ich schaue Ahren an während meine Gedanken außer Kontrolle geraten. „Das heißt also, dass die Unseelie Feen mich verflucht haben! Warum würden sie das tun, wenn der Fluch alle im Königreich betrifft, sogar sie selbst?"

„Es gibt vier Königreiche im Königreich der Irrfahrten, jedes steht mit unterschiedlichen Göttern, Elementen und Magie in Verbindung." Er wird ruhig und regungslos für einen Augenblick, dann räuspert er sich. „Der Fluch wurde geschaffen, um nur den Schattenhof zu treffen, um uns auszurotten. Und in den letzten beiden Jahre haben wir einen Krieg gegen eine endlose Welle von Blutverfluchten geführt, die unser Königreich angreifen, naheliegende Dörfer zerstören und alle um ihr Leben rennen lassen." Er schluckt laut und sein Gesicht wird blasser.

„Ich weiß nicht, wie man diesen Fluch bricht, das ist dir bewusst, oder? Wenn ich es wüsste, würde ich in sofort aufheben."

„Du benötigst Hilfe von unseren Magiern, um diese Katastrophe rückgängig zu machen, also musst du uns vertrauen."

Die Worte sprudeln aus mir heraus, bevor ich sie zähmen kann. „Ich vertraue dir *nicht*."

Der Schmerz steht ihm deutlich ins Gesicht geschrieben, aber sind wir mal ehrlich... Hat er wirklich etwas anderes erwartet? Ich kenne ihn nicht und ich wurde in diese Welt geschleppt.

„Ich *kenne* dich nicht“, flüstere ich.

„Was also bedarf es, um dein Vertrauen zu gewinnen?“

Auf seine Frage hin setze ich mich gerade hin. „Zeige mir, wie ich nach Hause komme.“

„Ich verspreche dir, dir bei deiner Rückkehr nach Hause zu helfen. Unverletzt.“ Er betrachtet mich mit schmalen Augen. „Sobald wir den Fluch gebrochen haben.“

„Wie lange wird das dauern?“, frage ich mit abgehackten Worten.

„So lange, wie es dauert.“

Eine Schlacht bricht in mir aus und der Zorn brennt von Kopf bis Fuß. Er hat nicht die Absicht, sich damit zu beeilen, mir zu helfen. Ihm geht es nur um seinen Hof, und mich... Ich bin der Schlüssel, um seine Probleme zu lösen, danach werde ich entsorgt. Vielleicht sogar getötet. Ich bin ihr Feind, laut Deimos Aussage. Alle Unseelie sind Feinde.

„Ich hasse dich“, zische ich. „Ich dachte, du hättest gesagt, dass du möchtest, dass ich dir vertraue.“

„Du kannst jemanden, den du nicht kennst, nicht hassen. Noch nicht jedenfalls, aber sobald wir zu Hause sind, werde ich dir so vieles mehr zeigen. Ich kann mit deiner Sturheit umgehen.“ Dieses Grinsen zeichnet sich wieder auf seinen Lippen ab, und ich möchte ihn am liebsten direkt in seine Wunde boxen. Auch mit dem Verbänden darum. Ja, dann wäre ich ein Arsch, aber ich koche wegen seiner Arroganz vor Wut.

„Aua.“ Er versucht sich im Bett umzudrehen und rümpft dabei die Nase. „Es brennt.“

„Wovon sprichst du?“ Ich habe fast schon seine Verletzung vergessen.

Er stößt meine Hand weg von seiner Wunde. „Deine Hand verbrennt mich durch die Bandage hindurch.“

„Was?", sage ich und versuche die Verbände wieder zurechtzurücken. Aber er dreht und windet sich auf dem Bett und versucht, von mir weg zu rutschen.

„Deine Hand fühlt sich an, als stünde sie in Flammen. "

„Das ist deine Wunde, die gegen die Infektion ankämpft. Stelle dich nicht so an. Halte still."

Hitze strahlt von meiner Handfläche ab und wird von Sekunde zu Sekunde immer heißer.

Ahren heult vor Schmerzen auf und weicht vor mir auf dem Bett zurück.

Die Verbände fallen auf die Matratze.

Seine Bisswunde ist komplett verheilt—keine verletzte Haut, nur Blutspuren.

Ich blinzele schnell beim Anblick des brennend heißen Handabdrucks auf seinem Körper. *Meinem* Handabdruck.

Er sieht an seiner Seite herunter und dann zurück hoch zu mir. In seinen Augen tobt der Zorn. „Was hast du getan?"

Ich habe keine Ahnung, aber ich kann mir das Grinsen auf meinen Lippen nicht verkneifen.

„*Das Problem mit der Liebe ist, dass sie dich schwach macht.*" Die Worte des Königs gehen mir nicht aus dem Kopf. Ich habe es verabscheut, wenn er das zu mir sagte, denn dieser Bastard hat *meine* Mutter geheiratet. Ich hasse dieses Arschloch eines Königs noch immer, doch ich erkenne etwas Wahrheit in seinen Worten. Sich in jemanden zu verlieben, raubt dir die Konzentration; es macht dich zu einem leichten Ziel für deine Feinde. Auf diese Weise ist seine erste Ehefrau ums Leben gekommen, als sie mit ihrem Erstgeborenen schwanger war.

Der einzige Grund, warum er meine Mutter geheiratet hat, war der Stammbaum des Hauses Larmathier, da sie ein bedeutendes Mitglied einer der ältesten und wohlhabendsten Familien war. Nach dem Tod seiner ersten Ehefrau brauchte der König schnell Geld und eine neue Ehefrau... bevor seine Schwester seinen Platz einnahm und ihm somit die Herrschaft aberkannte.

Unsere Königreiche sind absolute Monarchien. Die

Macht liegt beim König und der Königin, aber es gibt einige Einschränkungen ihrer Autorität, wie zum Beispiel, dass sie mit einer angemessenen Braut oder Bräutigam verheiratet sein müssen, die eine akzeptable Herkunft nachweisen können, oder sie verlieren ihren Anspruch auf den Thron. Der König oder die Königin können nicht alleine regieren. Und was den Erben ihres Throns angeht, ist es immer der Erstgeborene—der Älteste. Da der herrschende König aber keine eigenen Kinder von seiner ersten Ehefrau hat, ist es Ahrens Bestimmung, den Thron zu übernehmen, wenn der König und die Königin nicht länger in der Lage dazu sind, zu regieren. Dazu kommt, dass der König vor vielen Jahren einen furchtbaren Sturz vom Pferd hatte, der es ihm unmöglich macht, weitere Kinder zu zeugen. Daher hat er sich damit abgefunden, uns drei zu adoptieren und dass Ahren eines Tages den Thron übernehmen wird.

Doch das wird natürlich kompliziert, nicht nur weil Ahren als ihr Erbe den Thron besteigen wird, sondern auch weil er sofort heiraten muss, um diese Position anzutreten.

Ich blicke entlang des Flurs auf die geschlossene Tür, hinter der Ahren und Guendolyn warten. Mein kleiner Wolf bringt chaotische Verwirrung in mein Leben. Es ist verboten, dass Seelie und Unseelie Feen zusammen sind. Meine Brust verengt sich und meine Nervenenden knistern bei der Vorahnung der Dinge, die da kommen. Das Wrack ist dabei mich hinunter in die Tiefen der sieben Höllen zu ziehen und es scheint als könne ich mich nicht aus der Schusslinie der nahenden Zerstörung bewegen.

Die Tür auf der anderen Seite des Korridors öffnet sich und ich stoße mich von der Wand ab. Deimos tritt hindurch.

Ich sage zu ihm: „Wir sollten reden.“

Er wird zornig und blickt mich durch seine von der Kapuze verdeckten Augen an. „Worüber?“

„Den Ausflug ins Erdenkönigreich—da wir noch keine Möglichkeit hatten, um uns richtig darüber zu unterhalten.“

„Du sitzt die ganze Zeit hier draußen, während ich geholfen habe, mehr Wasser vom Brunnen zu holen, um mich nach ihr zu fragen? Scheiße Bruder, du bist so durchschaubar.“

„Du verstehst mich nicht richtig“, lüge ich durch meine Zähne hindurch, aber ich habe es satt, dass er mich wegen Guendolyn anmacht. „Die Erde ist kein einfacher Ort, um sich darin fortzubewegen. Und deine Rückkehr hat zu lange gedauert.“

Er fährt sich mit der Hand übers Gesicht. „Nun, erstens war nicht geplant, dass ich alleine dorthin gehe, oder mich alleine mit dieser sturen Göre herumschlage, oder dass ich zwei blutrünstige Blutverfluchte am Arsch habe, mit denen ich alleine fertig werden musste. Aber *gern geschehen,* ich habe sie dir gerne zurückgebracht. Ich bin durch die Hölle gegangen“, knurrt Deimos.

„Sei nicht so ein Weichei.“

Auf meine Antwort hin wird er ganz steif. In seinen Augen schwelt eine Dunkelheit, unnachgiebige Wut.

Wenn wir so weitermachen, enden wir zwei noch in einer Rauferei wegen puren Starrsinns. Ich gehe auf ihn zu und lege meine Hand auf seine Schulter und drücke leicht auf das dünne, menschliche Hemd, das er trägt. „Bleib locker. Seit wann bist du so ernst und verstehst keinen Spaß mehr?“

Er wimmelt mich ab und fährt sich mit einer Hand durchs Haar. Es dauert kurz, aber er sieht zu mir mit einem Grinsen zurück. Da ist er, der Bruder, mit dem ich aufgewachsen bin und mit dem zusammen ich so viel Scheiße durchgemacht habe.

„Danke, dass du sie sicher hier her gebracht hast."

Er lächelt so halb, doch seine Stirn liegt in Falten.

„Was ist los mit dir?", frage ich.

Einen Moment lang steht Deimos wie angewurzelt da, mit seinem Blick auf die Wand hinter mir fixiert. „Es könnte sein, dass ich Scheiße gebaut habe."

Deimos gibt nie einen Fehler zu—niemals! Diese Worte sitzen schwer wie ein Berg auf meiner Brust. „Was hast du getan?"

Seine Lippen werden schmal, denn offensichtlich leidet er. Sein Blick schwenkt zu mir zurück. „Ich brauche einen starken Drink." Er wendet sich der Tür zu, die in die Taverne führt, doch ich hole aus und greife nach seinem Arm.

„Erzähle es mir jetzt. Was ist passiert?" In meinem Verstand spielen sich unterschiedliche Szenarien ab... sie haben mit Guendolyn und ihm zusammen zu tun.

Sein Zögern macht mich fertig und meine Finger bohren sich fester in seinen Arm. Meine Muskeln sind höllisch angespannt.

„Es könnte sein, dass ich diesem verschlafenen Nest, Swindon, die Gefolgschaft unseres Königreichs angeboten habe." Er reißt sich aus meinem Griff frei und stapft den Korridor entlang hoch und runter.

„Warum zum Teufel würdest du das tun? Hast du nicht deine überredende Stimme genutzt?"

„Denkst du, dass ich das verdammt noch einmal nicht versucht habe? Es funktioniert nicht immer, wenn ich gestresst bin."

Ich marschiere hinter ihm her und schnappe mir

seinen Ellbogen um ihn daran in die Taverne zu schleifen. „Jetzt brauche ich diesen verfluchten Drink."

Ich stoße die Tür auf, die vom Flur in die Taverne führt. Die Hälfte der Betrunkenen ist schon gegangen, also ist es wesentlich ruhiger jetzt. In der Luft liegt eine sanfte Melodie, gespielt von einer einzigen Flöte.

„Zwei Gläser Schadstoff", rufe ich dem Barkeeper über die Schulter zu, während ich Deimos in die hinterste Ecke des Raums zerre, wo wir alleine sein können und in die Nähe des Feuers, um diese kalten Schauer loszuwerden.

„Hinsetzen", weise ich meinen jüngeren Bruder an. „Nun, so hast du uns also hinter diese Tore bekommen. Unsere Gefolgschaft angeboten?" Meine Knie hüpfen unter dem Tisch. „Konntest du ihm nicht etwas anderes anbieten, wie beispielsweise deinen Erstgeborenen?" Offensichtlich funktioniert mein Sarkasmus nicht, aber dieser Mist könnte ihn das Leben kosten. König Tibout mochte unser Stiefvater sein, aber er würde jeden Grund nutzen, um uns loszuwerden. „Wenn der König davon erfährt, wird er dich entweder töten oder für immer einsperren lassen. Niemandem steht die Entscheidung zu, wem wir unsere Gefolgschaft anbieten."

„Denkst du, das weiß ich nicht?", brummt er gerade als der Barkeeper zwei Gläser voll gefüllt mit einem kupferfarbenen Getränk bringt. Schadstoff wird aus einer giftigen Pflanze hergestellt und wochenlang fermentiert, bevor man es gefahrlos trinken kann. Das Zeug löst ein leichtes Kribbeln aus und ist dafür bekannt, dass man schnell betrunken davon wird, wenn man zu viel davon trinkt. Es ist aber verdammt stark, und genau das ist es, was ich jetzt brauche.

Sobald der Barkeeper uns verlassen hat, kippt Deimos die Hälfte seines Drink hinunter. Seine Nase kräuselt sich

und er schüttelt sich, dann trinkt er den Rest. „Wir sind
am Tor. Die Leacnan hatten uns beinahe. Du hast
geschrien. Guendolyn war am Heulen. Und Ahren sah
aus, als wäre er bereit zu sterben. Und dieser Bastard
verlangte unsere Gefolgschaft in einem Moment, in dem
ich nicht *nein* sagen konnte."

Deimos schluckt laut und winkt dem Barkeeper zu,
um auf sein leeres Glas zu deuten und eine weitere Runde
Drinks zu bestellen. „Ich habe den Siegelanstecker
unseres Hofs von Ahrens Jacke draußen vorm Tor
abgerissen und dem Mann als Bestätigung gegeben,
damit er uns hineinlässt."

„Du weißt, was das bedeutet?" Meine Atemzüge sind
scharf und kurz, meine Zähne fest zusammengebissen.

„Zur Hölle, ja. Sie können unser Versprechen
jederzeit, wenn sie unsere Hilfe benötigen, einfordern,
aber im Gegenzug sind sie nicht loyal zu uns. Gott, ich bin
so am Arsch."

„Genau auf diese Art und Weise ist Haus Gialet
untergegangen, weißt du. Sie waren gezwungen, einem
solchen Pakt Folge zu leisten, und sie wurden aus dem
Hinterhalt überfallen und getötet. Und jetzt sind wir
verpflichtet, diese Stadtbewohner zu beschützen, die
uns, sobald sie die Chance bekommen, in den Rücken
fallen werden." Unbehagen nistet sich unter meinem
Rippenbogen ein, zusammen mit dem Gefühl, in die
Ecke gedrängt zu sein. Dies betrifft uns alle, und es
ärgert mich, dass wir uns in dieser misslichen Lage
befinden.

Ich sehe mich in dem Raum voller Betrunkener um.
Die meisten von ihnen sind wahrscheinlich Söldner.

„Dadurch fühle ich mich auch nicht besser!"

Ich nicke, während ich meinen Drink austrinke.
Vermischter, bitterer und süßlicher Zitrusnachgeschmack

bleibt auf meinem Gaumen zurück. Unsere zweite Runde Drinks trifft ein.

„Was machen wir jetzt?", fragt Deimos mit verängstigtem Gesichtsausdruck. „Nachdem ich gerade der Dienstmagd mit dem Wassereimer geholfen habe, bin ich zurück zu dem Wachmann gegangen, um mit ihm darüber zu sprechen, den Anstecker zurückzugeben und im Austausch habe ich ihm eine große Menge Gold angeboten. Er hat mir ins Gesicht gelacht und gesagt, dass er den Pin bereits Lord Swindon gegeben hat. Hätte er den Anstecker noch gehabt, hätte ich ihn an Ort und Stelle getötet. Verfickter Schweinehund."

„Scheiße! Na gut. Zuallererst, kein Sterbenswörtchen davon zu Ahren." Ich beuge mich vor zu ihm und sehe mich in dem Raum um, um sicherzugehen, dass er sich nicht an uns angeschlichen hat. „Du weißt wie er ist, wenn er gereizt ist. Verhält sich wie ein Scheißkerl und kann seinen Mund nicht halten. Zweitens, was bringt uns dieses furchtbare Geschäft sonst noch? Eine Kutsche zurück nach Hause?"

„Ich werde mich darum kümmern", sagt er und greift nach einem weiteren Glas Schadstoff.

„Und drittens, wir müssen uns einen Plan ausdenken, wie wir mit dem König umgehen werden, wenn dieser Lehnsherr auf unserer Türschwelle erscheint."

„Das wird ein schlimmes Ende nehmen—ich spüre es. " Deimos kippt seinen Drink auf Ex hinunter. Wenn er nicht bald aufhört, wird er die Quittung dafür am Morgen bekommen.

„Der König weiß nicht, dass du vor zwei Jahren Guendolyn zurückgebracht hast und sie den Fluch freigesetzt hat. Und garantiert weiß er auch nicht, dass wir zurückgegangen sind, um sie jetzt herzuholen. Jetzt gibt es nur noch uns. Wenn wir überleben wollen, darf niemand davon erfahren."

Mein Kopf beginnt schon sich zu drehen und vielleicht war es keine gute Idee, auf leeren Magen so schnell zu trinken.

„Wir halten zusammen. Wir müssen Guendolyn sicher nach Hause bringen, dann sprechen wir mit meinem Magier, damit er hilft, ihre Verbindung mit dem Fluch zu richten", sage ich. „Wir beten, dass der Lehnsherr dieses Dorfs nicht allzu schnell an die Tür unseres Hofs klopfen kommt."

Deimos steht auf und ich mache es ihm nach, der Raum neigt sich leicht. Wir laufen beide durchs Zimmer und ich fühle mich, als würde ich schweben. Alles steigt mir zu schnell zu Kopf. „Dieser Drink ist stärker, als ich in Erinnerung hatte", sage ich.

„Ahren wird so sauer sein, wenn er sieht, wie wir schwanken."

„Shhh." Ich lege ihm meine Hand über den Mund und fühle mich nun so betrunken, dass ich kaum auf meinen eigenen Füßen stehen kann.

Er stößt meine Hand weg und lacht. Es ist ansteckend und ich heule auch vor Lachen. Wir stecken so tief in der Scheiße und ich kann nicht aufhören zu kichern.

Ich blicke hinüber zum Barkeeper, der uns beobachtet. Ich stecke meine Hand in meine Tasche und ziehe fünf Goldkronen heraus, was mehr als genug für unsere Drinks sein sollte. Dann gebe ich sie ihm und er schaut mich mit großen Augen an. In Wirklichkeit schuldet uns dieses Dorf so viel mehr als nur ein Zimmer für eine Nacht und eine Handvoll Drinks für die Gefolgschaft unseres Königreichs, aber ich werde diesen Mann nicht für die Entscheidungen anderer bezahlen lassen.

Seite an Seite stolpern Deimos und ich den Korridor

entlang. Ich stoße rasch die Tür mit meiner Handfläche auf.

Guendolyn und Ahren haben eine Konfrontation über das Bett hinweg. Beide fahren herum um uns anzustarren. Deimos knallt die Tür zu, dreht sich um und fällt dann mit dem Gesicht voran zu Boden. Zwei Sekunden später schnarcht er wie ein Bär.

„Was zum Teufel?", brummt Ahren.

Meine Aufmerksamkeit fällt jedoch auf den pochenden, roten Handabdruck auf der Seite meines Bruders. „Hey, deine Bisswunde ist weg." Ich bekomme Schluckauf und mein Lachen schallt über meine Lippen, während mein Kopf sich dreht.

„Wie es scheint, ist Guendolyn eine Heilerin", zischt Ahren. „Habt ihr zwei getrunken?"

Ich sehe zu ihr hinüber und mein Herz schlägt so schnell, sodass es alles ist, was ich hören kann. „Du bist so schön." Ich fühle mich von ihr angezogen, wie jedes Mal, seit wir uns zum ersten Mal begegnet sind. Über meinen Bruder zu steigen ist ein Fehler. Meine Schuhspitze bleibt an ihm Hängen und ich falle auch nach vorne. Mein Kopf schlägt auf den Holzdielen auf und alles, woran ich denken kann, ist Guendolyn. Guendolyn und Schlaf.

Guen

„Was ist gerade geschehen?", murmele ich, während ich auf die beiden Prinzen starre, die auf dem Boden liegen und sofort eingeschlafen sind.

„Verdammt Idioten haben sich betrunken."

„So schnell?" Wenn überhaupt waren sie gerade einmal fünfzehn Minuten weg.

„Sie vertragen nichts", knurrt Ahren, der jetzt durchs Zimmer stapft um die Tür zu verschließen.

Ich beobachte die flüssigen Bewegungen seiner Muskeln, die sich über seinen Rücken spannen, die Stärke seiner Schultern und den engen Sitz dieser schwarzen Hose über seinem Hintern. Wenn er läuft, gleicht es mehr einem Herumstreifen, sein Körper strahlt Macht aus. Und ich kann nicht anders, als bei seiner ursprünglichen Präsenz zu erschaudern.

Je näher ich ihn mir ansehe, desto mehr fallen mir die verheilten Narben auf seinem Rücken auf, die von einer Peitsche verursacht wurden. Ich zucke zusammen und mein Herz blutet. Jemand hat ihn so stark verletzt?

Er wendet sich mir zu und ich senke meinen Blick auf seine Brüder. Ich kaue auf der Innenseite meiner Wange, nicht in der Lage dazu, diese Wunden zu vergessen.

Als ich meinen Blick wieder hebe, betrachtet Ahren meinen Handabdruck und versucht ihn mit seinem Daumen wegzurubbeln.

„Wird es eine Narbe hinterlassen?", frage ich, während ich mich neben Luther niederknie und die Haare aus seinem Gesicht schiebe. Er schläft tief und fest und wird sich morgen sicher furchtbar fühlen. Geschieht ihm recht, dafür, dass er mich mit seinem grimmigen Bruder alleine lässt, um zu trinken.

„Er sollte verschwinden, wenn meine Wunde komplett verheilt ist. Dein Abdruck ist wie ein magischer Verband. Obwohl ich schon erlebt habe, dass einige Heilabdrücke jahrelang geblieben sind."

„Der Handabdruck eines Mädchens könnte in deiner Hochzeitsnacht schwer zu erklären sein, falls er bleibt." Beim Gedanken an dieses Bild muss ich ein wenig lachen.

„Sie wird wissen, dass es ein Heilabdruck ist", antwortet er steif. An ihm ist mein Sarkasmus komplett verschwendet.

„Das war ein Witz", sage ich beim Aufstehen, doch er blickt mich verwirrt an. Ich bin auch zu müde, um ihm meinen dummen Scherz zu erklären. „Also, was machen wir jetzt?"

„Versuchen, etwas zu schlafen, und am Morgen machen wir uns auf den Heimweg." Er läuft mit einem leichten Humpeln zu seinem Bett, was mir verrät, dass er noch immer Schmerzen hat.

„Was ist mit ihnen?" Ich zeige auf seine Brüder.

„Sie schlafen. Wenn es nach mir geht, können sie da liegen bleiben. Das kommt davon, wenn man sich betrinkt."

„Du bist gemein." Ich gehe auf das andere Bett zu und schnappe mir eins der beiden Kissen, dann nehme ich noch eins von Ahrens Bett und begebe mich zu den Prinzen auf dem Boden.

„Ein weiches Herz wird dich im Königreich der Irrfahrten umbringen", erklärt er, während ich Deimos Kopf anhebe und ein Kissen darunter stopfe. Das Gleiche mache ich mit Luther, bevor ich dann zu meinem Bett zurückzukehre. Es steht parallel zu Ahrens Bett, und es wäre mir lieber, wenn wir in verschiedenen Zimmern wären. Er schüttelt seine blutbefleckte Decke auf, um sich dann unter die saubere Seite zu legen. Mein Handabdruck auf seiner Seite scheint ein wenig verblasst zu sein.

„Ich denke, dafür müsstest du zuerst einmal ein Herz haben", gebe ich zurück, während ich Luthers Wollsocken von meinen Füßen ziehe, bevor ich mich komplett ange-zogen unter die Decke meines Betts lege. Wie gerne ich doch diese engen Jeans ausziehen würde, aber das wird so schnell in der Gegenwart dieser drei Feen nicht passieren.

„Eines Tages werde ich König sein, und so viel Missachtung zu zeigen, kann dazu führen, dass du an den Knöcheln im Feld des Todes aufgehängt wirst."

„Und selbst wenn du ein Gott wärst, wäre es mir egal. Du bist trotzdem noch ein arroganter Arsch." Ich stöhne. Er geht mir ohne Ende auf die Nerven und nach allem, was heute vorgefallen ist, bin ich bereit einzuschlafen und es alles zu vergessen.

Ich drehe Ahren meinen Rücken zu, während er die Kerze auf dem Nachttisch zwischen uns auspustet. Er brummt und sein Bett ächzt, als er es sich darin bewegt, versucht, es sich darin bequem zu machen. Nie habe ich etwas getan, was diese Fee verletzt hat. Verdammt, ich habe ihn sogar geheilt... Gott weiß, wie ich das angestellt habe, doch ich verstehe einfach nicht, warum er mir gegenüber so feindselig ist.

Er kommt zur Ruhe, nur das Schimmern des heruntergebrannten Feuers in der Feuerstelle bleibt und wirft überall Schatten über die Wände. Das Geräusch knisternden Feuers hat etwas Beruhigendes. Gut, mit Ausnahme des leisen Schnarchens der beiden Prinzen, die auf dem Boden schlafen.

„Guendolyn", sagt Ahren mit weicher und scheinbar ruhiger Stimme.

„Ja?"

„Danke."

Diese Worte habe ich von Herrn *Ich lebe in einem Turm aus Elfenbein und werde dich jederzeit, wenn ich mich von dir angegriffen fühle, töten*, nicht erwartet. „Gern geschehen", flüstere ich, während ich die Decke anstarre, die von tanzenden Schatten geziert wird. Ich nehme an, er dankt mir dafür, dass ich ihn geheilt habe. Und nun ist alles, woran ich denken kann, die Spuren auf seinem Rücken.

Sind sie der Grund dafür, warum er so ein reizbares Arschloch ist?

„Wie hast du dir diese Wunden auf deinem Rücken zugezogen?", frage ich.

Er antwortet nicht sofort und ich nehme an, dass ich keine Antwort bekommen werde. Es steht mir nicht zu, neugierig zu sein, aber die Neugier gewinnt einfach immer in mir.

Er atmet tief ein und das Bett knackt unter ihm, als er sich in meine Richtung umdreht. „Mein richtiger Vater hat die Peitsche herausgeholt, wenn ich als Kind nicht auf ihn gehört habe." Seine Stimme klingt sehr sachlich, als hätte er lange geübt, jegliche Emotionen von den Prügeln, die er bezogen hat, zu trennen.

Ich ergebe mich dem Mitgefühl, dass in mir aufsteigt und jetzt fühle ich mich nur noch schrecklich, weil ich ihn so angefahren habe. Auch ich drehe mich auf die Seite zu ihm hin. Schatten tanzen über sein starkes Gesicht.

„Es klingt, als wäre er ein verfickter Schwachkopf", sage ich.

„Diese Fee hatte eine dunkle Seite, und wenn er dich mit dem Bösen in seinen Augen angesehen hat, wusstest du, was passieren wird. Als er aber anfing, seine Aufmerksamkeit auf meine jüngeren Brüder zu richten, habe ich mich eingemischt und ihn angegriffen. Er hat mir die Rippen und einen Arm gebrochen, und es dauerte Wochen, bis es verheilt war, sogar mit der Hilfe eines Heilers. Nichts, was Mutter versuchte, konnte ihn aufhalten."

„Es tut mir so leid, dass du das durchmachen musstest." Ich weiß nicht, was ich zu jemandem, der so einem Missbrauch ausgesetzt war, sagen solle. Es schmerzt, seine Geschichte zu hören und sie erinnert mich daran, wie viel Glück ich mit meiner Pflegemutter hatte, die mich von dem Moment an liebte, in dem ich bei ihrer Familie eingezogen bin.

„Es ist lange her und eine Erinnerung an die Art König, die ich eines Tages nicht werden möchte. Wie auch immer, gute Nacht, Guendolyn."

Nur das leichte Schnarchen der Brüder füllte den Raum zwischen uns.

„Nur noch eine Frage, bitte", sage ich. „Warum magst du mich nicht?"

„Es ist nicht so, dass ich dich nicht mag", antwortet er rasch, mit schnippischem Tonfall. „Ganz im Gegenteil. Ich mache mir nur Sorgen um meine Brüder." Er sagt nichts weiter und rollt zurück auf seinen Rücken, bevor er die Augen schließt.

Ganz im Gegenteil… Heißt das, er mag mich? Doch er denkt, dass ich seine Brüder verletzen werde.

Der Gedanke geistert durch meinen Verstand.

Ich weiß nicht, was ich davon halten soll, also ziehe ich mir die Bettdecke bis zum Kinn hoch und schließe meine Augen. Der Schlaf kommt schneller als erwartet.

Die Baumwipfel scheinen im Mondlicht zu schimmern. Hier oben auf der Plattform zu stehen, zwischen den Bäumen, gibt mir das Gefühl, als könnte ich die Sterne berühren.

„Sieh mich an." Seine Stimme ist rau und leidenschaftlich.

Meine Augenlider öffnen sich und ich blicke in seine berauschenden Augen.

Erregung bildet sich hinter seinem intensiven Blick und ich drücke meine Oberschenkel zusammen. Ich mag diesen Gesichtsausdruck, den Gedanken, dass ich ihn kontrolliere.

Elektrizität tänzelt über meine Haut.

Er lehnt sich nach vorne, vergräbt sein Gesicht in meinen Haaren und atmet mich ein. „Meins", murmelt er.

Seine Lippen schließen sich um meine und die Lust durchflutet mich. Ein verzweifelter Schmerz schießt durch mich durch, mein Gehirn sprüht Funken. Ich öffne meinen Mund und stöhne, als er seine Zunge hineinschiebt, die mit meiner kämpft.

Ich vergrabe meine Hände in seinen langen Haaren und ziehe an den Haarwurzeln.

Sein Griff festigt sich und mir entweicht ein Atemzug voller Erregung.

Dann gleiten meine Hände an seinen starken Schultern herab, über die harten Flächen seiner Brust und seines Bauchs. Meine Finger wandern unter sein Hemd und finden glühende Haut vor. Er stößt einen Atemzug aus, als ich ihn berühre und zieht mich grob näher zu sich heran. Er küsst mich mit solch einer Wildheit, dass ich mich selbst verliere. Es jagt mir Angst ein, wie sehr ich mich treiben lasse, wie sehr ich ihn begehre.

Ich will ihn. Brauche ihn. So einfach ist das, ich muss diesen atemberaubenden Mann haben.

Seine Küsse wandern über meine Wangen, meine Stirn, zu meinem Ohr und lassen mich erbeben. „Es gibt so viele Geheimnisse, die ich mit dir teilen möchte, mein kleiner Wolf. Geheimnisse, die dich zur mächtigsten Fee im Königreich der Irrfahrten machen werden."

Ich erstarre und sehe zu ihm hoch. Fort ist der tödliche Abgrund der Erregung, zu dem er mich gebracht hat, ersetzt durch Neugier. Es gibt so vieles, das ich nicht verstehe. „Wovon sprichst du?"

Seine Hände wandern an meinem Rücken hinab, umschmeicheln meinen Hintern, erfüllen mich mit Hitze, aber sein Blick auf mich verengt sich. „Warum denkst du, kennt dich jeder im Königreich der Irrfahrten?"

„Vielleicht weil—"

Ein durchdringendes Hornsignal dringt unten durch die Wälder und mein Herz erstarrt.

Luther weicht von mir zurück und blickt über das Geländer nach unten. Sein Gesicht ist blass, als er mich ansieht, und ich habe für einen Moment aufgehört zu atmen.

„Wir müssen gehen. Jetzt!", zischt er.

16

Guen

Der Geruch nach gebratenen Eiern erweckt mich aus meinem Schlaf, doch meine Gedanken drehen sich noch immer um den Traum von Luther. Ein wundervoll erregender Traum, der mich sehnsüchtig nach seinen Lippen und seiner Berührung lechzen lässt. In meinem Hinterkopf aber spüre ich auch die Dringlichkeit des Traums. Die Notwendigkeit, vor etwas Schlimmen wegzulaufen. Ich seufze, da ich mich nicht erinnere, wovor... Es ist ein weiteres Puzzleteil in meiner Erinnerung. Ich erinnere mich an den Moment, jedoch nicht was davor oder danach geschah. Nur die Emotionen, wie sehr ich mich nach ihm sehnte. Falls das überhaupt ein Splitter dessen ist, was wir gemeinsam hatten. Langsam beginne ich seine Reaktion letzte Nacht zu verstehen, als ich mich nicht an ihn erinnerte.

Mein Magen knurrt laut vor Hunger und ich höre das

Klappern von Besteck auf Geschirr, als ich mich aufrichte. Ich hebe meinen Kopf und meine Augen öffnen sich zu dem Anblick dreier Prinzen, die um einen kleinen Tisch herum im Zimmer sitzen, frühstücken und etwas trinken, das wie Kaffee riecht.

„Lasst besser die Finger von meiner Portion", krächze ich. Mein Mund fühlt sich an, als hätte ich ein Stachelschwein verschluckt.

„Guten Morgen", sagt Luther. „Hier ist genug für dich da."

Deimos rutscht herüber und quetscht einen vierten Stuhl zwischen sich und Luther.

Wie ein Zombie taumele ich dem Duft des Essens entgegen und lasse mich auf den Stuhl fallen. Ich nehme mir ein Stück Brot, beschmiere es mit Butter und Marmelade. Es schmeckt himmlisch auf meiner Zunge und ich entspanne mich auf meinem Stuhl, während ich es verzehre. Das Letzte, was ich gegessen habe, war ein Stück des Hasen und ich mochte es nicht.

Luther macht meinen Teller mit Eiern und Stückchen gebratenen Fleischs voll.

Ich blicke von einem Prinzen zum nächsten, alle haben die gleiche Kleidung wie gestern an, doch ihre Gesichter sind frisch, ihr Haar perfekt, wohingegen ich mich wie ein Monster fühle, das sich selbst gerade aus einem Sumpf gequält hat.

„Warum habt ihr mich nicht geweckt, wenn ihr alle so früh wach wart?", frage ich.

Ich streiche meine eigensinnigen blonden Haarsträhnen herunter und nehme an, dass ich eine furchtbare Bettfrisur habe.

„Du sahst so süß aus, als du geschlafen hast", sagt Ahren bevor einen Schluck Kaffee aus einem erdfarbenen Keramikbecher nimmt, als hätte er mich nicht gerade vor

allen anderen *süß* genannt. Alles, an was ich zurückdenken kann, ist unsere Unterhaltung von letzter Nacht,
seine Sorge, dass ich irgendwie seine Brüder verletzen
würde. Ich würde gerne lachen, denn ich bin alles andere
als ein Mädchen, das die Jungs an der Nase herumführt.
Es gibt keine Kerle, die um mich herumscharwenzeln—
diese ganze Aufmerksamkeit ist etwas Neues für mich.

Als ich zur Hälfte mit dem Essen auf meinem Teller
fertig bin, sehe ich zu Deimos hinüber. „Wie war der
Fußboden?", ziehe ich ihn auf und grinse dabei Luther an.

„Der beste Schlaf, den ich seit Jahren hatte", gibt
Deimos zurück und auf seinen Lippen zeichnet sich
dieses durchtriebene Grinsen ab, als er vom Tisch
aufsteht. Er läuft hinüber zum Schrank und holt einen
Stapel Kleidung und Schuhe. „Ich habe es geschafft, dir
etwas Saubereres zum Anziehen aufzutreiben. Hoffentlich
passen dir die Sachen."

Ich schlucke das Essen in meinem Mund herunter
und drehe mich auf meinem Stuhl um. „Wow.
Dankeschön. Wo hast du die denn her?"

„Der Wachmann dieses Dorfs schuldet mir etwas",
sagt er schnell.

Ich springe sofort auf. „Wo ist das Badezimmer?"

Ahren und Deimos schauen mich verwirrt an. „Das
was?", fragt Ahren.

„Der Abtritt", antwortet Luther und ich habe vorher
noch nie gehört, dass jemand eine Toilette so nannte.

„Wir lassen dich hier alleine, damit du dich umziehen
kannst, dann zeige ich dir den Abtritt... das Badezimmer,
wenn du fertig bist." Deimos läuft schon durch das
Zimmer und seine Brüder folgen ihm. Ohne meine
Antwort abzuwarten, sind sie schon draußen im Flur,
schließen die Tür und lassen mich alleine.

Ich ziehe mit ein wenig Arbeit meine Jeans an meinen

klebrigen Körper hinunter. Es fühlt sich erfrischend an, nackte Beine zu haben. Dann pelle ich mich aus meinem Hemd und nehme mir das Kleid von Deimos. Die Farbe ist Granatrot. Ich ziehe es über meinen Kopf, fädele meine Arme durch die kurzen Ärmel. Der Stoff ist etwas dicker, fast wie flauschiger Samt, und er fällt in weichen Wellen hinunter zu meinen Knöcheln. Um das schwarze Korsett herum ziehe ich die Riemen, um es zu schnüren, ohne mir die Luft abzuschneiden. Ich sehe an mir hinunter, auf den eckigen Ausschnitt, der tief auf meiner Brust sitzt. Meine Brüste werden gut sichtbar in diesem Outfit nach oben gedrückt. Ich schiebe die Ecken meines schwarzen Büstenhalters, der hervorblitzt, nach unten und greife dann nach den schwarzen Stiefeln, um in sie hinein zu steigen. Perfekt. Deimos hat ganze Arbeit geleistet.

Meine Kleidung hinterlasse ich gefaltet auf meinem Bett, sie ist schmutzig und die Säume der Jeans sind zerrissen. Ich gehe auf die Tür zu, öffne sie und die Prinzen verstummen plötzlich in ihrer Konversation.

Drei Augenpaare ruhen auf mir.

„Verdammt", sagt Luther. „Du siehst atemberaubend aus."

Ahren und Deimos sagen nichts, doch ich bin nicht blind gegenüber der Anerkennung auf ihren Gesichtern. Das führt dazu, dass ich rot werde. Normalerweise bin ich nicht der Typ für Kleider, daher gibt ihre Bewunderung einen großen Schwung Selbstbewusstsein.

„Lasst uns gehen", sagt Deimos.

Mit gesenktem Kopf laufe ich an den beiden Prinzen vorbei und folge Deimos zum Ende des Flurs.

Ich blicke zurück über meine Schulter und sehe, wie Ahren in das Zimmer geht und Luther hinter mir her starrt. Es ist zu dunkel, um von hier seinen Gesichtsausdruck erkennen zu können, aber ich habe Schmetterlinge im Bauch.

Deimos hält vor der Tür inne und führt mich durch einen weiteren Korridor, der zu einer Tür führt, die sich nach draußen öffnet.

Eine eiskalte Brise schlägt mir ins Gesicht und ich lege meine Arme um mich. Die Sonne scheint, der Himmel ist blau, aber es ist saukalt. Und doch fühlt sich der heutige Tag wie ein neuer Anfang an. Weiter entfernt stehen Pferde angebunden zwischen riesigen Bäumen mit dunkelbrauner Rinde.

Deimos wartet nicht auf mich, sondern marschiert voran entlang eines Pfads in die Wälder hin zu einem hölzernen Plumpsklo. Ich stöhne laut und meine Haut kribbelt bereits bei dem Gedanken daran, dort hinein zu gehen.

„Hey, warte", rufe ich, während ich mich beeile, um mit dem Prinzen Schritt zu halten. „Was ist los?", frage ich ihn. „Warum bist du so reserviert?"

Er sieht mich an. Seine Lippen spitzen sich, als wäre er von meiner Frage überrascht, aber mir fällt sein Verhalten auf. Stattdessen öffnet er die Tür des Plumpsklos und sagt: „Beeile dich. Wir müssen bald aufbrechen. Ich habe einen Eimer frisches Wasser für dich dort hineingestellt."

Ich starre zu ihm hoch, Worte sprudeln durch meinen Kopf, doch die Ungeduld in seinem Blick sagt mir, dass er nicht vorhat, mir irgendetwas zu erzählen. Also marschiere ich hinein und ziehe die Tür hinter mir zur.

Licht durchflutet den Raum durch ein kleines Fenster weit oben in der Wand. Auf einer kleinen Bank zu meiner Rechten steht ein Eimer mit Wasser und ich sehe hinein. Es sieht kristallklar aus, aber ich werde es nicht benutzen.

„Guendolyn", ruft Deimos von draußen mit hastiger

Stimme. „Ich bin in zwei Minuten zurück. Ich habe den Lehnsherrn dieses Dorfs gesehen. Ich muss mit ihm reden. Es wird nicht lange dauern."

„Okay, sicher." Wie auch immer.

Seine Schritte werden leiser.

An der Rückwand ist eine Bank angebracht, mit einem ovalen Deckel über dem, was ich für das Toilettenloch halte. Daneben ist ein Haufen dünner, abgeschnittener Blätter. Wow, ich kann nicht glauben, dass ich das gleich tun werde. Ich schlucke und beeile mich, um das hinter mich zu bringen. Zu meiner Überraschung stinkt es gar nicht so furchtbar und ich lasse mir Zeit. Wie sich herausstellt sind die Blätter gar nicht so viel anders als Toilettenpapier und sehr geschmeidig. Als ich fertig bin, wasche ich mir die Hände, gehe nach draußen und atme leicht durch. Die kühle Brise, die über meine Haut und um eine Beine weht, ist wunderbar.

Ich sehe mich um, erkenne aber kein Anzeichen von Deimos. Wahrscheinlich spricht er noch mit dem Lehnsherrn dieses Dorfs und ich gehe zurück auf dem ausgetrampelten Pfad zwischen einigen Kiefern hindurch. Die Luft riecht heute frisch und die Temperatur ist auf den Nullpunkt gefallen.

Das Knistern vertrockneter Blättern ertönt zu meiner Rechten und ich schaue herüber, erwarte Deimos. Stattdessen finde ich einen animalischen Kerl in schwarzer Reithose vor, deren Knöpfe seitlich nach unten verlaufen. Sein weißes Hemd hat lange Rüschenärmel und sein ausgefranster Bart und das wilde, goldene und drahtige Haar sagt mir, dass die Pflege seines Äußeren nicht zu seinen Prioritäten gehört.

„Hast du dich verlaufen?", fragt er, während er meinen Körper mustert und sein Blick auf meiner Brust innehält.

Schulterzuckend wende ich mich ab. „Nein, ich habe

mich nicht verlaufen." Ich laufe weiter, doch er greift nach meinem Handgelenk und zerrt mich zurück. Sein Griff zwickt so fest, dass es schmerzt. Ich wirbele mit meiner Faust herum und donnere sie ihm gegen seinen fetten Kopf.

Er bewegt sich nicht, zuckt nicht einmal mit der Wimper, lächelt nur und entblößt fehlende Zähne. Die Zähne, die er noch hat, sind vergilbt.

Es läuft mir kalt den Rücken hinunter.

„Iiih, lass mich los." Ich trete ihm gegen das Schienbein.

„Oh, du verfluchte Fotze." Er zieht mich an sich heran und seine andere Hand begrabscht meine Brust.

Ich stemme meine Faust gegen seine Brust und schreie, mein Puls brennt aufgrund der Tatsache, dass dieses Arschloch es als richtig betrachtet, mir wehzutun.

Eine große Hand legt sich um das Handgelenk des Mannes, eine weitere an seinen Hals, und zerrt ihn weg von mir.

Vom Ruck dieser Bewegung wanke ich umher.

„Die Dame hat *nein* gesagt", zischt Deimos und donnert dem Kerl eine Faust ins Gesicht, die ihn rückwärts davon stolpert lässt. Die Muskeln des Prinzen sind angespannt, als er dem Schwein eines Mannes hinterhergeht.

„I-Ich w-wusste nicht, dass sie zu Ihnen gehört", stammelt er.

Deimos wartet keinen Augenblick und prügelt Faust um Faust auf das Arschloch ein. Der Prinz bewegt sich schnell und schnappt sich sein Handgelenk, um dann den Unterarm über seinem Knie entzwei zu brechen.

Au. Ich zucke zusammen, baff von dem, was ich gerade gesehen habe.

Schmerzensschreie durchdringen die Luft und

machen das Gefühl von eben, von einem wundervollen Morgen, zunichte. Doch ich kann nicht wegsehen. Ich will, dass der Mann leidet für das, was er mir antun wollte.

Der Mann fällt auf seine Knie und wiegt seinen Arm, der im falschen Winkel absteht.

Ich reibe mein wundes Handgelenk und mein Herz pocht laut in meinen Ohren.

Deimos wischt sich das Blut an seinen Händen an seiner Hose ab und kommt bestimmt zurück auf mich zu.

Und alles, woran ich denken kann, ist, wie sehr ich ihn für das, was er gerade getan hat, schätze. Wie unglaublich gut er aussieht, wenn er mich beschützt. Bei dem Gedanken daran wird es mir ganz warm ums Herz. Und in diesem Moment wird mir klar, warum es mich so stört, dass er mich ignoriert. Ich verliebe mich viel zu schnell in ihn.

Luther

„Wir müssen gehen", ordnet Ahren an und steht vom Tisch auf. „Wir haben noch ein gutes Stück Weg vor uns, bevor wir zu Hause sind."

Ich möchte nicht daran denken, was auf uns wartet, also nicke ich. Wir gehen hinaus in den Flur und in Richtung der Bar. Sie ist leer, mit Ausnahme des Barkeepers, der in der Spüle Gläser wäscht.

„Luther, hole die anderen beiden. Ich hole die Pferde, die Deimos für uns organisiert hat und bezahle für unseren Aufenthalt."

Ich bin bereit, dieses Dorf zu verlassen, obwohl ein

Teil von mir mit dem Gedanken spielt, dem Lehnsherrn hier einen Besuch abzustatten... Würde es einen Unterschied machen? Was Deimos dem Mann angeboten hat, gleicht dem Fund eines Drachenschatzes. Er hat gerade Immunität vor unserem Angriff und Schutz für alle gewonnen. In Wirklichkeit aber, wie könnte ich Deimos Schuld zuweisen? Ich hätte in seiner Position genau das Gleiche getan. Eine Situation, die über Leben oder Tod entscheidet, richtig? Ich bezweifle jedoch, dass unser König dem so schnell zustimmen würde. Aber wir müssen Ahren davon erzählen, sobald wir zu Hause ankommen. Er muss es wissen, ganz gleich, wie verärgert er sein wird.

Die Regeln besagen, dass eine Gefolgschaft, die von einem direkten Angehörigen der königlichen Familie versprochen wird, anerkannt werden muss. Deshalb hat der König uns untersagt, solche Geschenke zu machen.

Draußen ist der Wind frisch und kalt. Nur ein paar Leute sind im Dorf, unter ihnen ein Bauer, der zwei Kühe durch die Dorfmitte führt. Drei seiner Söhne, um die zehn oder elf Jahre alt, ziehen ein Büschel Heu an einem Seil hinter sich her. Die Kinder sind klein und dünn, ihre Ohren spitz und ihre Augen groß, als sie zu mir herüber schauen. Ich versenke meine Hand in meiner Tasche und nehme drei Goldkronen heraus, um dann auf sie zuzugehen.

„Etwas für eure harte Arbeit. Steckt es in eure Taschen und schaut es nicht an, bis ihr wieder zu Hause seid." Ich lege je eine Münze in ihre winzigen, dreckigen Hände.

Dann wende ich mich von ihnen ab, als Deimos Stimme hinter dem Gebäude ertönt. Also gehe ich in diese Richtung.

Ein kleines Kind jubelt voller Aufregung im Hintergrund und ich muss lächeln.

Ich gehe um die Ecke der Taverne und finde meinen Bruder und Guendolyn dahinter vor.

„Hat er dir wehgetan?", brummt Deimos, während er Guendolyn an den Armen packt.

Ich warte ab und sehe zu, mein Puls rast plötzlich. Das sollte ich jetzt nicht mitansehen, aber ich kann mich selbst nicht dazu bekommen, mich zu bewegen. Weiter links ist ein schniefender Mann, auf seinen Knien weint er wie ein Baby. Dieser Bastard muss Hand an Guendolyn gelegt haben, und meine Wut kocht. Ich werde ihm das Rückgrat herausreißen.

Sie schüttelt ihren Kopf als Antwort auf Deimos Frage.

Mein Bruder nimmt sie in seine Arme, die eine Hand auf ihrem Hinterkopf, die andere auf ihrem Rücken.

Das Inferno in meiner Brust brennt. Sie wird in seinen Armen weich wie Butter, und seine Zuneigung ihr gegenüber zu sehen schnürt mir die Luft ab. Ich kann nicht atmen.

„Gut", sagt er. „Oder ich hätte diesem Hurensohn die Eingeweide herausgerissen. Vielleicht werde ich das aber noch, weil er es gewagt hat, dich anzufassen." Er hält sie fest an sich gedrückt und sie umarmt ihn. Diese kleinen Armen legen sich um seinen Körper.

Sie sieht an ihm hoch, wie sie auch mich angesehen hat... Ich ziehe mich um die Ecke herum zurück und presse meinen Rücken gegen das Holzgebäude. Eine Klinge durchstößt meine Brust. Meine Fäuste ballen sich, obwohl sie das nicht sollten, denn ich teile alles mit meinen Brüdern. Das Problem ist, dass ich verloren habe, was ich einmal hatte, und das liegt mir schwer auf der Seele.

Ich stoße mich von der Wand ab in dem Moment, als Ahren aus der Taverne tritt.

„Hast du sie schon gefunden?", fragt er. Dann werden

seine Augen groß, als er über meine Schulter blickt. Schritte nähern sich und ich muss mich nicht umdrehen, um zu wissen, dass sie es sind. Wenn ich Deimos jetzt ansehe, wird das dazu führen, dass ich ihn gegen die Wand werfe. Ich sollte nicht eifersüchtig sein, doch es kocht wie Gift in mir. Ich brauche etwas Zeit, um darüber nachzudenken.

Das erste Mal, als Guendolyn im Königreich der Irrfahrten angekommen war, habe ich Deimos dabei erwischt, wie er sie gebissen hat. Der Bastard hat sie markiert. Damals wusste ich schon, dass er sich zu ihr hingezogen fühlt, trotz des Leugnens. Und ich hätte wissen sollen, dass der Geschmack ihres Bluts ihn auch beeinflussen würde. So wie es auch mir ergangen ist.

„Da seid ihr ja", sagt Ahren. „Deimos, sie bestehen darauf, uns nur ein Pferd zu geben, wahrscheinlich hat das etwas damit zu tun, was auch immer du mit ihnen ausgehandelt hast."

„Beschissene Bastarde", faucht er und marschiert an mir vorbei, zurück in die Taverne, gefolgt von Ahren.

„Pferde", sagt Guendolyn. „Ich bin mir nicht sicher, was ich davon halten soll. Ich habe nur einmal eins in der Schule geritten. Und ich dachte, wir würden eine Kutsche nehmen?"

Meine Atemzüge sind hastig. *Beruhige dich.*

„Geht es dir gut, Luther?", fragt sie, während sie sich vor mich stellt und dieses wundervolle Gesicht zu mir hoch blickt. Blaue Augen, spektakulärer als der Himmel suchen mein Gesicht nach einer Reaktion ab, nach irgendetwas. Das tiefausgeschnittene, scharlachrote Kleid umschmeichelt die Kurven ihrer schmalen Hüfte und zieht die Aufmerksamkeit auf ihre atemberaubenden Brüste. Sie sieht wie eine richtige Fee aus in diesem Kleid, mit ihrem langen, blonden Haar, das im Wind

tanzt, mit ihrer blassen Haut und diesen hypnotisierenden Augen.

„Es geht mir gut." Meine Worte strotzen vor Gift und
ich hasse es, dass es mir in ihrer Gegenwart so schwer
fällt, meine Emotionen zu kontrollieren. Dass sie in mir
das Gefühl der Verletzlichkeit auslöst.

Sie zwinkert und es dauert kurz, bis sie meine Worte
verarbeitet hat. „Du scheinst aufgebracht zu sein." Mit
diesem Tonfall in ihrer Stimme scheint es nahezu, als
wäre sie überrascht.

Ich schlucke den Kloß in meinem Hals herunter,
würde am liebsten schreien.

Ihre Augen verengen sich und ich werde darauf
reduziert, dass sie mich bemitleidet.

Jedoch ist Guendolyn der Schlüssel zu unserem Überleben, für alle Feen des Schattenhofs. Meine Emotionen
also meine Grenzen austesten zu lassen, wird alles ins
Chaos stürzen. Egal wie verärgernd die Situation auch
sein mag, wie verlockend meiner kleiner Wolf auch sein
mag, ich muss einen klaren Kopf bekommen. Und
meinem Schwanz verbieten, die Entscheidungen zu treffen. Ich weigere mich, ihr zu zeigen, wie tief es mich
verletzt, wie sehr ich mich nach ihr sehne, dass ich uns
nie aufgeben werde, bis sie sich an uns erinnert.

„Nichts, worüber du dir Sorgen machen musst", sage
ich und das Wetzen von Schuhen einiger Passanten auf
dem Feldweg, die auf dem Weg zur Dorfmitte sind, zieht
meine Aufmerksamkeit auf sich.

Flammen züngeln an meinem Herzen. Wie Mutter
sagte, ich bin schwach, weil ich mit meinem Herz denke,
und nicht mit meinem Kopf. Dies ist meine Schwäche,
dies ist die Person, zu der ich geworden bin.

„Okay, aber wenn da was wäre, dann würdest du es
mir sagen?"

Ich nicke und lächle, dann fällt mein Blick auf ihre weinroten Lippen. Sie sieht auf jede erdenkliche Art unschuldig aus, doch ich weiß, dass das, was in ihr liegt, alles andere als unschuldig ist.

Bilder von Guendolyn in meinen Armen, nackt und meinen Namen rufend, plagen mich. Ihr Atem wird schneller, ihre Brüste heben und senken sich immer schneller. Bei diesem Anblick zuckt mein Schwanz. Ich hebe den Blick und starre wieder auf diese vollen Lippen. Wie sehr würde ich es lieben, an ihnen zu lutschen, während ich sie ficke und sie an den Rand des Wahnsinns bringe, bevor ich langsamer werde und sie wieder und wieder zurück an diesen Punkt stimuliere.

„Wir sind bereit", gibt Ahren bekannt und entreißt mich meinem schönen Tagtraum.

Guendolyn hört nicht auf, mich anzustarren... Ich kann ihre Augen auf mir spüren. Was denkt sie sich? Dass ich ein Geheimnis vor ihr verberge?

„Die Pferde warten am Vordertor auf uns." Deimos geht voran und wir durchqueren rasch das Dorf. Ich ignoriere die Blicke der Anwohner, die jeder unserer Bewegungen folgen.

Draußen vor dem Dorf grinst uns der Wachmann mit dem rasierten Kopf und den runden Gesicht von letzter Nacht an. Meine Hand zuckt vor Verlangen, ihm dieses Grinsen aus der Visage zu reißen. Er hat uns in einer Notsituation ausgenutzt. Anstatt uns zu helfen, hat er seine Taschen gefüllt.

„Guendolyn reitet mit mir", verkündet Ahren, während er neben dem größten der drei Pferde stehenbleibt. Es ist ein riesengroßer schwarzer Hengst, der mit seinen Vorderhufen im Dreck scharrt.

Alle starren Ahren an, diese Entscheidung sieht ihm

gar nicht ähnlich, aber es mir im Moment lieber, dass sie mit ihm geht.

Guendolyn legt ihre Arme um sich, ihre Zähne klappern. Das Wetter hat sich schnell geändert und der Winter ist nicht mehr fern. Es würde mich nicht überraschen, wenn es in ein oder zwei Tagen zu schneien beginnen würde.

Während sie aufsatteln, wirbele ich zu dem Wachmann herum und schnappe mir den Stoff seines Hemds, drehe ihn an seinem Hals fest zu. „Hör mir gut zu, du verfickter Idiot." Ich lache ihm höhnisch ins Gesicht. „Sei sehr vorsichtig damit, zu kommen um deine gestohlene Gefolgschaft einzufordern. Ich werde nicht vergessen, dass du uns erst geholfen hast, nachdem dir ein stolzer Preis bezahlt wurde."

Ich schubse ihn weg und er stolpert rückwärts. Seine Augen verengen sich voller Hass. Ich rechne damit, dass er antwortet, etwas sagt, doch er blickt mich nur mit Rage in seinen Augen an. Nachdem ich mir die Zügel meines kastanienbraunen Pferds geschnappt habe, hebe ich meinen Fuß in den Steigbügel, schwinge ich mich nach oben auf ihren Rücken.

Deimos reitet voran, Guendolyn sitzt auf einem Doppelsattel hinter Ahren, ihre Arme sind um seinen Bauch geschlungen, ganz offensichtlich voller Furcht. Und ich... ich werde hinterher traben. Ein Stoßen in die Seite meines Pferds mit den Hacken und wir setzen uns in Bewegung.

Es ist notwendig, dass ich alles vergesse und mich auf das konzentriere, was uns erwartet, sobald wir zu Hause ankommen. Das wird der gefährlichste Teil unserer Reise. Und doch ist alles, woran ich denken kann, Guendolyn in meinen Armen zu halten.

<h1 style="text-align:center">17</h1>

GUEN

Der Ritt durch den Wald ist ruhig, was mich in meinen Gedanken und meiner wachsenden Unsicherheit versinken lässt. Ich halte mich an Ahren fest, umklammere seine Jacke mit den Fäusten, damit ich nicht von diesem riesigen Pferd rutsche. Ganz egal, wie sehr ich versuche, nicht mit meinen Brüsten bei jeder Bewegung gegen ihn zu stoßen, ich versage auf ganzer Linie. Also scheiß drauf. Ich gebe auf und halte mich einfach an ihm fest. Es hat etwas besonders intimes, hinter jemanden zu sitzen, während man auf einem Pferd reitet. Die Beine umschließen die Rückseite und man wird an den Rücken gepresst. Ja, ich beginne mich zu fragen, ob der einzige Grund, warum er darauf bestand, dass ich mit ihm reiten soll, war, dass er mich alleine für sich haben möchte. Letzte Nacht sagte er ja, dass er mich nicht hasst.

Das Klappern der Hufe, die auf dem Boden auftreffen, leistet uns Gesellschaft, zusammen mit dem gelegentlichen Schnauben und Rascheln des Schweifs. Kälte steigt mir in die Knochen und meine Zähne knirschen, während ich auf dem Rücken des Pferds hin und her geschüttelt werde. Ahrens Körper ist warm, also halte ich mich an ihm fest, um mir die Kälte vom Leib zu halten.

Der Wald verschwimmt um uns herum, Grün-, Bronze- und Lilatöne, die Bäume sind so farbenfroh, so hypnotisierend. Das erinnert mich an den Park in der Nähe meines Hauses im Herbst. Ob Nickie gerade wohl am Verzweifeln war? Hat die Polizei eine Vermisstenanzeige für mich aufgegeben? Ich kann absolut nichts dagegen tun, da es meine Priorität ist, erst einmal hier zu überleben und dann meinen Weg nach Hause zu finden.

Ich blicke zurück zu Luther, der weiter hinter uns reitet. Sogar aus der Ferne kann ich erkennen, dass er vor sich hin brütet. Es ist schwer genug, mich an die Details meines eigenen Gedächtnisses zu erinnern, ganz zu schweigen davon, sich um das Drama der Prinzen Gedanken zu machen.

„Wie weit müssen wir noch reiten?", rufe ich Ahren zu. Es ist schon Nachmittag und wir sind seit dem frühen Morgen unterwegs.

Ahrens Hand greift hinter ihn und erwischt meinen Oberschenkel, als er über seine Schulter blickt. Ein wenig knisternde Wärme jagt mein Bein hinauf und in meine Magengrube. Sofort fängt mein Herz an, schneller zu schlagen. Er müsste einfach nur anhalten und mich auf seinen Schoß ziehen, dann würde ich mich ganz seiner Gnade ausliefern. Es ist irrsinnig, wie schnell mein Körper sich bei diesen drei Feen entfacht. Diese Gedanken verwirren mich. Er war mir gegenüber ein Arsch, seit dem Tag, als ich ihn traf, und doch erweckt es etwas in mir, seine Hand so auf mir zu spüren.

„Nicht mehr lange." Seine Hand verweilt auf meinem Oberschenkel und plötzlich fällt es mir schwer, zu atmen. Ich kann nur noch an seine Berührung denken, die Art, wie sein Daumen sich auf der Innenseite meines Knies windet. Gestern waren wir bereit, einander umzubringen und heute... heute schickt er mich gemischte Signale, die mit meinen Emotionen spielen.

Jedoch entstammen wir nicht derselben Welt und ich kann mir nicht vorstellen, wie irgendetwas zwischen mir und einem der Prinzen funktionieren könnte, aus dem einfachen Grund, dass sie *Prinzen* sind. Ich... Ich bin eine Frau, die noch nicht einmal weiß, was sie vom Leben erwartet, oder wer ihre wirklichen Eltern sind. Nun, laut diesen Prinzen sind sie in diesem Königreich... im Aschehof. Oh, und ich würde getötet werden, sobald man entdecken würde, dass ich auf dem Weg dorthin bin. Mein Kopf dreht sich immer noch und hat noch immer nicht alle Puzzlestücke zusammengesetzt.

Bald schon erreichen wir den Gipfel eines Bergs und ich halte mich stärker an Ahren fest. Er zieht seine Hand von meinem Bein weg. Auf dem höchsten Punkt halten wir an. Wir alle blicken hinüber zu dem gigantischen Schloss, das auf einem anderen Berg thront. Mein Mund steht weit offen.

Es ist prachtvoll, steht erhaben und stolz auf dem Gipfel des Bergs. Es ist ein malerischer Anblick wie aus einem Märchen und ich wünsche mir verzweifelt, dass ich mein Handy dabei hätte. Was ich hätte, wenn Deimos es nicht zerstört hätte.

Unerschütterliche Steinwände glänzen im Sonnenlicht. Erker und Kegelformen ragen hoch über den Türmen in den Himmel, Fahnen wehen im Wind. Bäume tummeln sich gierig um das Schloss herum.

„Wow!"

„Sieht eindrucksvoll aus, oder?", sagt Ahren mit Stolz in seiner Stimme. „Jetzt sieh tiefer in das Tal, in die Wälder, die hoch in dein Zuhause führen."

Mein Blick löst sich von dem spektakulären Wunderland und es dauert einen Augenblick, dem Tal darunter einen Sinn zu verleihen. Dort unten ist so viel Bewegung, als wäre ein Fluss durch seine Ufer gebrochen, als ich die Augen aber zusammenkneife, um besser sehen zu können, sehe ich sie und schnappe nach Luft.

Hunderte und Aberhunderte Menschen schubsen und kämpfen und klettern übereinander her um das Schloss zu erreichen. Die Bäume schwanken boshaft um den ganzen Berg herum; flüchtige Blicke auf Körper, die zwischen den Zweigen herum klettern, verraten den Schwarm.

Mein Mund wird trocken. „Das sind alles Blutverfluchte, nicht wahr? Oh scheiße, es sind so viele, wie sollen wir an ihnen vorbeikommen?"

„Gehen wir." Ahren stupst das Pferd an, um langsam den Abhang des Berges, über den wir gekommen sind, hinunter zu galoppieren. „Unser Königreich wird von Magiern beschützt, die einen magischen Schutzschild errichtet haben. Wir haben es mit diesem Angriff seit bereits zwei Jahren zu tun."

„Ihr lebt schon so lange mit diesen Dingern an eurer Türschwelle?" Der Fluch... Ich erinnere mich, wie sie mir von dem Feuerbrand, den ich scheinbar ausgelöst habe, erzählt haben, und dies ist nun die Auswirkung davon?

„Die Blutverfluchten sind verzaubert. Sie stürzen sich jeden Tag in den Tod, um in unser Königreich einzudringen", erklärt Luther. „Wir haben Dörfer voller Feen, die im Königreich leben, Familien und Kinder und Tiere, und dann noch dieses Schloss. So viele Leben sind in Gefahr, getötet zu werden, falls die Blutverfluchten die Magie durchbrechen."

Panik sucht sich ihren Weg meinen Rücken hinauf und über meinen Kopf. Ich kann mir nicht einmal vorstellen, wie es wäre, zwei Jahre lang damit vor deiner Haustür zu leben.

Wir reiten schleunig ohne ein weiteres Wort weiter. Mein Herz klopft und ich umklammere Ahren noch fester. Unser Ritt dauert etwas, da wir scheinbar um den Berg herum reiten.

Als wir endlich anhalten, beobachte ich die Wälder, rechne eigentlich damit, dass Kreaturen aus den Schatten strömen.

„Lass mich dir herunter helfen", sagt Luther zu mir und ich drehe meinen Kopf, um zu sehen, dass er neben dem Pferd steht. Sorge steht ihm ins Gesicht geschrieben und das verängstigt mich noch mehr.

„Ja, bitte."

Er greift mit starken Händen nach oben um meine Hüfte herum und zieht mich vom Pferd, was wahrscheinlich die schlimmste Art auf der ganzen Welt ist, von einem Pferd abzusteigen. Ganz besonders in einem Rock. Irgendwie schaffe ich es, nicht der ganzen Welt meinen Hintern zu zeigen, aber ich stolpere Luther entgegen. Meine Brust ist gegen seine gedrückt, während ich versuche die Balance zu finden. Er ist mir behilflich und ich schäme mich, wie tollpatschig ich bin.

„Ich habe dich." Seine Hände lassen meine Hüfte nicht los und er sieht mich an, als würde er mich gleich küssen.

Mein Herz schlägt so laut, dass die Prinzen es sicher hören können.

Ahren räuspert sich und schnell löse ich mich aus Luthers Armen. „Dankeschön", sage ich.

„Selbstverständlich." Dann wendet er sich rasch von mir ab und macht damit weiter, den Sattel und das Halfter von seinem Pferd zu ziehen, genau wie auch Deimos. Ahren steigt von seinem Ross ab und zieht das

Schwert aus der Scheide, die an der Seite des Tiers befestigt ist. Dann lässt er das Pferd frei.

„Was geht hier vor sich?", frage ich und blicke in den Wald um uns herum, der sich anfühlt, als ob er immer näher auf mich zukommen würde.

„Ab hier geht es zu Fuß weiter und die Pferde haben sich ihre Freiheit verdient", erklärt Deimos mit steifer Stimme. Alle sind angespannt und ich zittere. Wie konnten sie nur zwei Jahre lang so leben, zu verängstigt um ihr Zuhause zu verlassen oder dorthin zurückzukehren?

Die Feen scheuchen ihre Pferde davon, lenken sie in die entgegengesetzte Richtung des Schlosses. Und etwas Warmes wächst in mir, dass die Prinzen sich auch in diesen grauenvollen Zeiten um diese Pferde sorgen.

Etwas Leichtes fällt auf meine Nase, federleicht und kalt. Dann noch einmal und öfter. Ich sehe mich um und strecke meine Hand aus.

„Es schneit!", keuche ich und hatte diesen Wechsel des Wetters nicht erwartet.

„Der Winter ist früh dran", sagt Luther und starrt die aufgeblähten Wolken über uns an. Weiße Schneeflocken landen auf seinem Gesicht und ich kann nicht aufhören, zu starren, wie attraktiv er ist. Ich will mich so sehr daran erinnern, ob wir uns geküsst haben, als wir uns vor zwei Jahren trafen. Wie er schmeckte. Gott, hatten wir Sex? Der Gedanke daran sollte mich beunruhigen, aber stattdessen erbebt mein Innerstes voller Vorfreude.

„Luther, du gehst mit Guendolyn. Deimos, du und ich übernehmen die Führung", ordnet Ahren an, während er das Messer aus seinem Gürtel zieht. Sein plötzliches Sprechen bringt mich in die Realität zurück.

Luther kommt näher zu mir heran und gibt mir einen Dolch in die Hand. Das Leder am Heft ist weich und angenehm zu halten. „Zöger nicht, den zu benutzen. Hoffentlich wirst du ihn nicht brauchen.“

„Das hoffe ich.“ Ich erinnere mich an Deimos Angebot, mir beizubringen, wie man mit einem Schwert umzugeht, und vielleicht wird das etwas sein, worauf ich bestehen werde, falls ich hier festsitzen sollte.

Ahren und Deimos flüstern leise, in welche Richtung wir am besten gehen sollen und zeigen auf unterschiedliche Teile des Walds.

„Denkst du, dass wir es schaffen werden?“, frage ich Luther mit leiser Stimme.

Er tritt näher und ragt über mich.

Ich schlucke laut und starre in seine wundervollen Augen, in der Farbe von goldenen Flammen. „Wenn ich heute sterbe“, sage ich, „bitte lasse es meine Familie wissen, damit sie sich keine Sorgen machen müssen, dass ich irgendwo vermisst werde.“

Seine Hand nimmt meine und unsere Finger verschränken sich. „Die einzige Art, auf die du sterben könntest, ist, wenn wir alle drei zuerst getötet werden. Und wenn das geschieht, Gott hilf dem Schattenhof.“

„Okay.“ Meine Stimme quietscht. Das hat mich ja jetzt gar nicht zu Tode geängstigt, kein bisschen.

Er beugt sich vor und sein Atem streift über mein Ohr. „Wie kann ich dich sterben lassen, wenn ich noch immer nicht meinen Kuss eingefordert habe?“

Ein berauschendes Gefühl überkommt mich, als ich seinen sexy Ausdruck studiere. Sein Atem fühlt sich wie eine Feder auf meinem Hals an.

„Einer solchen Sache habe ich nicht zugestimmt“, scherze ich.

„Das ist Vorschrift, wenn man einen neuen Prinzen trifft“, entgegnet er, noch immer so nah, dass alles, was ich

riechen kann, sexy Zedernholz und der moschusartige
Duft, der mich verrückt macht, ist.

„Nun, ich fürchte, ich muss dein Angebot ablehnen.“

„Da haben wir es, einem Prinzen widersprechen.“ Ein
leichtes Grinsen zeichnet sich auf seinen Lippen ab und
alles, woran ich jetzt denken kann, sind seine Lippen auf
meinen. Zur Hölle, das würde ich mehr als genießen und
ich erinnere mich an die Art, wie Deimos mich geküsst
hat. Berauschend. Und mit dieser Berauschung kommt
eine sengende Hitze die sich sträubt, mich zu verlassen.
Ich presse meine Oberschenkel wegen dem schle-
ichenden Verlangen zusammen.

Luther strafft seine Schultern und legt mir eine Hand
auf den Rücken, mit sanftem Druck drängt er mich,
loszugehen.

Je mehr Zeit ich mit den Prinzen verbringe, desto
mehr begreife ich, dass ich in ihrer Gegenwart die
Kontrolle verliere.

„Es ist an der Zeit“, verkündet Ahren.

Ich sehe zu ihm hinüber und seine langen Wimpern
verdunkeln seine Augen, als er hinunter auf die Waffe
blickt, um die er seinen Griff festigt.

Deimos ist bereits dabei, vorne weg zu marschieren,
also folgen wir.

Der Pfad wird immer dunkler, je weiter wir in die Wälder
hineinlaufen, der Abhang steigt mit jedem Schritt an. In
diesem Wald gibt es Hunderte Blutverfluchte. Das ist alles,
woran ich denken muss, damit mein Kopf klar bleibt. Alleine
von der Angst perlt mir schon der Schweiß den Rücken
herab und ich laufe schneller. Luther bleibt dicht hinter mir.

Ahrens weißes Haar flattert wie ein Umhang über
seine Schultern, das lange Schwert hat er sich diagonal
über den Rücken geschnallt. Ich erinnere mich daran, wie

er und Luther sich ohne zu zögern letzte Nacht in den Kampf mit den Blutverfluchten eingemischt hatten. Sie sind stark, wenn ich irgendjemandem in dieser verdammten Welt vertrauen muss, dann ihnen.

Meine Atemzüge sind rau von der Steilheit des Abhangs; meine Oberschenkel schmerzen nicht nur von diesem Anstieg, sondern auch von dem Ritt auf dem Pferd. Alles tut weh.

Als wir den Rand der Wälder erreichen, machen wir eine Pause. Ich lehne mich gegen einen Baum, um wieder zu Atem zu kommen. Ich muss anfangen, ins Fitnessstudio zu gehen. Ich schnaube, während die drei Prinzen noch nicht einmal schwitzen. Der Schnee fällt nun schneller und schwer, färbt alles, was er im Wald berührt, weiß ein.

Sie schauen zu einer kleinen Lichtung vor uns, wo die weiße Schneedecke dem Ort einen Anblick wie aus dem Märchen verleiht. Es täuscht jedoch… Monster leben hier draußen. Augen werden uns finden, dann werden diese Wilden angreifen. Ich versuche meine Panik zu ignorieren, aber sie gewinnt wie eine Lawine an Geschwindigkeit.

Hinter dem Feld liegt noch mehr Wald, hinter den Bäumen jedoch ragt eine robuste Steinwand hervor, die mit dem Berg verschmilzt.

„Bist du bereit?", fragt mich Ahren.

„Nicht wirklich."

„Du hast keine Wahl", antwortet er, was mir natürlich klar war. „Hinter diesen Bäumen liegt ein verzauberter Tunnel. Wir müssen ihn erreichen, und sobald wir dort drin sind, sind wir in Sicherheit."

„Du lässt es so einfach klingen, und ich habe das Gefühl, dass da noch ein *aber* kommt." Ich wische mir mit meinem Handrücken den Schweiß von der Stirn.

Er sieht mich mit diesem verwirrten Gesichtsausdruck an und ich schüttele einfach nur mit dem Kopf. „Wir rennen um unser Leben und dann hinein in den magischen Tunnel."

„Ja, du musst aber mit den kleinen Feen aufpassen, die in diesen Bäumen leben."

Ich erstarre und ein Schaudern zieht durch meine Knochen. „Und da ist das *aber*", murmele ich vor mich hin. „Okay, und was machen wir mit diesen kleinen Feen?"

„Nicht stehenbleiben", sagt Luther. „Aber tue keiner weh, denn das verärgert sie alle."

„Verstanden. Fliehe vor den blutrünstigen Kreaturen, sei nett zu den kleinen, fiesen Feen und bleib am Leben." Ich bin sarkastisch und doch nicken alle Drei.

Ahren hebt sein Messer. „Als Vorkehrung sollten wir einen Blutsband eingehen, damit du den Tunnel öffnen kannst, nur für den Fall, dass wir es nicht schaffen."

Ich sehe hinter ihm hinaus auf die Lichtung. Es sieht nicht so weit weg aus. „Ich bin mir sicher, dass wir so schnell rennen können."

Ahren ritzt sich mit einem kurzen Schnitt in den fleischigen Teil seiner Handfläche. Blut strömt über seine Hand.

„Wow, wir machen das jetzt wirklich?" Ich weiche zurück, stoße aber gegen Luther, der mich mit seinen Händen an meinen Hüften stützt.

„Es wird dir nicht wehtun", sagt Luther, während Deimos wegsieht und sein Gesichtsausdruck sich verdunkelt. „Er bietet dir nur an, ein wenig seiner Magie auf dich zu übertragen, damit du den Tunnel öffnen kannst."

„Werde ich mich verändern?"

Deimos brummt. „Wir verschwenden unsere Zeit."

„Lass mich es für dich tun", sagt Luther.

Der Druck in mir wächst und mir gefällt die Idee, dass ich in den Tunnel flüchten kann, falls ich in der Falle sitze. Aber ich verabscheue die Idee eines Blutsbands, wenn ich keine Ahnung habe, was es bedeutet oder welchen Effekt es auf mich haben wird.

„Schnell", drängt Ahren mich.

Luther nimmt meine Hand und dreht sie mit der Handfläche nach oben. In seiner anderen Hand hält er einen Dolch.

Ich sehe weg und zucke schon zusammen, bevor die Klinge mich überhaupt berührt. „Beeile dich einfach."

Der Schnitt kommt schnell und scharf, gefolgt von einem tiefen Biss. „Fertig."

Ich sehe wieder hin, gerade als Ahren meine Hand in seine nimmt, beide unsere Wunden sind aneinander gepresst und das Blut vermischt sich.

„Blut für Blut, ich übertrage die Magie von Tahtrey für die Dauer eines Tages auf dich."

„Tathrey? Was—?" Elektrische Ladung schießt durch mich hindurch und ich stolpere rückwärts, doch Ahren hält mich fest an der Hand. Energie zuckt über mein Fleisch wie hunderte Ameisen, die über meine Haut ausschwärmen. Das Gefühlt ebbt so schnell ab, wie es gekommen ist.

„Fertig." Ahren zieht seine Hand zurück.

Ich blicke zurück auf meine blutige Hand und merke, dass der Schnitt kaum ein Kratzer ist. Und doch pocht er, als hätte er seinen eigenen Herzschlag. Ich schüttele meine Hand und kann mir nicht helfen, ich fühle mich, als hätte mich noch etwas anderes als diese Tathrey Macht mich durchfahren.

Angst heftet sich an mich, aber ich kann nicht weiter vor Furcht kauern. Ich habe es satt, mich zu verstecken und schwach zu sein. Jetzt habe ich keine andere Möglichkeit mehr, als aufzustehen und zu kämpfen.

„Lasst uns gehen", murmelt Deimos, während er mit seinem Kinn in Richtung der Lichtung gestikuliert. Luther schiebt mich vor, damit ich vorne stehe und einen Herzschlag später rennen wir los.

Mein Magen steht mir bis zum Hals. Meine Füße donnern auf den Boden. Knapp fünfzig Meter zu überqueren.

Schatten legen sich über uns und verdunkeln den Himmel.

Ich mache den Fehler und sehe nach oben.

Blutverfluchte stürzen sich von oben auf uns. Sie werfen sich selbst von den Klippen um uns herum. Einige aus schwindelerregenden Höhen.

Furcht schneidet wie Stacheldraht durch mich.

Ich sprinte schneller, während diese Kreaturen hinter uns donnernd auf den Boden knallen. Dieses platschende Geräusch ruft Übelkeit in mir hervor. Knochen brechen, und doch stehen sie wieder auf, mit Armen, die sie an ihrer Seite hinterherziehen oder Hälsen, die verdreht und gebrochen sind. Trotzdem stehen sie verdammt noch einmal wieder auf.

Einer schlägt direkt vor mir auf dem schneebedeckten Gras auf. Ich stolpere über den Körper und taumele vorwärts, Hals über Kopf. Schnell stehe ich wieder auf und zittere panisch. Als ich mich umdrehe, sehe ich, wie sich die Prinzen ein Gemetzel mit den Blutverfluchten liefern, welche scheinbar nicht so einfach sterben wollen.

Der Boden bebt unter meinen Füßen, als würde ein Ansturm nahen.

„Renne! Erreiche den Tunnel!", brüllt Deimos.

Ich wirbele herum, gerade als eine Flut von Blutverfluchten zwischen den Bäumen zu jeder unserer Seiten erscheint und wie gefräßige Dämonen auf uns zu rennen. Alles, was ich sehen kann, sind diese höllischen, dunklen Augen und klaffende Mäuler.

Ich renne wie noch nie in meinem Leben zuvor. Wie eine Wahnsinnige.

Tod. Das ist alles, was ich sehen kann.

Ich sehe nicht zurück. Ich kann nicht.

Terror hat sich um meine Brust geschlungen und ich bewege mich auf Adrenalin voran. Ich kann meinen Körper nicht spüren, doch mein Kopf brüllt, dass ich niemals stehen bleiben darf.

Knurren und Schreie läuten in der Luft.

Erreiche den Tunnel.

Ich kann mich nicht bremsen und blicke mich um. Deimos ist mir der Nächste und kämpft gegen drei Monster, die in meine Richtung rennen. Die anderen sind unter Belagerung. Und noch weitere Schwärme sind fast über uns.

„Rennt!", rufe ich ihnen zu. Sie können sie nicht alle töten.

„Geh!", knurrt Deimos, während er seine Klinge durch den Hals eines Blutverfluchten schwingt.

Ich mache auf dem Absatz kehrt und renne auf die Bäume zu. In Sekundenschnelle breche ich durch sie hindurch. Äste greifen mich an, reißen an meinem Gesicht und meinen Armen, ziehen an meinen Haaren.

Ich bleibe nicht stehen, während ich mich durch die Wälder kämpfe.

Hinter mir ertönen schwere Schritte und ich blicke schnell zurück.

Drei Blutverfluchte jagen mir nach. Ich zittere und möchte weinen. Meine Fingerknöchel sind blutleer um die Klinge, die man mir gegeben hat. Aber ich kann es nicht mit dreien von ihnen aufnehmen. Das kann ich einfach nicht.

Etwas rauscht direkt über meinen Kopf und zieht an einer Haarsträhne. Aber ich spüre es kaum, da ich um mein Leben renne.

Ein weiteres Rauschen aber ich renne weiter.

Der Wald ist hier dicker, dunkler und der Schnee fällt nur durch Lücken zwischen den Baumkronen. Ich kann weder Berge noch einen Tunnel sehen. Gott, bitte lass mich nicht in die falsche Richtung gerannt sein.

Über mir und um mich herum wird das Summen stärker. Es sind die größten Käfer der Welt und ich schlage sie weg. Als ich aber einen in Regenbogenfarben schimmernden Flügel erblicke, sehe ich genauer hin.

Klitzekleine runde Gesichter, große schwarze Augen und breite Münder. Ihre Körper sind von Kopf bis Fuß mit etwas bedeckt, das wie blassblaue und grüne Schuppen aussieht. Dünne Arme und Beine erinnern mich an Insekten. Flügel geformt wie die von Schmetterlingen, durchsichtig in allen Farben.

Kleine Feen.

Sie sind wunderschön.

Tue ihnen nicht weh.

Es sei denn, der Blutverfluchte hinter mir erledigt den Auftrag zuerst.

Ich trample über den Boden, renne durch den Schwarm, der dicker zu werden scheint. Sie flattern um meinen Arm herum; ich kann kleine Bisse an meiner geballten, blutenden Faust spüren.

Wundervoll, sie wollen auch Blut. Alles in dieser Welt trinkt nur Blut.

Ich blicke mich um und die Monster kommen näher.

Der Schrei in meinen Lungen kommt mir über die Lippen.

Überall sind kleine Feen und alles, was ich sehen kann, ist ein Regenbogen aus Farben von ihren flatternden Flügeln. Sie umschwärmen meinen Arm, nehmen kleine Bissen von meiner Haut und ziehen an meinen Fingern, um meine Faust zu öffnen.

Etwas knallt gegen meinen Rücken.

Ich schreie und falle mit dem Gesicht voran auf den Boden und lasse mein Messer fallen. Ohne eine Sekunde zu warten, kraxle ich auf meine Hände und Knie.

Die kleinen Feen sind überall um mich herum, kämpfen und fauchen um das Blut auf meiner Hand. Ich kann meine Arme durch die Explosion schlagender Flügel nicht sehen. Ich spüre ihre kleinen Füße und wie ihre Zungen lecken.

Ich versuche, sie abzuschütteln, aber es ist unmöglich.

Schnell weiche ich vor dem angreifenden Blutverfluchten zurück, kämpfe mich auf meine Füße und meine Schreie hallen in der Luft wider. Das Echo besteht aus kleinen Schreien überall um mich herum und schnell begreife ich, dass es die kleinen Feen sind, die mich nachmachen.

Der Bastard wirft sich selbst auf mich. Ich werde zur Seite geschleudert und schlage mit dem Rücken auf dem Boden auf. Er ist sofort da, auf mir drauf. Ich trete und schlage mit allem, was ich habe, auf ihn ein. Überall sind die kleinen Feen, um meine Arme herum, zwischen uns, in seinem Gesicht.

Der anderen Blutverfluchten eilen auf mich zu und einer packt mich am Handgelenk. Er zerrt mich unter der ersten Kreatur hervor und fällt dann auf die Knie.

Seine Lippen ziehen sich über seine scharfen Fangzähne zurück, die vor Speichel nur so strotzen. Ich knalle ihm meine Faust ins Gesicht und raffe mich auf, aber der dritte Blutverfluchte greift an. Er drückt mich gegen einen Baum und mein Mund steht weit offen.

Eine kleine Fee mit blauen Flügeln ritzt ihm mit ihrer kleinen Kralle über sein Auge. Er zuckt zusammen und ich reiße mich unter ihm los.

Dann renne ich, die kleinen Feen folgen mir und zerren an meiner Hand, verschlingen das Blut, das von meiner Wunde tropft.

Ein riesiger Schatten verdunkelt den Wald zu meiner Linken. Der Berg. Ich schwenke in diese Richtung.

Schwere Schritte donnern auf der Wand, der Waldboden ächzt und bricht.

Über meine Schulter blickend sehe ich, wie das Trio mich verfolgt. Hinter ihnen kommen noch weitere Schatten näher.

Meine Zähne klappern ohne Unterbrechung und mein ganzer Körper wird von meinem Schluchzen gequält. Die Angst nimmt jeden Zentimeter von mir ein, aber ich sprinte weiter und gebe alles. Ich bin nicht bereit, zu sterben, nicht bereit. Mein Fuß verhakt sich an einer Baumwurzel und ich stolpere vorwärts, bevor ich auf meinen Knien lande.

Ich wirbele zurück herum auf meine Füße und mein Schrei nach Hilfe kommt nur angestrengt heraus. Furcht fegt wie ein Sturm durch mich, er fühlt sich unaufhaltsam an.

Der Boden zittert und die Äste rütteln wütend, lassen alle ihre Blätter fallen, die um uns herum wie Schnee treiben.

Eine Energieladung durchzuckt mich plötzlich und ich stolpere in die Zweige eines Baums.

Die kleinen Feen um mich herum eilen mit mir mit und imitieren dabei mein chaotisches Rennen.

Sie steigen um mich herum wie ein Schwarm auf.

Funken blauer Lichtlinien knistern um ihre Flügel herum. Ich stoße mich selbst vom Baum hoch und schnappe mir einen Ast vom Boden, um mich gegen die Blutverfluchten zu wehren, die Jagd auf mich machen.

Kleine Feen bücken und stehen mit mir auf, kopieren mich.

Die Monster stürzen sich mit ihren gierigen Krallen und Reißzähnen auf mich, um mich in Stücke zu reißen. Mit angespannten Muskeln zucke bei dem nahenden Angriff zusammen.

In Sekundenschnelle schwärmen die kleinen Feen in Richtung der Kreaturen aus. Jede einzelne von ihnen greift an, bis hin zu dem Punkt, als ich nichts mehr außer den flatternden Flügeln sehen kann. Ich stolpere weg von ihnen.

Der Anblick ist wunderschön. Krankhaft schön.

Saugen und das Reißen von Fleisch hallt durch die Wälder.

Es vergehen kaum Sekunden, bis die kleinen Feen davon fliegen und Reste von Blut und Körperteilen auf den Weg fallen. Als sie sich endlich verteilen, ist alles, was übrig ist, Knochen, drei Schädel, Haare und ein Haufen Kleidung. Einige der Feen fressen noch immer und saugen das Mark aus den gebrochenen Knochen.

Es sollte mich krank machen, das tut es aber nicht.

Ich hebe meinen Blick. Deimos steht nur wenige Meter entfernt. Seine Wange und Arme sind mit Blut bespritzt und seine Kleidung ist eine rote Sauerei. Er sieht aus, als käme er gerade von einem Massaker zurück. Jedoch sind seine Augen groß wie Himmelskörper und von Angst erfüllt, als er die Überreste betrachtet. Dann blickt er hoch zu mir mit einem Ausdruck, der irgendwie andeutet, dass ich das getan habe.

Habe ich?

„Lass uns gehen", rufe ich und bekomme meine Beine endlich dazu, sich zu bewegen. Er läuft zwischen den Überresten durch und nimmt dann meine Hand. Weiter hinter ihm stürmen Luther und Ahren mit Vollgas auf uns zu. Eine Menge Angreifer rennen hinter ihnen her. *Scheiße!*

Deimos und ich rennen und tauchen plötzlich zwischen den Bäumen vor einer gewaltigen Steinwand auf. Das war knapp.

„Öffne es." Er zieht sein Schwert und eilt zurück, um seinen Brüdern zu helfen.

Ich zittere so stark. Ich sehe die Eingangswand an und etwas Durchsichtiges schimmert über dem Vordereingang. Der magische Schutz.

Was soll ich tun? Ich hyperventiliere praktisch und meine Welt dreht sich.

Ich eile hinauf zu dem Schutzschild. „Öffne dich. Lass mich hinein. Öffne dich verdammt noch einmal, Sesam." Nichts. Ich reibe mir die Augen als ein Funke von meiner Hand meine Aufmerksamkeit auf den Schnitt auf meiner Handfläche zieht. Das meiste des Bluts ist weg und meine Wunde komplett verheilt. Winzige Funken tanzen über meine Fingerspitzen, genau wie ich sie auf den Flügeln der kleinen Feen gesehen habe.

„Öffne es! Benutze deine Hände", brüllt Luther und alle drei rennen in meine Richtung wie angreifenden Bullen.

Ich hole aus und presse meine Handflächen gegen die Magie. Funken bilden sich um meine Finger herum und mit einem Knall verschwindet das Glitzern.

Luther rennt vorbei, schnappt meinen Arm und zerrt mich mit in die Höhle. Seine Brüder sind direkt hinter uns, dann knallt die Wand zurück an die Stelle, von der sie gerade blitzschnell verschwunden war.

Eine Horde Blutverfluchte donnern gegen die unsichtbare Barriere, werden zurückgeschleudert, als hätten sie in einen Stromzaun gegriffen.

Ich zittere und weiche zurück. „Es sind so viele. Was, wenn sie hindurch brechen?"

„Bisher haben sie es nicht geschafft", sagt Ahren. „Wir müssen gehen."

Und das tun wir auch. Mit meiner Hand in Luthers eilen wir in die dunkle Höhle hinein. In der Ferne scheint ein einziges Licht, wie der Leuchtturm der Rettung. Doch ich bin mir nicht sicher, ob ich in dieser Welt irgendetwas vertrauen kann, dass es mich nicht töten möchte.

„Wo sind wir?", frage ich. Um uns herum sind schwarze Steinwände, Fackeln stecken in Metallklammern und Statuen von Löwen und Bären zieren beide Seiten des Flurs. Das gibt diesem ganzen Goth, Dracula Flair den Rest.

Glaskugeln hängen an Ketten von der Decke und in ihnen flackern Flammen.

Ahren geht voran und stemmt eine Tür zu seiner Linken auf. Licht strömt hindurch und verjagt die Dunkelheit. Ich blinzle erst etwas, nachdem ich die letzte Stunde damit verbracht habe, die Treppen zum Palast der Prinzen emporzusteigen. Das Schloss befindet sich noch höher in den Bergen und ich stolpere auf wackligen Beinen voran, noch immer benommen. Ich könnte also nicht glücklicher sein, dass wir innehalten.

Mein Verstand summt noch immer mit den Erinnerungen an die Blutverfluchten und die kleinen Feen.

Dort unten im Wald hat der Tod nach mir gerufen... doch das Schicksal hatte andere Pläne.

Nun folge ich den drei Prinzen in ein sorgfältig

eingerichtetes Schlafzimmer, das vor Luxus und Dekadenz strotzt. An den Wänden hängt schwarzer Samtstoff. Es gibt ein King-Size-Bett mit gepolstertem Kopfteil. Marineblaue Seidenbettwäsche mit aufgeschlagenen Kissen, die so verführerisch aussehen, da ich kaum noch stehen kann. Ein Frisiertisch und eine Hutsche sind kunstvoll geschnitzt, während ein Kerzenkronleuchter mit Kristallen und Gold geschmückt ist. Weitere Kristalle in allen Farben hängen an den Raffhaltern, die die Vorhänge der zahlreichen Bogenfenster zur Seite halten, durch die schummriges Sonnenlicht dringt. Draußen fällt der Schnee und wäre ich nicht gerade vor Monstern um mein Leben gerannt, hätte ich diese wunderschöne Aussicht vielleicht genossen.

„Heilige Scheiße", murmele ich. „Hier drinnen sieht es heftig aus."

„Eine Schande, dass es dir nicht gefällt." Ahren zieht mich mit seinem Grinsen auf. „Denn es ist *dein* Zimmer."

Mein Mund steht offen und ich schließe ihn schnell, versuche mein aufgeheiztes Herz zu beruhigen. „Du wirst froh sein, zu hören, dass ich heftig *liebe*." Trotzdem, dieses Zimmer ist heftig. Ich schaue mir immer wieder das Bett an und begebe mich dorthin. Ich lasse mich mit dem Gesicht voran, mit ausgestreckten Armen darauf fallen. Ich atme Vanille und Rose ein, und die Matratze wird unter mir weich.

„Nach dem heutigen Tag", sage ich, während ich mich auf meinen Rücken rolle und an die Decke mit winzigen Spiegelungen des Lichts blicke, „könnte ich eine ganze Woche lang schlafen."

„Zuerst einige Hausregeln", sagt Ahren.

Ich stöhne, während ich mich aufsetze.

Deimos starrt aus dem Fenster hinaus, was mich an unsere Zeit im Motel erinnert, als er nach draußen blickte, um nach den Blutverfluchten Ausschau zu halten. Das fühlt sich an, als wäre ewig her. Luther hingegen verlässt das Zimmer und ich bin neugierig, wo er hin geht.

„Du kannst dein Zimmer nicht verlassen", beginnt Ahren.

„Moment, was? Du hast diese ganze heldenhafte Scheiße da draußen abgezogen, nur damit du mich hier drinnen wie Rapunzel einsperren kannst?"

Erneut huscht ihm ein verwirrter Ausdruck über sein Gesicht und ich vermute es hat damit zu tun, wer Rapunzel ist. Er spricht aber weiter.

„Zweitens, die einzigen Leute, die wissen werden, dass du hier bist, sind wir drei, Luthers Magier und eine Handvoll unserer Bediensteten. Unter keinen Umständen darf der König davon erfahren."

Ich hebe eine Augenbraue. „Warum?"

„Einige sehr mächtige Feen möchten, dass du stirbst", brummt er und binnen Sekunden verschwindet die Frustration aus seinem Gesicht, so als ob er sich nicht in den wütenden Ahren verwandeln wollte.

„Drittens—"

„Wie viele Regeln kommen da noch? Ich bin hungrig und erschöpft."

Luther kommt wieder ins Zimmer, gefolgt von einem Mann und einer Frau. Die ältere Dame trägt ein bodenlanges, burgunderfarbenes Kleid und eine weiße Schürze, ihr schwarzes Haar ist zu einem Dutt zurückgekämmt. Sie hält ihren Kopf gesenkt und sieht nicht einmal in unsere Richtung. Der dünne Mann mit kurz geschnittenem Haar trägt eine schlichte schwarze Hose und ein burgunderfarbenes Oberhemd. Beide scheinen sie Mitte oder Ende Dreißig zu sein, und sie folgen Luther aus dem Schlafzimmer in ein anderes Zimmer. Ich versuche in das Zimmer hineinzusehen, aber aus meinem Blickwinkel kann ich nicht viel erkennen, außer der Ecke eines Fensters.

„Drittens", fährt Ahren fort, „wirst du dieses Zimmer zu jeder Zeit mit einem von uns teilen."

Ich verdrehe meine Augen und stöhne. „Also jetzt muss ich mein Gefängnis auch noch mit einem Prinzen teilen? Ich dachte, du hattest gesagt—"

„Senke deine Stimme. Das sind keine Angelegenheiten, die hier besprochen werden. Unsere Priorität ist es, dich in Sicherheit zu bewahren."

So viele Fragen schießen mir durch den Kopf, doch was mir klar *ist*, ist dass ich ein Geheimnis bin. Und ich weiß, dass es mit dem Fluch zu tun hat, damit, dass ich vom Aschehof stamme und einem Dutzend anderer Dinge, von denen ich noch nichts weiß. Also jetzt möchte er, dass ich mich selbst vor dem Königreich verstecke.

Ahren läuft durch das Zimmer und setzt sich neben mir auf das Bett. In seinen Augen erkenne ich Mitgefühl und noch etwas... etwas *dunkleres*, wenn er mich ansieht. Wie sieht er mich wirklich? Nur als eine Lösung für ihre Probleme? Bei dem Gedanken daran bekomme ich Bauchschmerzen. Nur einmal möchte ich, dass mein Leben eine Bedeutung hat.

„Um unser aller Überleben willen, einschließlich deinem, müssen wir vorsichtig sein. Du musst uns vertrauen."

„Ich habe Fragen", sage ich.

„Und wir werden sie beantworten. Aber nicht bevor wir etwas Ruhe und ein riesiges Festmahl hatten."

„Scheiße, ich könnte gerade ein Wildschwein verdrücken", brummt Deimos, der neben dem Fenster steht.

Luther taucht aus dem anderen Zimmer aus, zusammen mit seinen zwei Helfern, die zurück in den

Flur eilen. „Sie bereiten ein Bad für dich vor", sagt er
zu mir.

Ich richte mich auf und lächle. „Das hört sich wundervoll an." Ich schaue hinüber zu Ahren und sehe ihn mit
einem stichelnden Blick an. „Werdet ihr drei auch
währenddessen bleiben?"

Weder zuckt, noch reagiert er. „Möchtest du das?"
Verdammt, er meint das vollkommen ernst, und werde
sofort rot.

Doch ich verdränge die Bilder von mir, nackt mit ihm
in einer Badewanne, aus meinen Gedanken. Stattdessen
tippe ich auf mein Kinn. „Hmm. Lass mich darüber nachdenken." Ich lache und lasse mich zurück auf das Bett
fallen, genieße es, nicht mehr auf meinen Füßen stehen
zu müssen.

„Es gibt eine vierte Regel."

Natürlich gibt es dir. Es könnte passieren, dass ich den
Wald schneller als gedacht vermissen würde. „Schieß los."

„Du musst dir einen neuen Namen ausdenken."

Mit zerknautschter Mine setze ich mich auf meine
Ellbogen gestützt auf und starre ihn an. „Teil dessen, dass
niemand herausfindet, wer ich bin?"

„Ganz genau. Also entscheide dich für einen Namen,
oder ich werde mir einen für dich ausdenken."

Ich hebe eine Augenbraue. „Nein danke. Ich kann mir
schon denken, mit was für Namen du ankommen wirst.
Etwas königliches und pompöses und beschämendes."

Der Mann und die Frau, die vorhin mit Luther hier
waren, eilen zurück ins Zimmer und jeder von ihnen trägt
zwei hölzerne Kübel mit Wasser. „Sollen wir ihnen
helfen?" Ich stehe auf, gerade als ein weiterer Mann durch
die geöffnete Tür das Schlafzimmer betritt. Der Mann ist
groß und stolz. Kurzes, weißes Haar, eine dünne, lange
Nase, noch längere Ohren und eine Narbe, die sich unter

dem Kragen seiner Jacke im Militärstil an seinem Hals hinauf schlängelt. Zwei Reihen goldener Knöpfe verlaufen von seiner Hüfte hoch zu seinen Schultern. Er sieht aus, als wäre er in seinen Vierzigern und wirft mir einen kurzen Blick aus dem Augenwinkel zu.

„Entschuldigen Sie, Eure königliche Hoheit." Er neigt sein Haupt. „Ihr Vater hat ihre sofortige Anwesenheit im Thronzimmer verlangt."

„Danke dir, Mael", antwortet Ahren mit harter Stimme. „Sage dem König, dass ich in Kürze dort sein werde."

Tief seufzend bewegt sich der Mann nicht von der Stelle, doch die Frustration steht ihm deutlich ins Gesicht geschrieben. „Entschuldigen Sie meine Ausdrucksweise, Eure königliche Hoheit. Seine exakten Worte waren, ‚Schleife Ahrens Arsch jetzt hier hoch, oder dein Kopf wird rollen.'"

„*Scheiße*", brummt Ahren, während er vom Bett aufspringt. „Okay, Luther, du kommst mit mir. Er wird fragen, wo wir waren, also denke dir etwas aus, bis wir das Schloss erreicht haben."

Ahren sieht mich an. „Deimos wird sich um dich kümmern, bis wir zurück sind." Er dreht sich um und marschiert aus dem Zimmer. Luther tauscht einen besorgten Blick mit Deimos aus, der mit einem knappen Kopfschütteln auf was auch immer für eine unausgesprochene Nachricht sie ausgetauscht haben antwortet. Dann geht auch Luther hinter Ahren hinaus.

„Sieht aus, als wären jetzt nur wir beide übrig", sage ich.

Deimos hat sich von seinem Platz am Fenster nicht weg bewegt und irgendwie nehme ich an, dass er nicht vorhat, seine Gegenwart zu verkünden.

Ich gleite hinunter in das heiße Wasser in einer übergroßen Kristallbadewanne, gefertigt aus einem großem, durchsichtigen Stein, der in der Mitte ausgehöhlt und poliert wurde. In die runde Form passen mit Leichtigkeit zwei oder drei Personen. So etwas habe ich noch nie zuvor gesehen und ich möchte nicht wissen, wie sie diesen riesigen Kristall hier herauf geschafft haben. Ich lehne mich gegen den glatten Stein zurück und atme tief durch, genieße die atemberaubende Wärme auf meiner Haut. Meine mit Schnitten übersäten und zerkratzten Füße pochen vor Freude. Ich sehe aus dem Fenster, wo die Wolken nun die Sonne verbergen. Der Schnee fällt schwer vor dem Hintergrund aus Wald und Bergen. Es ist wunderschön. Spektakulär.

Die Tür, die zum angrenzenden Schlafzimmer führt, wird plötzlich aufgestoßen. Ich rucke nach vorne, spritze alles voller Wasser, während ich versuche, mich selbst zu bedecken.

„Entschuldigung, meine Dame, ich bin es nur." Die weibliche Gehilfin im burgunderfarbenen Kleid kommt mit einem Tablett hinein, das sie auf dem Tisch neben der Badewanne abstellt, noch immer mit gesenktem Kopf, um zu vermeiden, mich anzusehen. Darauf steht eine Tasse mit etwas dampfendem und einer Schüssel mit Früchten. Sie gibt mir auch ein Stück Seife aus ihrer Tasche.

„Herzlichen Dank."

„Gern geschehen." Sie verneigt sich, wirft durch ihre Wimpern einen kurzen Blick auf mich und verlässt rasch das Zimmer, vergisst jedoch, die Tür zu schließen.

„Kannst du die Tür bitte zumachen?"

Ihre Schritte verstummen und sie ist weg. Toll. Ich

kann den oberen Teil des Betts von hier sehen und es gibt kein Anzeichen von Deimos.

„Ist alles in Ordnung da drin bei dir?", fragt er und seine Schritte kommen näher.

„Ich hoffe, du denkst nicht darüber nach, hier herein zu kommen", sage ich ernst.

Er lacht, es klingt herrlich und verspielt, doch er antwortet mir nicht.

Mit den Armen vor meiner Brust verschränkt warte ich darauf, dass er in das Badezimmer kommt, aber er bleibt fern. Die Stille dehnt sich aus und ich lehne mich endlich wieder in der Badewanne zurück. Ich schäume meine Hände mit der Seife ein, wasche dann meine Arme, meinen Hals und mein Gesicht und im Anschluss mein Haar.

„Es fühlt sich wundervoll an, ein Bad zu nehmen", rufe ich. „Zu Hause haben wir nur eine Dusche und es ist schön, aber das hier fühlt sich an, als hätte ich meinen eigenen Wellnessbereich. Wenn ich eine Badewanne wie diese zu Hause hätte, würde ich sie jeden Tag nutzen."

„Möchtest du, dass ich hineinkomme und dich massiere? Würde das helfen?"

„Ha, du bist so lustig."

Er kichert und das Geräusch hat etwas Beruhigendes an sich.

„Also denkst du, dass es dort draußen wirklich Feen gibt, die mich töten möchten?", frage ich und kann dabei nicht aufhören, über Ahrens Worte nachzudenken.

„Ich würde gerne *nein* sagen, damit du dich nicht fürchtest..." Er sagt nichts weiter und ich vermute, dass dies meine Antwort ist.

Ich lege mich zurück und tauche bis zum Kinn unters Wasser und versuche, alles aus meinen Gedanken zu verdrängen.

„Was ist im Wald mit den kleinen Feen passiert?",
fragt er. „Ich habe nie gesehen, dass sie eine Gruppe Leute
angreifen und dabei jemanden verschonen, der daneben
steht. Sie sind wie Raubtiere und sobald sie Blut riechen,
verfallen sie in einen Rausch."

Ich hebe meine Hand und Wasser tropft von meiner
Handfläche. Die Schnittwunde, mit der Ahren und ich
unseren Blutsband besiegelt haben, ist komplett verheilt.
Ich fahre mit meinem Finger über den fleischigen Teil—
glatt ohne einen Kratzer. Ich erinnere mich, dass diese
Linien blauer Energie, die auf Flügeln der Feen waren,
auch auf auf meiner Hand waren, obwohl ich seinerzeit
nicht verstand, was sie waren.

„Sie haben mich vor den Blutverfluchten gerettet.
Während ich rannte, haben sie das Blut von meiner Hand
geleckt. Als ich angegriffen wurde, haben sie meine Bewegungen nachgeahmt und sind dann über diese Kreaturen
hergefallen. Ist das normales Verhalten?"

Keine Antwort.

„Das ist also nichts Gutes?", sage ich und meine
Stimme flüstert kaum noch, während sich meine Brust
zusammenschnürt.

„Ich habe die kleinen Feen gejagt. Sie haben ganze
Dörfer angegriffen und sich an einem Dutzend Feen
gelabt, nur wenig von ihnen übrig gelassen. Aber ich habe
nie gesehen, dass sie sich wie heute im Wald benommen
haben."

Furcht kommt mir in den Sinn. „Vielleicht hat ihnen
mein Blut einfach nicht geschmeckt." Mein Versuch, zu
lachen, kommt nur angestrengt heraus. Oder vielleicht
hat es mit dem Blutsband zu tun, den ich mit Ahren
geschlossen hatte. Haben sie das königliche Blut
geschmeckt? Gibt es das überhaupt?

„Oder sie mochten es etwas zu sehr und haben dich

beschützt, um später ein Festmahl an dir zu haben", schlägt er vor.

„Sei ruhig. Hör auf mir Angst zu machen", antworte ich schnippisch und murmele vor mich hin, dass er mir auf den Geist geht.

Er bricht in Gelächter aus und ich werfe mit meiner Seife, hoffe die Wand damit zu treffen, um ihm Angst zu machen, doch stattdessen fliegt sie genau durch den Türrahmen und rutscht unter mein Bett. *Oh scheiße.*

„Ich erwarte von dir, dass du dich bückst und das Stück Seife aufhebst", flüstert er.

„Und ich erwarte von dir, dass du aus dem Fenster springst, aber weder das eine, noch das andere wird passieren, nicht wahr?"

Er kichert und ich stöhne leise vor mich hin.

So viele Gedanken weigern sich, mich alleine zu lassen, angefangen mit dem, was Luther und Ahren mir erzählt haben, hin zu dem, was mir widerfahren ist. Ich nahm an, ich wäre in Sicherheit, wenn ich in das Königreich kam. Warum also werde ich in diesem Zimmer versteckt? „Hey, Deimos?"

„Ja, Guendolyn?"

„Warum muss ich mich vor dem König verstecken?"

Sein Seufzen erreicht mich. „Viele wissen von dem Mädchen aus unserer Welt, dem prophezeit war, dass es einen Fluch freisetzen würde, der den Schattenhof zerstören wird. Und denkt man an den Krieg, den wir seit zwei Jahren führen, hat der König bereits zum Ausdruck gebracht, wie gerne er dich umbringen würde, dafür, dass du diesen Fluch über unser Königreich gebracht hast."

„Aber du weißt, dass—"

„Dass jemand dich verflucht hat und du nur der Bote warst. Aber Wut kann den Verstand der Leute verdrehen. Also müssen wir dich in Sicherheit bewahren, bis wir einen Weg finden, wie wir den Fluch rückgängig machen können."

Ich weiß nicht, was ich sagen soll. Jemand hat mich als sein Bauernopfer missbraucht und jetzt bin ich in dieses Chaos verwickelt.

Als meine Finger anfangen, Pflaumen zu gleichen, steige ich aus der Wanne, trockne mich mit einem dünnen Stoff, der einem Handtuch ähnelt, ab und schlüpfe in ein Kleid, das die Frau für mich hier gelassen hat. Das Kleid sitzt locker, bis mir Schnüre im Mieder auffallen, das meine Brust und meine Hüfte umgibt, und ich fange an, sie straff zu ziehen. Der Stoff ist seidenweich und glatt und fällt mir in Wellen bis zu meinen Füßen. Ich durchkämme mein verknotetes Haar mit meinen Fingern und streiche es mir aus dem Gesicht, während ich ins Schlafzimmer laufe.

Deimos sitzt mit dem Rücken zur Wand genau neben der Tür zum Badezimmer und seine Arme liegen auf seinen Knien. Er sieht mit einem teuflischen Grinsen an mir hinauf. Die Tür vom Flur zum Schlafzimmer ist geschlossen.

„Wie war das Bad?", fragt er.

„Wundervoll. Auf diese Art entspannt man sich."

Er steht auf und steht in seiner ganzen Pracht vor mir. „Weißt du, dass Feen sich ihre Partner auf Lebenszeit aussuchen?"

„Also keine Dates dann?" Ich betrachte ihn und das Funkeln in seinen Augen. „Wo kam diese Frage jetzt her?"

Er fährt meiner einer Hand über seinen prachtvollen Mund, zieht an diesen vollen Lippen, von denen ich meinen Blick nicht lösen kann. „Ich dachte gerade daran, als ich das erste Mal in deinem Königreich gesehen habe, und wie die Menschen versuchen, ihre Lebenspartner zu finden."

„Um ehrlich zu sein, ich bin mir nicht sicher, ob es wirklichen einen wahren Lebenspartner gibt." Das könnte erklären, warum die Scheidungsraten auf einem Höchststand sind. „Weiß irgendjemand irgendwo wirklich, ob es so ist?"

Er nimmt meine Hand und legt meine Handfläche auf sein Herz. „Feen spüren es hier drinnen. Es ist elektrisch und augenblicklich und schlägt dich in die Brust."

Mein Herz beginnt zu rasen. Alles, was ich gerade spüren kann, sind diese starken Muskeln. „Es hat also nichts mit Familienstatus und Geld zu tun?"

„Einige heiraten wegen dieser Dinge. Andere wegen der Gesellschaft. Und die Glücklichen finden ihre vorbestimmten Seelenverwandten."

„Hast du deine schon gefunden?" Ich komme mir bei der Frage dumm vor, denn ich höre mich an, als würde ich ihn dazu bringen wollen, mich auszuwählen und ich würde meinen Kommentar gerne zurücknehmen. Ich sehe weg, doch er kommt näher und drückt meinen Kopf an meinem Kinn nach oben.

„Ich sehe sie gerade an", antwortet er mit einem herrlichen Lächeln. Dieser wundervolle Mann, der meinen Atem zum Stillstand bringt, kann das nicht ernst meinen.

„Du musst das nicht sagen."

Doch er beugt sich bereits nach vorne und sein Mund berührt meinen. Sofort reagiert mein Körper darauf und wird in seinen Armen ganz weich, die Erregung hat mit nur einem Atemzug komplett von mir Besitz ergriffen.

Sein Daumen streicht über meinen Unterkiefer und hinunter an meinem Hals. Er küsst mich zart, unsere Zungen gleiten aneinander und erkunden sich gegenseitig. Deimos erfüllt mich mit Verlangen und einer

Explosion der Entbehrung. Alles an ihm gleicht dem Himmel.

Und das pulsierende Pochen zwischen meinen Oberschenkeln zeigt mir, dass der Gedanke, ich könnte auch nur ansatzweise die Kontrolle behalten, eine Lüge war.

Unser Kuss wird ungeduldig. Ich versinke unter ihm und ich schiebe meine Hände hinter seinen Nacken, hebe mich selbst auf Zehenspitzen, um ihn zu erreichen. Genau wie bei unserem letzten Kuss, rast mein Herz in meiner Brust und die Erregung gleicht flüssiger Hitze zwischen meinen Beinen. Er hat diese Art an sich, mich zu betören. Ist es das, was es bedeutet, seine Partnerin zu sein?

Ich löse mich von ihm, um nach Luft zu schnappen, unsere Stirnen berühren sich dabei. Er fühlt sich kühl an, wohingegen ich fast verbrenne.

„Seit Tagen warte ich darauf, dich zu küssen", murmelt er. „Du verstehst nicht, wie einzigartig du bist, wie schön."

„Vielleicht sollten wir das nicht tun", flüstere ich, während ich mich noch immer an die Vorderseite seines Hemds klammere.

„Warum nicht?"

„Wie kann ich deine Partnerin sein? Das ergibt keinen Sinn. Ich bin ein Niemand und du bist ein Prinz. Du lebst hier und ich werde am Ende zurück nach Hause zur Erde gehen."

„Deinen Partner zu finden hat nichts mit Logik zu tun. Es ist ursprünglich, roh und aus Instinkt. Ich will dir zeigen, dass du mir gehörst. Dass du um mich betteln wirst, und ich werde dir alles geben."

Ich versuche zu sprechen, aber seine Hand liegt hinten auf meinem Nacken und zieht mich näher. Unsere Münder prallen aufeinander und ich verliebe mich in ihn.

Ich könnte es nicht aufhalten, auch wenn ich es versuchte. Doch das ist das Problem. Ich möchte es nicht versuchen. Seine Hände streifen den Stoff von meinen Schultern und sein Mund findet weiche Haut vor.

Er ist so muskelbepackt, seine kantigen Muskeln kräuseln sich unter meiner Berührung.

Stöhnen kommt mir über die Lippen.

Mich erneut küssend, drängt er mich voller Dringlichkeit zurück, bis meine Fersen gegen die Wand stoßen. Er riecht köstlich, berauschend. Seine Hände ziehen mein Kleid nach oben und mit seinen Händen an meinen Oberschenkeln hebt er mich hoch, damit ich mit ihm auf Augenhöhe bin. Ich lege meine Beine um seine Hüften. Ich liebe diese Seite an ihm. Die Dominanz. Den Hunger.

Ich bin höllisch geil. Jeder Zentimeter in mir summt vor Vergnügen und das Inferno zwischen meinen Beinen ist so feucht. Ich schwärme für den Deimos, der geradewegs auf den Punkt kommt, wenn es darum geht, sich zu nehmen, was er will. Ich wollte ihn seit dem Moment, als ich ihn das erste Mal gesehen habe.

Sein Körper drückt sich gegen meinen und die Beule in seiner Hose presst sich gegen den Gipfel zwischen meinen Oberschenkeln.

Ein Stöhnen quillt mir aus dem Hals, als sich seine Hand senkt. Die Rückseite seiner Fingerknöchel streichen über die feste Spitze meiner Brüste und als Antwort darauf wölbt sich mein Rücken. Seine Hand wandert tiefer zwischen uns und unter meinen Rock, wo seine Finger rasch meinen Kitzler entdecken. Ich schnappe nach Luft. Er stimuliert meinen Knopf immer und immer wieder.

„Bitte, Deimos", bettele ich und mein Herz pocht in meiner Brust. Ich hatte vorher nur etwas mit einem anderen Mann und er konnte Deimos nicht im Geringsten das Wasser reichen.

„Ich habe so lange darauf gewartet, dich so anzufassen. Dich zu schmecken. Dich zu ficken. Bist du also bereit, dich fallenzulassen?"

Es ist mir kaum möglich, klar zu denken, während seine Finger über meine Hitze gleiten. Einer dringt in mich ein und mein Stöhnen entwickelt sich zu Schreien. Ich buckele gegen ihn, mein Körper verbrennt förmlich. Seine Zunge taucht in meinen Mund ab, während er mich fingert.

Er senkt seinen Kopf an meinen Hals und liebkost mich dort. „Du riechst unglaublich."

Ich knurre und will mehr. So viel mehr.

Etwas bewegt sich in der Atmosphäre, die uns umgibt. Meine Haut kribbelt doch alles, was ich spüren kann, ist Deimos Macht, sein Rausch vernebelt mein Gehirn. Ich stütze mich selbst ab, halte mich an seinen Schultern fest und schreie vor Genuss auf.

Feuer steigt in mir auf, die Art, die dich zerreißt. Es explodiert in mir und ich schreie, da die Intensität immer weiter wächst. Die Kraft bringt mich dazu, zu zittern und ich zucke in seinen Armen.

Brennend heiße Energie lodert auf und plötzlich durchflutet Elektrizität den Raum und verdichtet sich, als ich sie einatme.

Deimos lässt ein animalisches Grunzen los und vergräbt sein Gesicht an meinem Hals, seine Zähne kratzen über meine Haut. Seine Finger reiben meine Muschi so schnell, dass ich kaum klar denken kann.

Die Wand fühlt sich an, als würde sie hinter mir einstürzen. Das muss ich mir einbilden, da ich in Wellen der Ekstase ertrinke und alles andere ausblende.

Deimos ist alles was zählt. Er führt zwei Finger in

mich ein, dehnt mich und ich schreie voller Lust, lasse mich gehen. Ein Orgasmus durchzuckt mich.

Und in genau diesem Moment bebt das ganze Zimmer gewaltsam. Energie strömt aus meiner Brust und strahlt aus. Verteilt sich über meine Arme, pulsiert durch mich.

Blaue Fragmente voller Elektrizität schießen aus meinen Händen und zick-zack durch den Raum.

Habe ich mir das eingebildet?

Ahren

Der Anblick des Throns ist eindrucksvoll, aber er ist nichts im Vergleich dazu, wer in ihm sitzt. Ein unbarmherziger König ohne Mitgefühl. Ungehalten zu sprechen kann dich hier das Leben kosten. Die große Halle ist lang. Marmor und Goldstatuen von Jungfrauen in wehenden Gewändern und Flügeln zieren jede Wand. Säulen säumen den Durchgang, der in der Mitte verläuft, ein. Ganz gleich, wo du stehst, der Mittelpunkt des Raums ist immer der Gleiche—der Thron.

Schwarz wie die Nacht sitzt er oben auf einem Plateau, zu dem dreizehn Stufen als gutes Omen leiten. Der Stuhl ist riesig mit einer hohen Rückenlehne, die oben gezackt ist, und Bärenklauen an den Enden der Armlehnen. Hinter dem Thron befindet sich ein enorm großes, rundes Fenster, durch das Licht einfällt. Aus unserem Blickwinkel sind alles, was wir erkennen können, die Wolken. Vor langer Zeit durchstreiften Drachen das Königreich der Irrfahrten und das Fenster wurde so gebaut, damit diese Kreaturen als Hüter des Königs im Hintergrund sichtbar fliegen konnten.

Nun sitzt der König, mein Stiefvater, in dem Stuhl und der neben ihm ist leer. Wo ist Mutter?

Luther marschiert neben mir her, seine starken Schultern sind gestrafft und zuversichtlich. Er weiß... zeige niemals Schwäche im Hof. Wir treten Vater immer gemeinsam gegenüber. Ich bin die Stimme der Vernunft, er hat das Wissen, und Deimos ist der Träumer und Kämpfer. Er verabscheut das Drama des Hofs und sagt immer die falschen Sachen. Also ist es besser, dass er nicht involviert ist.

„Mein König", sage ich und klopfe mir zweimal mit der Faust aufs Herz, während ich mich auf ein Knie herablasse. Luther tut es mir gleich.

„Steht verdammt noch einmal auf. Es sind nur wir", brummt er.

Nachdem ich aufgestanden bin, hebe ich meinen Blick zum König, der die Stufen herunter gestapft kommt, seine massive Statur nimmt ein gutes Stück der Breite der Stufen ein. Auf seinem Kopf sitzt seine goldene Krone, sein wildes Haar scheint darin verwickelt zu sein, als wäre sie ein Teil von ihm geworden. Er hat seinen langen, weißen Bart gestutzt und sein Haar kurz geschnitten, so wie es Mutter immer von ihm verlangt hat. Es scheint, als hätte sie ihn endlich so weit, dass er auf sie hört.

„Ich habe Gerüchte gehört", brüllt er, während er mit Missachtung in seinem Blick näher auf uns zukommt. „Gerüchte, dass meine drei Söhne das Königreich ohne meine Erlaubnis verlassen haben."

Ich muss schlucken, aber zucke nicht mit der Wimper.

„Gerüchte sind wie schlechter Wein, Vater. Hinterher bist du immer enttäuscht", sage ich. „Wenn du uns brauchst, komme doch direkt zu unserem Palast."

Er schnaubt und kratzt seinen Hals, so wie er es immer tut, wenn er überlegt, ob er die Hunderten von

Stufen zwischen dem Schloss und unserem Palast zurücklegen soll. Er macht es nie, wofür ich dankbar bin.

Luther sagt: „Wir haben von Durchbrüchen unten in den Dörfern des Königreichs gehört, daher sind wir persönlich dorthin gegangen, um es uns anzusehen und den Leuten zu versichern, dass sie in Sicherheit sind."

„Innerhalb und *außerhalb* des Königreichs?", faucht er zurück.

„Beides", antwortet Luther.

Die Augen des Königs verengen sich mit einem verärgerten Ausdruck. Ihm die halbe Wahrheit zu füttern sollte uns den Arsch retten, wenn uns irgendjemand dabei beobachtet hat, wie wir zurück ins Königreich gekommen sind. *Danke Luther.*

„Ist das wahr, Ahren?" Er hält vor mir inne, die dunklen Augen werden rund und unsere Worte überraschen ihn.

„Ja."

Er studiert uns mit Zweifel und Unglaube. „Da ihr wie ich sehe noch atmet, nehme ich an, ihr habt euch um mögliche Durchbrüche gekümmert?" Spöttisch rotzt er ein halbherziges Lachen heraus.

„Nur ein wenig Magie, nichts ist geschehen", sage ich. „Und die Familien fühlen sich jetzt mehr in Sicherheit."

Der Schattenhof ist voller Verräter. Das habe ich bereits in dem Moment gelernt, als wir in dieses Königreich gekommen sind. Außer meinen Brüdern und einigen nahestehenden Bediensteten, vertraue ich nur wenigen. Meine Mutter eingeschlossen. Ich lieb sie abgöttisch, aber sie ist wie die Sonne. Glorreich und für alle sorgend, aber beide werden dich verbrennen, wenn du ihnen zu nahe kommst.

„Ist Mutter heute nicht am Hof?", frage ich genau in dem Moment, als knisternde Energie an meinen Armen empor steigt und dafür sorgt, dass mir die Haare auf meinem Nacken zu Berge stehen.

Die Luft wird dicker und ich erstarre. Magie, ich spüre sie in der Luft, stechend in meiner Nase bei jedem Atemzug.

Der König erstarrt. Er spürt es ebenfalls.

„Ahren!", brüllt Luther in dem Moment, als Funken blauer Energie genau vor dem Thron tanzen.

„Wachmänner!", schreit der König. „Durchbruch!"

Schatten entfalten sich aus dem Nichts vor unseren Augen und verteilen sich in alle Richtungen. Die Masse wird zu einer ovalen Form, Schwärze blickt uns aus seiner Mitte an.

Mein Herz schlägt zu schnell und greife nach den Klingen an meinen Hüften und stelle mich vor den König.

Sekunden später zerstört das ohrenbetäubende Läuten einer Glocke die Stille.

Schritte treffen auf den Marmor hinter mir, während die Wachleute näher kommen, mein Blick jedoch ist auf den schimmernden Schatten fixiert. Luther ist an meiner Seite mit seinem Schwert in der Hand.

Die tanzenden blauen Blitze zucken um das schwarze Loch herum und halten es geöffnet.

Magie.

Aus der Dunkelheit erscheint eine dünne Gestalt mit zurückgeneigtem Kopf und lässt einen angsteinflößenden Schrei los. Dann erscheint eine weitere Kreatur und noch ein weiteres halbes Dutzend.

Meine Handfläche kribbelt und ich sehe auf den heilenden Schnitt auf meiner Handfläche vom Blutsband mit Guendolyn herab. Ein blassblauer Funken springt über die geschlossene Wunde... identisch mit jenen, die um das Portal wirbeln.

Panische Gedanken kommen mir in den Sinn.

„Scheiße!" Das ist nicht meine Magie... das ist die von Guendolyn. Nach Luft ringend sehe ich hoch zum Portal und derselben Macht, die um die Kanten tanzt.

„Blutverfluchte sind in das Schloss eingedrungen", brüllt der König.

Weitere Kreaturen strömen wie ein Fluss aus der Passage und der Tod erscheint vor meinen Augen.

Tod für uns alle.

DANKE, DASS DU 'WIE MAN EINE FEE VERFÜHRT' GELESEN HAST.

Bewertungen sind sehr wichtig für die Autoren da es anderen Lesern dabei hilft, bessere Entscheidungen zu treffen, welche Bücher sie lesen werden.
Bist Du neugierig, mehr über Guendolyn und ihre drei Feenprinzen im Königreich der Irrfahrten zu lesen, wo die Gefahr bereits auf sie wartet?

Finde mehr darüber in **WIE MAN EINE FEE ZÄHMT** .

Der Zauber, der ihr Schicksal an ihre Königreiche band, hat einen lähmenden Fluch freigesetzt. Sie ist das Einzige, was zwischen ihnen und der totalen Zerstörung steht...

Ich kann weder meine Kräfte noch die grüblerischen Prinzen kontrollieren, die mich nicht aus den Augen lassen. Und ich kann meine Geheimnisse nicht lange verbergen. Das ängstigt mich so sehr wie die düsteren Vergangenheiten, die meine kriegerischen Prinzen verfolgen.

Es ist falsch, sie an meiner Seite haben zu wollen, doch ich will es. Ich brauche sie, ganz besonders hier auf dem Feenhof, einem gefährlichen Ort, an dem sich noch viele weitere Feinde vor den Augen aller verstecken... und ich fürchte, dass sich unter ihnen meine eigenen Eltern befinden, die nur darauf warten, mein Leben zu beenden.

Nicht, dass auch nur irgendetwas davon eine Rolle spielen

würde, wenn ich meine Kräfte nicht unter Kontrolle
bekomme.

Sie haben mich bereits so viel gekostet und uns alle in
große Gefahr gebracht.

Da mir die Zeit, jemanden aus meinen eigenen Reihen
davor zu retten, zu einer verfluchten Kreatur zu werden,
wegrennt, muss ich mich auf meine unberechenbaren
Kräfte und meine Verbundenheit mit den Prinzen
verlassen, damit wir einen weiteren Tag erleben können.

Mit jedem Sieg jedoch bricht ein weiterer Schatten über
uns herein. Unsere Chancen, dies lebendig zu überstehen,
schwinden mit jedem Schritt in Richtung der Wahrheit
hinter diesem heimtückischen Fluch und dem Schicksal,
das mich erwartet, wenn all dies vorbei ist.

ÜBER MILA YOUNG

Mila Young geht alles mit dem Eifer und der Tapferkeit ihrer Märchenhelden an, deren Geschichten sie beim Heranwachsen begleiten haben. Sie erlegt Monster, real und imaginär, als gäbe es kein Morgen. Tagsüber herrscht sie über eine Tastatur als Marketing Koryphäe. Nachts kämpft sie mit ihrem mächtigen Stift-Schwert, erschafft Märchen Neuerzählungen und sexy Geschichten mit einem Happy End. In ihrer Freizeit liebt sie es, eine mächtige Kriegerin vorzugeben, spaziert mit ihren Hunden am Strand, kuschelt mit ihren Katzen und verschlingt jedes Fantasymärchen, das sie in die Finger bekommen kann.

Für weitere Informationen...
milayoungarc@gmail.com

www.ingramcontent.com/pod-product-compliance
Lightning Source LLC
Chambersburg PA
CBHW050151120726
47903CB00002B/583